.

HANS WEBER /
ARMIN RUHLAND

Ausgeläutet

KUNSTBEFLISSEN Am Sonntagmorgen findet der Mesner die Leiche eines Kunsthistorikers in der Tanner Wallfahrtskirche, die von diesem gerade inventarisiert wurde. Alles deutet darauf hin, dass er nicht aus Versehen in die Tiefe gestürzt ist. Ein erster Anhaltspunkt für die Pfarrkirchner Kripobeamten Mandy Hanke und Thomas Huber bietet ein Klassentreffen, welches am Vorabend in einem nahen Gasthaus stattfand. Dort hat sich der Kunsthistoriker, der nach vielen Jahren in Thüringen nun in seine niederbayerische Heimat zurückgekehrt war, mit seiner ehemaligen Schulclique amüsiert. Ist das Motiv für die Tat in einer alten Beziehung oder in seinem beruflichen Wirken zu finden? Die Kommissare tappen zunächst im Dunkeln. Dazu spielt ein vermeintlich Unbekannter ein Katz-und-Maus-Spiel mit ihnen. Und zu allem Überfluss belastet nicht nur der Mordfall, sondern auch der Besuch von Mandys Vater und dessen neuer Freundin die Beziehung von Thomas und Mandy.

© Annette Weber

© Annette Weber

Hans Weber, geboren 1961, und Armin Ruhland, geboren 1959, besuchten dieselbe Klasse am Gymnasium Dingolfing und waren eng befreundet. Nach dem gemeinsamen Abitur im Jahr 1980 trennten sich jedoch ihre Wege. Während Weber nach seinem BWL-Studium in verschiedenen Bereichen bei einem bayerischen Automobilhersteller lange Jahre nahe seiner Heimat beschäftigt war, zog es seinen Freund in die Ferne. Nach einem Kunstgeschichtsstudium belieferte Armin Ruhland vom spanischen Madrid aus wissenschaftliche Bibliotheken mit Fachliteratur. Nach knapp 40 Jahren kreuzten sich ihre Wege wieder und sie entdeckten ihre Liebe zum Schreiben von regionalen Krimigeschichten. Die beiden Autoren leben mit ihren Familien im Landkreis Dingolfing-Landau.

HANS WEBER / ARMIN RUHLAND

Ausgeläutet

NIEDERBAYERN-KRIMI

GMEINER

Immer informiert

Spannung pur – mit unserem Newsletter informieren wir Sie
regelmäßig über Wissenswertes aus unserer Bücherwelt.

Gefällt mir!

Facebook: @Gmeiner.Verlag
Instagram: @gmeinerverlag

Besuchen Sie uns im Internet:
www.gmeiner-verlag.de

© 2024 – Gmeiner-Verlag GmbH
Im Ehnried 5, 88605 Meßkirch
Telefon 0 75 75 / 20 95 - 0
info@gmeiner-verlag.de
Alle Rechte vorbehalten
1. Auflage 2024

Lektorat: Christine Braun
Herstellung: Mirjam Hecht
Umschlaggestaltung: U.O.R.G. Lutz Eberle, Stuttgart
unter Verwendung eines Fotos von: © Hans Weber und Armin Ruhland
Druck: CPI books GmbH, Leck
Printed in Germany
ISBN 978-3-8392-0556-3

EINS

Freitag

Gelangweilt fuhr er die Autobahn entlang. Anfangs hatte es noch geregnet, später hatten sich immer mehr silbrige, durchscheinende Flecken zwischen den dunklen, tief hängenden Wolkenballen gebildet und mittlerweile kamen am Horizont türkisfarbene Streifen zum Vorschein. Dennoch hellte sich seine Stimmung nicht auf. Das Wochenende stand bevor, und er hatte ursprünglich ganz andere Pläne verfolgt. Aber dann war dieser blödsinnige Auftrag gekommen, den er hatte annehmen müssen, denn seine finanzielle Situation ließ keine Ablehnung zu. Gerne hätte er dem Auftraggeber seine Meinung ins Gesicht geschrien. Der Tag, an dem dies möglich wäre, würde kommen, das stand für ihn fest. Im Moment blieb ihm nur, zu akzeptieren, was ihm angeboten wurde.

Ausgerechnet nach Niederbayern sollte es ihn verschlagen. In seiner Vorstellung gab es spannendere Ziele. Außerdem erschwerten ländliche Verhältnisse, in denen ein Auswärtiger schnell auffiel wie ein bunter Hund, seine Mission. Anonyme Großstadtszenerie war sein Ding, und dafür gab es gleich mehrere Gründe. Bestimmte Etablissements, die er bevorzugte und die man meist in Bahnhofsnähe größerer Metropolen antraf, fand er an seinem Zielort sicher nicht.

Mittels einer Fake-Adresse, die er sich im Darknet besorgt hatte, hatte er sich tags zuvor online im Parkhotel in Pfarrkirchen eingemietet. Die Auswahl an Hotels war nicht besonders groß, aber der Name sprach für einen gewissen Komfort. Wenn sein Auftrag schon nicht sauber war, sollte es wenigstens seine Unterkunft sein. Zumindest plagten ihn keine Skrupel. Vielleicht wurde er deshalb immer für schmutzige Arbeiten herangezogen.

Mit ziemlich weichen Knien betraten die beiden Kripobeamten Thomas Huber und Mandy Hanke das Büro des Pfarrkirchner Polizeichefs Josef Kiermeier. Sie fühlten sich fast so, als ob sie ihrem Vorgesetzten einen schweren dienstlichen Fehler beichten müssten. Doch es war kein amtliches Vergehen, welches sie ihm an diesem Freitagnachmittag Anfang Mai mitteilen wollten. Aber erfreut würde er nicht sein, dessen war sich das Ermittlerduo bewusst. Aus strategischen Gründen hatten die beiden das Ende der Arbeitswoche als passenden Termin für ihre Nachricht an den Polizeioberrat gewählt, damit er diese über das Wochenende verdauen konnte.

Josef Kiermeier bot Mandy und Thomas einen Platz an seinem ovalen Besprechungstisch an.

»Um Gottes willen«, entfuhr es dem 58-Jährigen, als Mandy ihm den Grund für das Treffen kundgetan hatte. Er starrte mit großen Augen auf den Bauch der 32 Jahre alten Beamtin, der sich bei genauerem Hinsehen schon etwas wölbte. »Na ja, das ist ja grundsätzlich eine sehr erfreuliche Nachricht«, relativierte der Polizeioberrat seine erste Reaktion. »Es freut mich für Sie, aber wie ich Ihnen bereits vor Monaten gesagt habe, kann ich Sie als offizielles Paar nicht mehr gemeinsam ermitteln lassen. Sie wissen, dass die Zeugnisfähigkeit vor Gericht dadurch aufgehoben ist. Mit einem Babybauch werden Sie bestimmt öfter nach dem Vater gefragt werden, und dann, so vermute ich, können Sie Ihre Beziehung nicht mehr länger geheim halten. Es sei denn, Sie lügen Ihre Kollegen und Freunde ständig an. Aber das trau ich Ihnen nicht zu, Frau Hanke. Dafür sind Sie zu ehrlich.«

Es war in der Tat so, dass Mandy das Versteckspiel satthatte. Seit einigen Monaten waren sie und Thomas ein Paar. Sie durften ihre Liebe jedoch nicht in der Öffentlichkeit zeigen, denn dann würden sie beruflich getrennt werden. Das hatte ihnen ihr Vorgesetzter nach dem letzten Mordfall Anfang September des vergangenen Jahres unmissverständlich mitgeteilt. Ihr Chef war einer der Ersten gewesen, der über sie Bescheid wusste. Woher er das erfahren hatte, war ihnen bis dato schleierhaft.

Die beiden gaben sich große Mühe, ihre Beziehung geheim zu halten. Sie mieden es, außerhalb der Arbeit gemeinsam gesehen zu werden. Von und zur Arbeit kamen und gingen sie immer getrennt, um jegliche Gerüchte im Keim zu ersticken. Auch auf private Zärtlichkeiten im Dienst verzichteten sie gänzlich, obwohl Thomas dies oft schwerfiel. Sie genossen aber ihre Zweisamkeit im Stillen und hielten sich meist auf Thomas' Sacherl auf, das ihnen aufgrund der Alleinlage genügend Schutz vor neugierigen Nachbarn bot. Da jetzt jedoch Nachwuchs im Anmarsch war, mussten sie das Versteckspiel aufgeben, dessen waren sie sich bewusst. Deswegen hatten sie den Weg zu Kiermeier gewählt, um ihn als Ersten über die neue Situation zu informieren.

Der Polizeioberrat war indirekt sogar dafür verantwortlich, dass die beiden ein Paar geworden waren. Denn er war es gewesen, der die junge Thüringerin vor ungefähr zweieinhalb Jahren an die Rott geholt hatte. Nach der Trennung von ihrem damaligen Freund hatte sie möglichst weit weg von ihrer Heimatstadt Gera gewollt. Am liebsten hätte sie auch von der Männerwelt Abstand genommen. Damals hatte also absolut keine Gefahr bestanden, dass sie mit ihrem neuen beruflichen Partner Thomas Huber ein Paar werden würde. Der Pfarrkirchner hatte die in seinen Augen vorlaute, emanzipierte und unerfahrene Frau anfangs als seine Kollegin nicht akzeptieren können und wollen. Und auch Mandy war zu Beginn ihrer Zeit in Niederbayern von Thomas alles andere als angetan gewesen. Während ihres ersten gemeinsamen Mordfalls hatten sie sich sogar gegenseitig als »ostdeutsche Zicke« beziehungsweise als »niederbayerischen Arsch« bezeichnet.

Doch im Leben kommt es oft anders, als man denkt. Bereits nach wenigen Wochen hatte Thomas Huber seine Kollegin respektiert, weil sie ihn durch ihren kriminalistischen Spürsinn und ihre Fachkenntnisse durchaus beeindruckt hatte. Und auch Mandy hatte mehr und mehr Vertrauen zu ihrem Kollegen gefunden. Damals hatte Thomas vor den Trümmern seiner Ehe gestanden, denn seine Frau hatte sich einem anderen Mann zugewandt und das gemeinsame Haus in Pfarrkirchen verlassen. Mandy war in dieser schweren Zeit als Gesprächspartnerin für ihn da gewesen und hatte ihm zusammen mit der Sekretärin der Polizeiinspektion, Hilde Bernauer, in ein selbstständiges Leben geholfen. Denn Thomas hatte bis dahin von Haus- und Gartenarbeit keinen blassen Schimmer gehabt. Er hatte das Haus in der Pfarrkirchner Stifterstraße verkauft und das Sacherl seines ehemaligen Kollegen im Pfarrkirchner Ortsteil Aign gemietet. Einige Wochen hatte der von sich, seiner Frau und der Welt enttäuschte Kripobeamte im Trübsalblasen verharrt. Dann hatten ihn seine fürsorglichen Kollegen und die nie abgebrochene Begeisterung für sportliche Aktivitäten, allem voran Fußball, wieder in die Spur zurückgebracht.

Im Sommer letzten Jahres war schon ein leises Knistern zwischen Thomas und Mandy zu spüren gewesen, welches allerdings während ihres zweiten gemeinsamen Mordfalls vorübergehend verstummt war. Denn Thomas war damals dem Charme einer sehr attraktiven Karrierefrau erlegen, die sich im Zuge ihrer Ermittlungen sogar als Hauptverdächtige herausgestellt hatte. Es war um den Mord am Direktor des hiesigen Gymnasiums gegangen.

Doch nach wenigen Wochen, während ihres dritten gemeinsamen Mordfalls, hatten sich die Schmetterlinge im Bauch sowohl bei Thomas als auch bei Mandy zurückgemeldet. Die 32-Jährige hatte sich anfangs gegen die Beziehung mit ihrem Kollegen gewehrt, da sie mit einer privaten Liaison berufliche Probleme auf sich zukommen sah. Letztlich hatte aber das Herz gegen den Verstand gesiegt.

»Wie machen wir jetzt weiter, Chef?«, fragte Mandy mit zitternder Stimme. Sie war über ihre berufliche Zukunft sehr besorgt.

Der Polizeioberrat lehnte sich auf seinem schwarzen Ledersessel zurück und blickte an die Decke. »So einen Fall hatte ich auch noch nie. Wann ist der voraussichtliche Geburtstermin?«

»Ende Oktober«, entgegnete die werdende Mutter.

»Aufgrund der angespannten personellen Situation bleibt bis zum Mutterschutz alles beim Alten. Ich habe so kurzfristig keine Alternative. Sie müssen es uns nur sagen, falls der Außendienst für Sie zu beschwerlich wird. Ich hoffe, dass wir bis dahin kein Kapitalverbrechen mehr haben.«

Mandy war sichtlich erleichtert, dass sie die Dienststelle vor der Geburt nicht mehr wechseln musste und weiterhin an der Seite ihres Liebsten arbeiten konnte.

Doch Thomas genügte diese Antwort nicht. »Und wie soll's danach weitergehen, Chef?«

»Bis dahin fließt noch viel Wasser die Rott hinunter. Wir werden schon eine einvernehmliche Lösung finden. Meine Unterstützung haben Sie«, versprach der Leiter der Pfarrkirchner Polizeiinspektion.

Thomas und Mandy nickten sich zufrieden zu. Sie hatten gehofft, dass sie auf ihren Vorgesetzten bauen konnten, denn das Verhältnis zu ihm war in letzter Zeit besser geworden. Bei den ersten beiden Mordfällen war er noch sehr nervös und ungeduldig gewesen. Der Druck durch seine Dienstherren und durch die Öffentlichkeit, die schnelle Ergebnisse erwarteten, hatten ihm damals gehörig zu schaffen gemacht. Doch je näher er sich in Richtung seines Ruhestands bewegte, desto entspannter wurde er auch in kritischen Situationen. Beim letzten Mordfall war er kaum noch hektisch gewesen, denn er wusste mittlerweile, dass er sich auf seine Mitarbeiter verlassen konnte. Sein Ermittlerduo hatte die drei Mordfälle in den letzten zwei Jahren schließlich jeweils zeitnah gelöst. Die Anerkennung dafür war nicht ausgeblieben. Vor wenigen Monaten waren Thomas und Mandy durch die Unterstützung ihres Vorgesetzten zum Polizeioberkommissar beziehungsweise zur Polizeioberkommissarin befördert worden.

»Chef, Sie sind der Erste, dem wir das g'sagt haben«, stammelte Thomas, der damit das Vertrauen zu Kiermeier unterstreichen wollte.

»Das freut mich, dass Sie mir Ihr süßes Geheimnis gleich offenbart haben. Aber Sie werden verstehen, dass ich die neue Situation erst verarbeiten muss. Ich war auch ziemlich der Erste, der von Ihrem Verhältnis erfahren hat, oder?«, fragte der Polizeioberrat.

»Ja, das stimmt. Jetzt könnten Sie uns doch sagen, wer Ihre Quelle war«, hakte Thomas neugierig nach.

»Also gut. Meine Nachbarin hat es mir gesteckt. Frau Rohrmoser hat Sie letztes Jahr während des Open-Air-Konzerts in Tann beobachtet, wie Sie sich geküsst haben. Das hat sie mir am nächsten Tag am Gartenzaun erzählt«, offenbarte der Pfarrkirchner Polizeichef.

Mandy und Thomas lächelten sich vielsagend an und dachten an ihren ersten Kuss, den Mandy anschließend als Lapsus bezeichnet hatte.

»Sie haben meine Nachbarin während des Mordfalls Doktor Rausch kennengelernt. Die Frau Rohrmoser hatte das Handy des Ermordeten gefunden. Können Sie sich noch an sie erinnern?«, fragte Kiermeier, der sich einen kleinen Seitenhieb gegenüber Thomas nicht verkneifen konnte.

Thomas nickte peinlich berührt. Er würde Frau Rohrmoser so schnell nicht vergessen, denn er hatte in diesem Zusammenhang seinen Vorgesetzten angelogen, als er behauptet hatte, dass er und nicht Frau Rohrmoser das Handy gefunden habe. Die Schamesröte stieg ihm noch heute ins Gesicht, wenn er daran dachte. Er hatte aber daraus gelernt.

»Ja, Frau Rohrmoser hat uns damals sehr geholfen«, sprang Mandy in die Bresche.

»Sie sind wirklich ein gutes Team geworden. Anfangs hat es zwar nicht danach ausgesehen, doch inzwischen sind Sie bestens zusammengewachsen. Dass es gleich so eng wird, hätte ich allerdings nicht gedacht«, gab der Polizeioberrat schmunzelnd zu.

»Ich auch ned«, bestätigte Thomas und grinste seine Freundin spitzbübisch an.

»Dito«, feixte Mandy zurück.

»Na gut, dann bleibt mir noch, Ihnen ein schönes Wochenende zu wünschen«, sagte Kiermeier, stand auf und geleitete die beiden aus seinem Büro.

Ob das Wochenende wirklich so schön wird, wird sich noch herausstellen, dachte Thomas, denn die nächste Herausforderung stand bereits vor der Tür. Für morgen hatte sich Mandys Vater samt neuer Freundin für einen mehrtägigen Besuch angekündigt. Thomas sah dem Besuch mit gemischten Gefühlen entgegen.

»Seid ihr schon wieder befördert worden?«, hallte es von hinten, als Thomas und Mandy gedankenversunken aus dem Büro des Chefs schlenderten. Es war der 47-jährige Polizeihauptmeister Karl Auer, der sich einen Feierabendscherz nicht verkneifen konnte.

»Haha, schön wär's. Da müssen wir uns wohl noch einige Jahre gedulden«, widersprach Thomas.

»Schau ma mal … Und, was habt ihr am Wochenende vor?«, setzte Auer den Small Talk auf dem Gang des Polizeipräsidiums fort.

»Mein Vater kommt zu Besuch und stellt mir seine neue Lebensgefährtin vor. Das wird spannend«, entgegnete Mandy.

»Des kann ich mir vorstellen … Und was machst du, Thomas?«

»Ich hab noch keinen Plan. Wahrscheinlich werd ich mich aufs Moped setzen und die Frühlingssonne genießen«, schwindelte Thomas und holte sofort zur Gegenfrage aus. »Und was steht bei dir an, Karl?«

»Ich hab ein ruhiges Wochenende vor mir. Meine Frau

geht zu einem Klassentreffen nach Tann, und mein Sohn ist mit seiner Clique am Attersee.«

»Na dann, genieß die stillen Tage«, wünschte Thomas und ging zusammen mit Mandy zu ihrem gemeinsamen Büro.

»Irgendwann müssen wir auch den Kollegen reinen Wein einschenken«, sagte Mandy, als sie im Büro angelangt waren.

»Das machen wir. Aber zuerst kommt unsere Familie dran«, bestimmte Thomas.

»Okay. Lassen wir es gut sein für heute. Jetzt gehen wir zum Einkaufen und bereiten uns danach auf das anstrengende Wochenende vor.«

ZWEI

Samstag

Der Komfort des Parkhotels stellte ihn zufrieden, und das Frühstück konnte sich sehen lassen. Seine Langeweile jedoch war geblieben. Er hatte am gestrigen Tag früh am Abend eingecheckt und nach dem Abendessen zu Fuß die nähere Umgebung sondiert. Dann war er auf sein Zimmer gegangen und hatte unter den angebotenen TV-Programmen nach einem etwas freizügigeren Sender gesucht, war aber nicht fündig geworden. Damit fehlte ihm auch eines seiner besten Mittel, um gegen die ständig drohende Schlaflosigkeit anzukämpfen.

Lustlos und übermüdet vom Nichtstun machte er sich an diesem Morgen auf den Weg zur Röntgenstraße, deren Lage er zuvor im Internet ausfindig gemacht hatte. Das Zielobjekt befand sich im Erdgeschoss eines größeren Reihenhauses. Natürlich waren die Gegebenheiten vor Ort genau so, wie er befürchtet hatte. Wie sollte er hier, in diesem kleinstädtischen Wohngebiet, über einen längeren Zeitraum jemanden beobachten, ohne selbst aufzufallen? Irgendwann würde er in der Lage sein, solche Jobs abzulehnen. Doch bis dahin war es noch ein weiter Weg.

Am Ende entschied er sich dafür, zum Hotel zu gehen und seinen Wagen zu holen.

Zurück in der Röntgenstraße parkte er schräg gegenüber dem Reihenhaus und ließ die Rückenlehne des

Fahrersitzes weit nach hinten gleiten. Die Langeweile hatte ihn wieder.

Auf viereinhalb Stunden war die Zeit der Anreise von Gera nach Pfarrkirchen veranschlagt worden. Mandys Vater Ralf hatte versprochen, mit seiner Lebensgefährtin um Punkt 8 Uhr zu starten. Thomas' Schweinebraten war so getimt, dass er um halb eins fertig durchgeschmort auf dem Tisch stehen konnte. Nun kochten die Knödel bereits seit mehr als einer Stunde vor sich hin, und es begann sich eine kulinarische Tragödie anzukündigen.

Bei Mandy durfte Thomas in seinem wachsenden Groll auf kein Verständnis hoffen, denn sie hatte in Anbetracht der weiten Anfahrt aus Thüringen von Anfang an auf eine terminunabhängige Kalte Platte gedrängt. Thomas hatte sich jedoch darauf versteift, mit dem traditionellen niederbayerischen Leibgericht als Gastmahl aufzuwarten, um damit seine Wertschätzung für den ostdeutschen Teil der Familie auszudrücken.

Dieser kulinarische Willkommensgruß versank allerdings langsam im Knödelsud. Abwechselnd blickte Thomas auf die Uhr und auf seine in Auflösung begriffene Bratenbeilage.

Es war noch gar nicht so lange her, als Mandy ihn mit der Aussage überrascht hatte, dass auch ihr Erzeuger den Polizeiberuf gewählt hatte. Bei der Volkspolizei war Hauptmann Hanke vorwiegend im Betriebsschutz eingesetzt gewesen. Nach der Wende hatte er zur Verkehrspolizei gewechselt und war dort bis zu seiner Pensionierung geblieben.

Pünktlichkeit war doch eine gesamtdeutsche Eigenschaft des Beamtenapparats, haderte Thomas. Ausgeschlossen, dass im Osten bei der Vopo Schlendrian und Zuspätkommen geduldet worden wären. Allerdings war pünktliches Erscheinen auch nicht gerade Thomas' größte Stärke. Sein Chef Kiermeier wusste ein Lied davon zu singen.

Um halb zwei rollte ein schlammgrauer Ford Scorpio, der seine besten Tage hinter sich hatte, in die Einfahrt des Sacherls. Es dauerte ein wenig, bis sich seine Türen öffneten. Dann entstieg ihm ein groß gewachsener Mittsechziger auf der Fahrerseite. Für sein Alter hatte sich Ralf Hanke gut gehalten. Nur der Bauchansatz wölbte sich bei der ansonsten schlanken Figur ein wenig nach vorne. Die dichten grau-schwarzen Haare hatte er zu einer flotten Igelfrisur gestylt.

Noch bevor sich Ralf seiner aus dem Haus tretenden Tochter zuwandte, steuerte er um den Wagen herum und öffnete die Beifahrertür für seine Begleiterin. Zuerst wurden zwei lange, nackte Beine sichtbar, an denen zwei weiße Pumps mit hohen Absätzen Aufmerksamkeit erregten. Dann schälte sich eine kurvige Gestalt mit kräftigen Schenkeln und breiten Hüften aus dem Wageninneren, die mit dem weißen Minirock eine gewagte Entscheidung getroffen hatte. Ralf nahm die junge Frau – sie hätte durchaus seine Tochter sein können – bei der Hand, führte sie zu den Wartenden am Hauseingang und stellte sie als sein »Herzblatt« Stella Mohr vor.

Normalerweise wäre Mandy auf ihren Vater zugestürmt und hätte ihn fest in ihre Arme geschlossen. Doch dass dessen neue Freundin nahezu gleich alt wie sie selber war, überrumpelte sie und nahm ihr jede Spontanität. Stocksteif hielt sie beiden die Hand entgegen.

Ganz anders Stella, die mit einem breiten Lächeln auf Mandy zuschritt, deren ausgestreckte Hand überging und sie mit ihren langen Armen umschlang. Die hochhackigen Schuhe machten sie einen Deut größer als die Polizistin.

Mandy ließ die Umarmung über sich ergehen, war jedoch froh, als Stella sich Thomas zuwandte und diesem die gleiche einnehmende Behandlung zukommen ließ.

»Papa, ich freue mich, dass du hier bist.« Nachdem Stella den Weg frei gemacht hatte, legte Mandy ihre Arme um die Körpermitte ihres Vaters und erwartete eine Liebkosung, die ihr in Form eines Wangenkusses zuteilwurde. »Langsam sind wir nervös geworden. Du … ich meine … ihr solltet ja schon viel früher eintreffen.«

»Du hast dich toll herausgemacht, Mandy, seit du gensmal von Gera abgehauen bist. Bayern bekommt dir.« Den letzten Satz sagte er mit Blick auf Thomas. »Bis Regensburg waren wir gut in der Zeit. Aber dann hat Stella eine Römerburg gesehen, die sie unbedingt anschauen wollte.«

»Eine Römerburg bei Regensburg? Seid ihr in die Stadt reing'fahren?« Thomas konnte sich nur die Mauerreste des römischen Militärlagers Castra Regina vorstellen.

»Nein, das war so eine … Säulenhalle … über dem Fluss.«

»Ach, die Walhalla an der Donau …«

»Genau, Walhalla hieß sie«, schaltete sich Stella nun in das Rätselraten um das Bauwerk ein. »Ist ja irre, das Ding. Und so gut erhalten. Ich wäre gerne hineingegangen, aber Ralf war dagegen.«

»Dann wären wir noch später angekommen. Mir ist die jetzige Verspätung schon zuwider. Als ehemaligem Polizisten ist mir Pünktlichkeit wichtig.«

Mit dieser Feststellung gewann Mandys Vater bei Thomas Pluspunkte zurück. »Ihr müssts an Mordshunger haben. Kommts rein, das Essen ist seit Stunden fertig.«

Der Gastgeber bugsierte die ganze Gesellschaft ins Haus und ließ sie am gedeckten Esstisch Platz nehmen. Er beeilte sich, die Knödel aus dem Topf zu nehmen. Die runde, feste Form war ihnen längst abhandengekommen. Wie nasser Karton hingen sie flach über dem Schaumlöffel.

Mandy, die mittlerweile wusste, wie ein bayerischer Semmelknödel auszusehen hatte, warf Thomas einen mitleidigen Blick zu. Es half nichts, die verunstalteten Knödel mussten zusammen mit dem Sauerkraut und dem Schweinebraten aufgetischt werden.

»Ein Mutzbraten«, rief Stella voller Begeisterung aus. Man sah ihr an, dass ihr Magen nach seinem Recht verlangte.

Thomas schaute Mandy fragend an.

»Der Mutzbraten ist eine thüringische Variante des bayrischen Schweinebratens. Das Wort ›Mutz‹ bezeichnete früher ein Tier ohne Schwanz«, unterwies Mandy ihren Hobbykoch.

»Aber das Schwein hat doch einen Schwanz«, gab Thomas verwirrt zurück.

»Also, Kinder, ist doch egal, ob das Schwein einen Schwanz hat oder nicht. Konzentrieren wir uns auf das Essen, bevor alles kalt wird. Stella, Liebling, reichst du mir bitte die Schüssel mit dem Kraut rüber?«

Während des Essens wurde wenig geredet, dafür wurden vermehrt vielsagende Blicke gewechselt. Nur die abschließende Bemerkung Stellas, dass ihr Spaltkartoffeln als Beilage lieber seien, empfand Thomas als ungerechten Angriff auf seine verkochten Semmelknödel.

»Das Haus ist wunderschön, aber wohnt ihr nicht etwas weit ab vom Schuss?«, wollte Ralf von seiner Tochter wissen.

»Motorisiert ist man in fünf Minuten in Pfarrkirchen«, hielt Thomas umgehend dagegen.

»Außerdem kommt uns die abgeschiedene Lage gerade recht«, ergänzte Mandy. »Du weißt doch, dass wir nicht als Paar auffallen dürfen. Das wäre im Stadtbereich unmöglich zu bewältigen. Aber hier in Aign kommt niemand zufällig vorbei. Es ist das ideale Versteck.«

»Ein Liebesnest, wie romantisch«, ließ Stella etwas zu schrill vernehmen.

»Kaum zu glauben, dass euch eure Dienststelle die gemeinsame Ermittlungstätigkeit noch durchgehen lässt. Bei uns wäre einer von beiden schon längst an eine neue Inspektion versetzt worden. Ihr müsst bei eurem Chef einen großen Stein im Brett haben.« Spätestens jetzt war klar, dass die Pensionierung von Mandys Vater noch nicht allzu weit zurücklag.

»Mal den Teufel nicht an die Wand«, mahnte Mandy und beschloss, die Tafel aufzuheben, bevor versehentlich ihre Schwangerschaft zum Thema werden würde. Ihr Vater wusste noch nichts von seinem ungeborenen Enkelkind. »Ich übernehme jetzt das Tischabräumen, und Thomas holt mit euch die Koffer aus dem Auto und zeigt euch das Zimmer, das wir vorbereitet haben.«

»Ja, macht hinne. Ich will mich ein wenig hinlegen. Ihr glaubt ja nicht, wie anstrengend das Autofahren wird, wenn man einmal die 60 überschritten hat.«

»Och, du Armer. Und mir versprichst du große Touren nach Italien und Spanien. Dabei machst du in Bayern schon schlapp«, sagte Stella. »Komm, ich leg mich dazu und pfleg meinen müden Helden wieder fit.«

Nachdem das Gepäck verstaut und das Gästezimmer bezogen war, gesellte sich Thomas zu Mandy in die Küche.

»Deine Stiefmutter hab ich mir ganz anders vorg'stellt. Dein Vater hat es faustdick hinter den Ohren.«

»Stiefmutter? Hör bloß auf! Er wolle mich überraschen, hat er mir am Telefon gesagt. Das ist ihm einwandfrei gelungen. Was ist bloß in ihn gefahren? Das kann doch nicht sein Ernst sein! Mein Vater war immer die Vernunft in Person.«

»Vielleicht eine zweite Midlife-Crisis?«

»Er war nie ein Schürzenjäger. Was will er sich mit so einer Gespielin beweisen? Es scheint ihm nicht einmal peinlich zu sein.«

»Nun übertreib nicht gleich. Sie ist doch ganz nett. Zwar nicht mein Typ, aber ich kann verstehen, dass sie für deinen Vater etwas Anziehendes hat.«

»Natürlich, ihr Männer habt doch alle dieselbe Sichtweise. Dass er sich zum Gespött der ganzen Umgebung macht, scheint dabei zweitrangig zu sein. Wenn sie wenigstens zehn Jahre älter wäre als ich, dann wäre sie zumindest nur 20 Jahre jünger als er! Hoffentlich ist das eine Phase, die schnell vorbei ist … Mein Gott, ich rede von meinem Vater, als wäre er ein pubertierender Junge.«

Thomas zog Mandy an sich. »Warte es ab. Vielleicht hat er gerade einfach ein bisschen Spaß. Nach einiger Zeit wird er merken, wie schwierig eine Beziehung mit so großem Altersunterschied ist. Wir sollten entspannt mit der Situation umgehen. Außerdem bist du nicht für die Spinnerei deines Vaters verantwortlich, und wenn wir uns nicht viel daraus machen, verbringen wir ein paar lustige gemeinsame Tage.«

Der Begriff »lustig« entsprach nicht gerade dem, was Mandy sich vom Besuch ihres Vaters erhofft hatte. Mit dem Kind in ihrem Bauch würden sich viele Konstanten in ihrem Leben für immer verändern. Sie hatte mit einem fürsorglichen Ratgeber gerechnet, der ein offenes Ohr hatte für die Vorfreuden und die Nöte seiner Tochter. Nicht mit einem alternden Casanova und seinem Betthäschen.

»Ich weiß nicht, ob ich unter diesen Umständen bereit bin, meinen Vater in die Schwangerschaft einzuweihen. Er selbst hat nicht das Geringste bemerkt. Ich bin wirklich schwer enttäuscht.« Mandy setzte sich auf einen Küchenstuhl und strich sich sorgsam über ihren Bauch.

»Er hatte auch noch nicht viel Gelegenheit dazu, da muss ich ihn in Schutz nehmen. Der männliche Blick ist ned b'sonders d'rauf trainiert, frühe Schwangerschaften zu entdecken, das ist eher eine weibliche Disziplin.« Thomas dachte an seine Polizeikollegen, von denen bisher kein einziger die geringste Andeutung gemacht hatte. Er musste den Familienfrieden wiederherstellen, sonst blühten ihm schwierige Tage. Mandy befand sich in einer empfindsamen Phase, in der sie Widrigkeiten mit Bleigewichten nach unten zogen. »Ich mach dir einen Vorschlag. Sobald die zwei aus den Betten g'stiegen sind, machen wir eine Hausbesichtigung. Im Anschluss nehm ich die Stella beiseite, und du kannst deinen Vater ung'stört darauf vorbereiten, dass er bald Opa wird und sich entsprechend benehmen soll.«

Mandy sah Thomas mit freudlosen Augen an, sagte aber kein Wort.

Gegen 17 Uhr waren im oberen Stockwerk Geräusche zu vernehmen. Die Gastgeber hatten es sich bis dahin auf dem Sofa gemütlich gemacht. Als Stella und Ralf endlich in die Stube traten, stellte Thomas sie vor die Wahl eines Rundganges durch die Gebäude oder eines gemeinsamen Kaffees auf der Terrasse. Erleichtert nahm er zur Kenntnis, dass die Thüringer das Sacherl gerne inspizieren wollten und er damit seine Idee wie geplant umsetzen konnte.

Die mit viel Liebe zum Detail hergerichteten Räumlichkeiten blieben nicht ohne Eindruck auf die beiden Gäste. Auf Ralfs Frage, wie sie zu diesem Kleinod gekommen seien, verwies Thomas auf Mandy, die ihm die längere Geschichte bei Gelegenheit sicher gern erläutere. Zuletzt betraten sie das landwirtschaftliche Nebengebäude, welches eine geräumige Garage und eine gut sortierte Werkstatt beherbergte.

Beim Anblick von Thomas' Motorrad stieß Stella einen spitzen Schrei aus. »Hont! Das ist aber eine Maschine! Mensch, Ralfi, bist du mit so einer schon gefahren?«

Mandys Vater schaute ein wenig verlegen, nickte dann aber.

Stella ließ sich ihre Euphorie nicht mehr nehmen. »Damit könnten wir doch morgen durch die Gegend brettern. Ralfi, sag ja, bitte, bitte!«

Der Angesprochene grinste peinlich berührt, sah sich jedoch zu keiner Antwort imstande.

»Warum nicht, Papa? Thomas weist dich bestimmt gerne in seine Maschine ein, oder?« Die Frage war rhetorisch und duldete keinen Widerspruch.

Jetzt war es Thomas, der vor Verlegenheit hüstelnd zaghaft Zustimmung signalisierte. »Ja, wenn … ich mein … äh … freilich. Äh … Ralf, hast du schon einmal eine schwere BMW g'fahren?« Er hoffte, dass der Schwiegervater in spe einen ehrenvollen Rückzug antrat. »Du weißt scho, dass die zweieinhalb Zentner wiegt?«

»Ich bin jahrelang mit einer MZ herumgedüst.«

Bevor Thomas weitere verschleierte Gründe anführen konnte, die gegen eine Motorradtour des ungleichen Paares sprachen, beendete Mandy die Diskussion. »Fein, dann werdet ihr also morgen die Umgebung Pfarrkirchens auf zwei Rädern erkunden. Und jetzt wird es höchste Zeit für einen Kaffee. Noch später und wir bekommen die ganze Nacht kein Auge zu.«

»Macht nichts, stimmt's, Ralfi?« Stella kicherte ihren Geliebten vielsagend an.

Mandy rollte mit den Augen, doch das sah Stella nicht.

Als das Quartett an der Haustür des Sacherls angekommen war, erinnerte sich Thomas an seinen Plan. »Stella, komm, ich muss dir unbedingt noch was zeigen. Gehts ihr schon mal ins Haus und kochts uns a Haferl«, bedeutete er Ralf und Mandy.

Ursprünglich hatte er die Absicht gehabt, Stella zu einem Motorradausflug zu überreden. Das hatte sich jedoch erübrigt. Gezwungenermaßen musste er sich nun kurzfristig etwas anderes einfallen lassen. Eine bessere Idee, als die junge Thüringerin durch den Garten zu führen, hatte er nicht parat. Leider zeigte Stella herzlich wenig Interesse an seinem Gewächshäuschen, den Hochbeeten und dem Komposthaufen, auch deshalb, weil um diese Jahreszeit nicht allzu viel Vorzeigbares vorhanden war. Jeden Moment erwartete er von ihr die Aufforderung, sich endlich den Kaffeetrinkern anzuschließen.

Da fiel sein Blick auf die finnische Sauna, die mit reicher Ausstattung in einem früheren Geräteschuppen eingerichtet worden war. Sofort war klar, dass er damit bei Stella punkten konnte. Zum zweiten Mal an diesem Nachmittag vernahm er den spitzen Schrei, als er die Tür zum komfortabel eingerichteten Schwitzbad öffnete. Nun konnte er sich ausführlich über die Anwendungen, ätherischen Aufgüsse, Peelingsalze, Massagehölzer und Saunabrunnen auslassen.

»Papa, die Überraschung ist dir geglückt, aber eine große Freude hast du mir damit nicht bereitet!« Mandy wollte nicht lange um den heißen Brei herumreden.

»Wenn du auf Stella anspielst, bitte lerne sie erst kennen, bevor du dir ein Urteil bildest. Ich weiß, dass sie manchmal mit ihrer Art danebenliegt, doch sie ist eine gute Haut.«

»Es geht mir nicht um den Charakter, sondern um das Alter! Wahrscheinlich ist sie noch jünger als ich. Nie hätte ich von dir gedacht, dass du so etwas nötig hast!«

»Ist sie nicht. Aber egal. Weißt du, in meinem Alter verändert sich einiges, was man wenige Jahre vorher noch als normal und selbstverständlich betrachtet hat. Langsam schließen sich die Türen zu vielen Räumen, die man nie wieder betreten wird. Mit Stella hat sich mir eine dieser Türen, die ich als für immer geschlossen betrachtet habe, noch einmal geöffnet. Und glaube mir, ich mache mir keine allzu großen Illusionen. Stella braucht gerade einen väterlichen Freund. Gott weiß, wie lange das anhält.«

»Und wenn auch andere diesen väterlichen Freund brauchen? Zum Beispiel deine Tochter? Ich nehme an, du hast es noch nicht bemerkt, Papa. Ich bin schwanger. Wie du heute Mittag treffend festgestellt hast, wird sich mein Polizeidienst demnächst grundlegend ändern. Alles wird sich ändern, und ich habe keine Ahnung, wie ich das alles geregelt bekomme. Ich habe Angst, Fehler zu machen …«

»Wow, ich werde Großvater, das ist ja fantastisch! Warum hast du das nicht gleich gesagt? Entschuldige, mein Kleines! Bitte entschuldige, dass ich so auf mich bezogen war … Komm, lass dich umarmen. Sei nachsichtig mit mir. Dein alter Vater war auf beiden Augen blind.« Wie früher strich er seiner Tochter durch das lange Haar. »Jetzt musst du mir alles ganz genau erzählen. Alles, was ich noch nicht weiß, und ich denke, das ist eine ganze Menge.«

DREI

Sonntag

»Kannst du auch ned schlafen?«, flüsterte Thomas am Sonntag um 7.30 Uhr im Bett, als er Mandy neben sich mit offenen Augen liegen sah. Sie hatten sich vorgenommen, möglichst lange auszuschlafen.

»Ich glaube, ich habe heute Nacht keine Minute gepennt.«

»An was denkst du?«

»An was wohl? An meinen durchgeknallten Vater. Ich kann es immer noch nicht fassen, welche Tussi er sich da angelacht hat«, klagte Mandy. »Einerseits ist ihm bewusst, wie unmöglich die Situation ist, aber andererseits scheint ihm das egal zu sein.«

Thomas wusste, wie sehr Mandy an ihrem Vater hing. Sie war ein Einzelkind, und ihre Mutter war kurz vor Mandys siebtem Geburtstag bei einem Verkehrsunfall ums Leben gekommen. Ihr Vater war die einzige Bezugsperson in ihrer Jugend gewesen. Dieser Umstand hatte Vater und Tochter fest zusammengeschweißt. Sie liebte und bewunderte ihren Vater, der nach dem Tod seiner Frau keinerlei Anstalten gemacht hatte, sich nach einer neuen Partnerin umzusehen. Als Mandy erwachsen war, hatte sie ihn gedrängt, offen für eine neue Beziehung zu sein. Doch er war bis zu seiner Pensionierung Junggeselle geblieben. Sie hatte sich so gefreut für ihn, als er ihr vor wenigen Monaten am Telefon mitgeteilt hatte, dass es eine neue Frau in seinem Leben gebe. Und jetzt das.

»Sei nicht so streng mit ihm. Sie wird bestimmt Qualitäten haben, die wir noch ned entdeckt haben«, schmunzelte Thomas.

»Die du hoffentlich auch nie entdecken wirst«, konterte Mandy barsch zurück.

Der Grund für Thomas' unruhige Nacht war nicht unbedingt die Partnerwahl von Mandys Vater, sondern sein geliebtes Motorrad. Er konnte es immer noch nicht fassen, dass er gestern seinem Schwiegervater in spe erlaubt hatte, eine Motorradtour mit seiner gehegten und gepflegten GS zu machen. »Hoffentlich kommt dein Vater mit meiner Maschine zurecht«, sagte er deshalb.

»Das ist wieder mal typisch Mann! Ich mach mir Sorgen um meinen Vater, und du hast nur deinen zweirädrigen Protzkübel im Kopf. Ich glaube es nicht!«, empörte sich Mandy lautstark.

Thomas begriff sofort, dass er einen sensiblen Nerv seiner Freundin getroffen hatte. Deswegen versuchte er die Situation zu retten. »Ich mach mir keine Sorgen um das Moped, sondern um deinen Vater und seine Sozia. Hoffentlich baut er keinen Unfall«, stammelte Thomas.

»Mein Vater fährt seit über 40 Jahren Motorrad, also länger, als du am Leben bist.«

»Aber meine BMW ist doch was ganz anderes als seine MZ.«

»Thomas, da musst du dir wirklich keine Sorgen machen«, wiegelte Mandy mit Überzeugung ab.

Thomas' Handy klingelte, welches er wie jede Nacht auf dem Nachttisch liegen hatte. Er krallte sich sein Smartphone. »Es ist die Inspektion«, sagte er leise, als er die Nummer auf dem Display erkannte, und nahm das Gespräch an.

Stefan Wegerer, der 31-jährige Polizeiobermeister von der Pfarrkirchner Dienststelle, meldete sich. »Guten Morgen, Thomas. Entschuldige die Störung, aber ich fürcht, dass du deine Pläne für den heutigen Tag komplett umschmeißen musst.«

»Was ist passiert?«, fragte Thomas ungeduldig, und auch Mandy richtete sich im Bett auf und hörte neugierig zu, nachdem Thomas den Lautsprecher an seinem Handy betätigt hatte.

»In der Kirche in Tann hat der Mesner einen Toten g'funden, und wie es ausschaut, ist er nicht an Altersschwäche g'storben«, berichtete der junge Polizeiobermeister.

»In der Wallfahrtskirche oberhalb vom Marktplatz?«

»Genau in der. Der Mann liegt mausetot mitten in der Kirche.«

»Um Gott's will'n! Bist du schon in Tann?«

»Ja, logisch, und der Karl auch. Der spannt grad die Absperrbänder um die ganze Kirch.«

»Und was ist mit der Spurensicherung und dem Rechtsmediziner?«

»Die sind unterwegs. Die Mandy ruf ich auch gleich an.«

»Das mach ich. Hilf du lieber dem Karl beim Absperren. Wir … äh … ich bin in einer halben Stunde da.« Beinahe hätte Thomas sich verplappert. »Ich hoff, ich kann die Mandy erreichen«, schwindelte er.

»Mist, ausgerechnet jetzt, wo mein Vater da ist«, klagte Mandy, als Thomas aufgelegt hatte.

»Das hätten wir dem Mörder vorher sagen müssen«, flachste Thomas grinsend.

»Haha, du hattest auch schon bessere Gags. Apropos sagen. Ich gehe nicht ins Schlafzimmer meines Vaters, um ihm mitzuteilen, dass wir den ganzen Tag nicht hier sein werden.«

»Meinst du ich?«

Letztlich entschieden sie, einen Zettel zu schreiben und diesen auf den Tisch der Wohnstube zu legen. Nach einer kurzen Morgentoilette eilten die beiden zu Thomas' Auto.

»Sollen wir mit einem Auto zum Tatort fahren?«, fragte Mandy verunsichert.

»Ja, komm. Wir müssen es unseren Kollegen eh bald sagen«, antwortete Thomas mit einem Blick auf Mandys Bäuchlein und stieg in seinen BMW ein.

»Vielleicht ergibt sich morgen die Gelegenheit.«

»Und wann sagen wir es meiner Mutter?«

»Erst wenn Papa mit seiner Tussi abgereist ist, sonst wird mir die familiäre Bande noch zu viel«, bestimmte Mandy.

Thomas konnte Mandys Reaktion zwar verstehen, aber ganz wohl war ihm nicht in seiner Haut. Was würde passieren, wenn seine Mutter die freudige Nachricht nicht von ihm, sondern von einem Fremden erführe? Dann würden die Risse in der Beziehung zu seiner Mutter bestimmt noch tiefer werden, als sie ohnehin schon waren. Entstanden waren sie, als der neue Partner von Elfriede Huber vor knapp zehn Jahren in ihr Leben getreten war. Mit diesem Mann, der immer alles besser wusste und sich für den Schlausten unter der Sonne hielt, kam Thomas nicht zurecht. Er wunderte sich, wie es seine Mutter mit diesem Angeber aushielt. Schon seit acht Jahren wohnten sie zusammen in Dingolfing. Und obwohl die BMW-Stadt nur ungefähr 50 Kilometer von Pfarrkirchen entfernt lag, hatte Thomas seine Mutter in den letzten Jahren kaum gesehen. Thomas litt unter dieser Situation, denn er liebte seine Mutter. Sie hatte ihn alleine großgezogen, nachdem sein Vater sich aus dem Staub gemacht hatte, als Thomas zwei Jahre alt gewesen war.

»Es wird schon gut gehen«, hoffte der 37-Jährige.

VIER

Thomas parkte seinen Wagen am unteren Marktplatz in Tann, unweit des Gasthauses Grainerbräu. Anschließend eilten er und Mandy durch die enge Kirchengasse über eine Treppe zur ehrwürdigen Wallfahrtskirche Sankt Peter und Paul hinauf. Bei einigen Häusern war der Putz schon gewaltig von der Fassade gebröckelt. Diese Gasse hatte auch schon bessere Zeiten gesehen, dachte Thomas. Vor dem Gotteshaus flatterte das rot-weiße Polizeiabsperrband im Wind. Davor hatte sich eine Menschengruppe gebildet, aus der heraus Karl Auer mit seiner Uniform leicht zu erkennen war.

Der Polizeihauptmeister löste sich aus der Menge und kam schnellen Schrittes auf die beiden zu. »Gut, dass ihr da seid«, begrüßte er seine Kollegen. »Der Pfarrer ist komplett aus dem Häuschen«, stieß Auer, den normalerweise nichts so schnell aus der Ruhe brachte, ziemlich aufgeregt hervor.

»Der Pfarrer interessiert uns im Moment noch ned, Karl. Erzähl uns zuerst mal, was passiert ist. Und davor atme tief durch«, beruhigte Thomas ihn. Insgeheim war er froh, dass Karl das gemeinsame Erscheinen mit seiner Partnerin nicht hinterfragt hatte.

»Dadrin in der Kirch liegt der Tote am Boden. Vermutlich ist er von der Empore auf den Steinboden g'fallen.«

»Dann könnte es sich um einen Selbstmord handeln?«, unterbrach ihn Mandy.

»Nix G'wiss' woaß ma ned«, orakelte Karl im tiefsten Niederbayerisch.

Mittlerweile verstand auch die gebürtige Thüringerin den hiesigen Dialekt, sodass sie nun, im Gegensatz zu ihrer Anfangszeit an der Rott, nicht mehr nachzufragen brauchte.

»Das werden wir herausfinden. Was ist mit der Spurensicherung und dem Rechtsmediziner?«, wollte Thomas als Nächstes wissen.

»Die SpuSi-Kollegen sind bereits bei der Arbeit, und die Ärztin ist auch schon drinnen. Der Stefan ist bei ihnen«, berichtete Auer und zeigte auf das Kirchenportal.

»Eine Ärztin?«, wunderte sich Thomas.

»Ja, der Doktor Tremmel hat sich beim Fußballspielen das Kreuzband g'rissen, hat sie g'sagt. Die Frau Doktor Weiler ist eine ganz Fesche, und nett ist sie auch noch«, ergänzte der Polizeihauptmeister grinsend.

»Hauptsach, sie kennt sich aus«, antwortete Thomas diplomatisch, da seine Freundin direkt neben ihm stand. Er hatte sich geschworen, in ihrem Beisein jegliche Flirterei mit anderen Frauen zu vermeiden. Das konnte die werdende Mutter seines Kindes absolut nicht verkraften. Diese leidvolle Erfahrung hatte er in der Vergangenheit des Öfteren gemacht. Außerdem hielt sich seine Sympathie für Rechtsmediziner Tremmel in sehr engen Grenzen. Ihm fiel regelrecht ein Stein vom Herzen, als er erfuhr, dass er heute nicht auf diesen Unsympathen treffen würde.

»Weiß man schon etwas über die Identität des Toten, Karl?«

»Ja, der Mesner hat ihn gleich erkannt. Er heißt Adrian Reber, ist 45 Jahr alt, von Beruf Kunsthistoriker und wohnt in Pfarrkirchen.«

»Kunsthistoriker?«

»Ja, der hat zurzeit in der Kirch g'arbeitet und die Kunstgegenstände inventarisiert«, berichtete Karl Auer und deutete auf das nahe Gotteshaus.

»Dann war das sein Arbeitsplatz?«, wunderte sich Mandy mit Blick auf die Wallfahrtskirche.

»Es könnt sich quasi um einen Arbeitsunfall handeln, wenn er dadrinnen g'storben ist«, schlussfolgerte Thomas.

»Wer hat ihn denn gefunden, Karl?«, unterbrach Mandy ihn.

»Der Mesner hat ihn heut früh entdeckt, als er die Kirche um halb achte aufg'sperrt hat. Heut wär nämlich um 8 Uhr Frühmess g'wesen, aber die hat der Pfarrer dann absagen müssen.«

In diesem Moment kam ein untersetzter, grauhaariger Mann um die 60 schnurstracks mit hochrotem Kopf auf die drei Beamten zu. Er trug ein schwarzes Priesterhemd samt Pius-Kragen. Mit »Gelobt sei Jesus Christus« begrüßte er die Beamten.

Thomas war wegen der Begrüßungsformel des Geistlichen, obwohl er in seiner Kindheit einige Jahre Ministrant gewesen war, so perplex, dass ihm die passende Antwort, »in Ewigkeit, Amen«, nicht einfiel. Stattdessen brachte er nur ein »Grüß Gott« hervor.

»Mein Name ist Grundner. Ich bin der Pfarrer hier in Tann. Sind Sie der Leiter der Kriminalpolizei?«

»Wir sind die ermittelnden Kripobeamten. Das ist meine Kollegin Hanke und mein Name ist Huber. Herrn Auer haben Sie bereits kennengelernt.« Thomas und Mandy schüttelten dem Geistlichen artig die Hand.

»Ich bin mit den Nerven völlig am Ende. Ein Verbrechen in meiner schönen Wallfahrtskirche! Was glauben Sie, was unser Bischof dazu sagen wird, wenn er hört, dass einer seiner Mitarbeiter bei mir in der Kirche ermordet wurde?«

»War der Mann ein Mitarbeiter der Diözese?«

»Ja, er war seit einigen Monaten am Museumsbetrieb des Bistums Passau angestellt.«

»Wir wissen doch noch gar nicht, ob es sich um ein Verbrechen handelt«, relativierte Mandy die Sorgen des Priesters.

»Genau, und deswegen wollen wir jetzt in die Kirche gehen und uns ein Bild der Lage verschaffen«, kündigte Thomas an.

»Bitte entfernen Sie den Leichnam so schnell wie möglich aus der Kirche, bevor die Presse aufmarschiert. Die Schlagzeilen mag ich mir gar nicht vorstellen«, jammerte Hochwürden.

»Wenn die Rechtsmedizinerin und die Spurensicherer fertig sind, werden wir die Leiche abholen lassen. Das können wir Ihnen versprechen. Aber vorher müssen die ihre Arbeit erledigen, damit wir mehr über die Umstände des Unglücks erfahren. Sie sind doch auch daran interessiert, dass wir schnell Licht ins Dunkel bringen, oder?«, führte Mandy sachlich aus.

Pfarrer Alois Grundner sagte den beiden Ermittlern volle Unterstützung bei der Aufklärung des Unglücks oder des Verbrechens zu. Seine größte Sorge war jedoch die zu erwartende negative Presse über seine Pfarrei und die damit verbundenen Gespräche mit seinem Vorgesetzten, dem Passauer Bischof. In Zeiten der zunehmenden Zahl von Kirchenaustritten eine Katastrophe für die Pfarrei und somit auch für die Diözese. Der Geistliche sicherte den beiden Ermittlern zu, für weitere Fragen im benachbarten Pfarrhaus zur Verfügung zu stehen.

Gerade als Thomas und Mandy die Kirche betreten wollten, kam ihnen Polizeiobermeister Stefan Wegerer entgegen. »Wo bleibts ihr denn? Die Rechtsmedizinerin wartet auf euch.«

»Der Pfarrer hat uns aufgehalten«, entschuldigte sich Thomas.

»Ach, Stefan, hast du schon unseren Chef verständigt?«, fragte Mandy. Bei den letzten Mordfällen hatte sich dieser immer darüber beschwert, zu spät informiert worden zu sein.

»Ja, logisch, den hab ich als Erstes ang'rufen. Er kann nicht kommen, weil er auf seinen dreijährigen Enkel aufpassen muss, und seine Frau ist ned da«, berichtete Wegerer.

»Soso, der Kiermeier muss Babysitter spielen. Dann brauchen wir uns wenigstens nicht um ihn zu kümmern«, kommentierte Thomas despektierlich. »Stefan, bitte pass auf, dass keiner von den Pressefuzzis in die Kirch reinkommt, sonst kriegt der Pfarrer eine richtige Krise.«

»Alles klar, Thomas. Ich pass auf.«

Wenige Meter vom Eingang entfernt lag die Leiche von Adrian Reber im Mittelgang des Gebäudes mit dem Gesicht nach unten. Seine blonden Haare waren in der Blutlache teilweise rot gefärbt. Ein ziemlich großer Mann, dachte Thomas, der froh war, dass er der Leiche nicht ins Gesicht blicken musste.

Für die Schönheit der im klassizistischen Stil erbauten Kirche hatten die beiden Ermittler in diesem Moment kein Auge.

Eine attraktive schwarzhaarige Frau Mitte 30 kam im weißen Overall auf Mandy und Thomas zu. »Kerstin Weiler. Sie müssen die hiesigen Kripobeamten sein?«

Thomas hielt sich dezent im Hintergrund, sodass Mandy die Ärztin als Erste begrüßte. »Ja, mein Name ist Mandy Hanke und das ist mein Kollege Thomas Huber. Sie vertreten Herrn Doktor Tremmel, stimmt's?«

»Ganz genau. Kollege Tremmel ist im Krankenstand.« Die Medizinerin schüttelte den beiden die Hände.

»Können Sie uns schon etwas zum Tathergang sagen?«, kam Mandy gleich auf den Punkt.

»Er müsste von der zweiten Empore gestürzt sein«, erklärte die Medizinerin und zeigte nach oben.

Die Blicke der drei richteten sich himmelwärts. Im Gegensatz zu vielen anderen Kirchen gab es in der Tanner Wallfahrtskirche zwei Emporen. Die erste war für die Gläubigen vorgesehen, die von dort aus eine gute Sicht auf das herrliche Kirchenschiff hatten. Auf der zweiten Empore befand sich die Orgel. Dort war auch reichlich Platz für die Chormitglieder.

»Diese schweren, tödlichen Verletzungen können kaum durch einen Sturz von der ersten Empore stammen, er muss von ganz oben gefallen sein«, fuhr Doktor Weiler fort.

Entgegen seinem eher introvertierten Naturell mischte sich jetzt auch Stefan Wegerer in das Gespräch ein. Anscheinend war ihm der Job als Türsteher zu langweilig. »Dafür spricht auch, dass die Tür zum Aufgang in die zweite Empore offen war. Normalerweise ist die zug'sperrt, hat der Mesner g'sagt. Die SpuSi-Jungs sind schon oben.«

»Danke, Stefan. Das werden wir uns nachher gleich anschauen. Als Nächstes stellt sich für mich die Frage, ob er freiwillig gesprungen oder unfreiwillig gefallen ist«, fuhr Thomas fort.

»Dazu habe ich eine klare Meinung. Er ist unzweifelhaft mit dem Kopf aufgeschlagen. Ich kann Ihnen die Deformierung gerne zeigen«, schlug die Ärztin vor und beugte sich zum Opfer.

»Nein, nein. Das glauben wir Ihnen auch so«, protestierte Thomas vehement, woraufhin Frau Doktor Weiler ihre Bemühungen einstellte.

»Ich gehe ganz stark davon aus, dass er nicht freiwillig gesprungen ist.«

Mandy und Thomas blickten sich verwundert an. »Wie kommen Sie darauf?«

»Selbstmörder schlagen in der Regel mit dem Hintern und nicht mit dem Kopf auf.«

»Warum sollten Selbstmörder nicht mit dem Kopf aufschlagen?«, bohrte Mandy nach. Sie konnte die Theorie der Ärztin nicht nachvollziehen.

»Darüber gibt es wissenschaftliche Studien. Wir nehmen an, dass sich Selbstmörder im Angesicht des Todes gegen ihre Entscheidung wehren und nicht mit dem Kopf aufkommen wollen.«

»Könnte es ein Unglücksfall gewesen sein?«, fragte Mandy.

»Das halte ich für wahrscheinlicher als einen Selbstmord, glaube ich aber ehrlich gesagt auch nicht. Denn was machte der Mann um Mitternacht alleine in der Kirche?«

Thomas war von der Rechtsmedizinerin sehr angetan. So klare Aussagen hatte er von Doktor Tremmel am Tatort noch nie erhalten. Außerdem war sie im Gegensatz zu ihrem Kollegen sehr freundlich. Insgeheim hatte er zwar eine andere Feststellung der Medizinerin erhofft, denn bei einem eindeutigen Selbstmord wäre der Fall schon gelöst gewesen. Dann hätten er und Mandy mehr Zeit für ihre

Gäste gehabt. Apropos Gäste. Hoffentlich konnte Ralf mit der GS umgehen und hoffentlich passierte den beiden beziehungsweise dem Motorrad nichts, dachte Thomas.

Mandy merkte, dass Thomas gerade etwas geistesabwesend war. Deshalb stellte sie nun die nächste Frage. »Sie sprachen von Mitternacht. Also glauben Sie, dass der Mann um diese Zeit von der Empore gestürzt ist, Frau Doktor?«

»Oder ein wenig später. Der Tod dürfte zwischen o und 2 Uhr eingetreten sein. Ich gehe stark davon aus, dass der Mann nach dem Sturz sofort tot war. Also ist dies auch der ungefähre Tatzeitpunkt. Vielleicht kann ich die Todeszeit nach der Obduktion noch näher eingrenzen.«

»Dann stellt sich die Frage, was der Tote um Mitternacht in der Kirche gemacht hat«, bemerkte Thomas.

»Und wer ihn begleitet hat«, ergänzte Mandy.

»Ganz genau. Aber das ist nicht mehr meine Aufgabe. Vielleicht kann ich Ihnen dennoch darüber hinaus behilflich sein. Bei der Obduktion werde ich sicherlich herausfinden, ob Alkohol, Drogen oder sonstige Betäubungsmittel im Spiel waren«, stellte Frau Doktor Weiler in Aussicht, während sie ihren Arztkoffer zusammenpackte. »Wenn Sie mir die Leiche gleich nach Passau bringen lassen, liegt Ihnen spätestens morgen Nachmittag mein Obduktionsbericht vor.«

»Ja, natürlich. Stefan, kannst du den Transport organisieren?«

»Ich habe das Bestattungsunternehmen schon ang'rufen. Die müssten gleich da sein.«

»Sehr gut, Stefan«, lobte Thomas ihn.

Daraufhin verabschiedeten sich die Pfarrkirchner Polizisten von der sympathischen Rechtsmedizinerin und bedankten sich herzlich bei ihr. Der zum Türsteher degradierte Polizeiobermeister Stefan Wegerer öffnete ihr sogar das schwere Kirchenportal.

Auf dem Weg zur Treppe konnte sich Mandy eine Bemerkung nicht verkneifen. »Die Weiler ist dir deutlich lieber als Doktor Tremmel, oder?«

Oh, jetzt nur nichts Falsches sagen, dachte Thomas. »Mir ist jeder Arzt lieber als Doktor Tremmel, egal ob weiblich oder männlich.«

»Das hast du jetzt sehr diplomatisch formuliert, mein Schatz«, kommentierte Mandy und kniff ihrem Liebsten in den Hintern, nachdem sie sich vergewissert hatte, nicht beobachtet zu werden.

Neben der Treppe betrachteten Mandy und Thomas die zahlreichen alten Votivtafeln, die an der Wand des Gotteshauses hingen. Diese kleinen Kunstwerke hatten Gläubige als Dank für überstandenes Unheil oder Krankheit anfertigen und hier anbringen lassen. Freilich war die Frömmigkeit des Volkes in den vergangenen Jahrhunderten wesentlich deutlicher ausgeprägt gewesen als heute, sodass der Großteil dieser Bilder aus dem 18. und 19. Jahrhundert stammte.

Solche Tafeln hatte sie vor einigen Monaten auch in Schildthurn gesehen, erinnerte sich Mandy.

Anschließend stiegen die beiden die hölzerne, knarzende Treppe zur ersten Empore hinauf. Dort mussten sie durch ein niedriges Tor hindurch, bei dem selbst Mandy den Kopf einziehen musste, um zur schmalen Stiege zu gelangen, die bis hinauf zum zweiten Obergeschoss der Wallfahrtskirche führte. Hier befand sich, neben einigen Kirchenbänken, die mächtige Orgel des Gotteshauses. Die drei Kollegen der Spurensicherung waren fleißig bei der Arbeit, als Mandy und Thomas diese Ebene erreichten. Sie blieben auf der letzten Stufe stehen, um keine unnötigen Spuren zu hinterlassen.

»Und, wie schaut's aus, Männer?«, begrüßte Thomas seine Kollegen.

»Gut und schlecht, Thomas. Gut ist, dass am Dienstag und Mittwoch ein Großputz in der Kirche durchg'führt worden ist, und schlecht ist, dass vorgestern hier ein ganzer Kirchenchor bei einer Beerdigung g'sungen hat. Wir haben schon viele Fingerabdrück g'funden, aber ich fürcht, das wird eine Sisyphusarbeit. Unten in der Kirch brauchen wir erst gar ned anfangen«, klagte Hartmut Rieger im weißen Overall.

»Dann gebts euer Bestes. Ohne eure Unterstützung finden wir den Täter nie.«

»Das machen wir, das dürft ihr glauben. Zumindest haben wir ein Handy g'funden. Das Opfer hatte es in seiner Jackentasche. Es müsste also ihm gehören.

»Ist das Handy noch ganz?«, wollte Mandy wissen.

»Nein, das Mobiltelefon hat den Sturz ned überlebt. Aber die SIM-Karte scheint noch funktionsfähig zu sein.«

»Die zwei Teppichläufer da nehmen wir mit und bringen sie ins Labor. Vielleicht finden wir darauf irgendwelche Spuren«, stellte Hartmut in Aussicht und deutete auf zwei Sisal-Teppiche, die zur Trittschalldämmung nahe der Treppe, also direkt vor Thomas und Mandy, ausgelegt waren.

»Na gut, dann bleibts dran und informierts uns gleich, wenn ihr was für uns habt.«

»Sowieso.«

»Ah, beinahe hätte ich es vergessen. Gibt's hier in der Kirche Videokameras?«

»Nein, leider ned. Wir haben uns schon umg'schaut.«

»Ich hab's befürchtet«, bemerkte Thomas resigniert.

»Dann hätten wir ja keine Arbeit mehr, mein Lieber«, scherzte Mandy.

Als die beiden Ermittler wieder unten angelangten, waren die Mitarbeiter des Beerdigungsinstituts gerade dabei, den leblosen Körper in den Blechsarg zu hieven. Thomas gab Stefan ein Zeichen, dass er zu ihnen kommen sollte.

»Wenn du nachher Zeit hast, frag bitte bei den Leuten in der Kirchgasse, ob die gestern um Mitternacht irgendwas g'hört haben. Der Karl soll dir dabei helfen.«

»Alles klar, machen wir.«

»Wo ist eigentlich der Mesner, der die Leiche g'funden hat?«

FÜNF

»Ja, was glauben S', was ich für einen Schock 'kriagt hab«, als ich heut früh in der Kirch die Leich liegen hab g'sehen«, gestand der 65-jährige Mesner Josef Lederer den beiden Polizeibeamten im Büro des Pfarrhauses.

Der rüstige Rentner war seit über 20 Jahren Mesner in der Pfarrgemeinde Tann, wie er eingangs des Gespräches mitgeteilt hatte. Bis vor zwei Jahren hatte er dieses Amt neben seinem Beruf als Maurer ausgeführt. Jetzt konnte er noch mehr Zeit für diese verantwortungsvolle Tätigkeit in der Pfarrei aufwenden, denn vor zwei Jahren war er vorzeitig in Rente gegangen.

Mandy und Thomas waren sich nicht sicher, ob seine blasse Gesichtsfarbe seinem Naturell geschuldet war oder ob diese von dem heutigen Erlebnis herrührte.

»Das kann ich mir sehr gut vorstellen, Herr Lederer«, versuchte Thomas, Empathie zu zeigen. »Wann war das genau?«

»Um halb acht. Als ich vor der Kirch g'standen bin und aufsperren wollt, hat die Kirchenuhr zweimal g'schlagen.«

»War die Tür heute früh verschlossen?«, bohrte Mandy nach.

»Na, eben ned. Die war ned zug'sperrt. Ich hab mich schon g'fragt, ob ich des gestern vergessen hab.«

»Und dann sind Sie hineingegangen, oder?«

»Ja, freili bin ich rein'gangen, und dann hab ich ihn gleich liegen g'sehen, den Adrian. Des werd ich meiner Lebtag ned vergessen«, schluchzte der Mittsechziger.

»Kannten Sie den Toten?«

»Mei, was hoaßt kennen. Vor zwei Wochen hab ich ihn zum ersten Mal g'sehen. Des war ein studierter Kunsthistoriker, der bei uns in der Kirch seit 14 Tag die Kunstsachen für den Bischof inventarisiert hat.«

»Was heißt das genau, ›inventarisiert‹?«

»Der hat alles, was in der Kircha ist, 'zählt, aufg'schrieben und fotografiert. Dann hat er danach g'forscht, wer die Bilder und Figuren g'macht hat, wie alt die sind und wie viel die ungefähr wert sind. Wennst mi fragst, hätt's des gar ned 'braucht«, erläuterte der Mesner im niederbayerischen Dialekt.

»Was hätt's ned 'braucht?«, hakte Thomas nach.

»Die Inventarisiererei. Da wird wieder an Haufen Geld rausg'schmissen. Das Geld tat i lieber den Bedürftigen geben. Da braucht sich doch koaner wundern, wenn immer mehr Leut aus der Kircha austreten. Aber wenn sich der Bischof was einbild't, dann muss es halt g'macht werden. Da brauchst ned vui dagegenreden.«

»Und was verspricht sich der Bischof davon?«

»Der möchte rausfinden, wie reich die Diözese ist. Aber wennst es genau wissen möchtst, dann musst eam selber fragen«, erklärte Josef Lederer, der, je länger das Gespräch dauerte, immer mehr ins vertraute »Du« abdriftete.

»Hat der Herr Reber einen Schlüssel für die Kirch g'habt?«

»Freili hat der an Schlüssel g'habt. Der ist ja jeden Tag von der Früh bis auf d'Nacht mit sei'm Computer und sei'm Fotoapparat in der Kirch g'sessen.«

»Auch in der zweiten Empore?«

»Sowieso, da hat er aa raufmüssen. Wegen der Orgel. Die ist aa ein Wertgegenstand, und koa kleiner. In seiner

Pause hat der Adrian öfters Orgel g'spielt. Der hat gut spielen können. ›Des entspannt‹, hat er mir letzte Woch g'sagt.«

»Können Sie sich vorstellen, was der Herr Reber gestern Nacht in der Kirche gemacht hat?«, wollte Mandy wissen.

»Na, überhaupt ned. Ich kann mir ned denken, was der um die Zeit da verloren hat.«

»Sie haben gestern Nacht nicht zufällig etwas gehört oder gesehen?«

»Ich? Zu der Zeit lieg ich in mei'm Bett, und zwar alloa, weil i Jungg'sell bin. Und außerdem wohn ich in der Tulpenstraß oben und ned in der Kirchgass«, empörte sich Lederer und zeigte mit seiner rechten Hand in Richtung Norden.

»Was war der Herr Reber für ein Mensch?«, fragte Mandy, die den 65-Jährigen wieder milder stimmen wollte.

»Z'wider war er ned, der Adrian. Er hat mir gleich das ›Du‹ angeboten. Aber viel g'sagt hat er aa ned. Der ist zwar in Pfarrkirchen aufg'wachsen, doch die letzten 20 Jahr war er in der DDR, hat er mir erzählt.«

»In der DDR?«, fragte Mandy entrüstet, während Thomas sich ein Schmunzeln nicht verkneifen konnte.

»So hoaßt's ja jetzt nimmer. In Ostdeutschland halt«, korrigierte der Mesner.

»Und wie lange war er schon wieder hier?«

»Genau woaß ich des ned. Da müssen S' die Maria fragen. Die hat ihn besser 'kennt. Ich glaub von früher her.«

»Wer ist die Maria?

»Die ist unsere Kirchenpflegerin. Maria Beck hoaßt sie.«

»Und wo finden wir sie?«

»Bevor ihr mich reing'holt habt, ist sie noch mit mir und ein paar anderen vor der Kirch g'standen.«

Thomas bat Josef Lederer, draußen nachzusehen, ob die

Kirchenpflegerin Maria Beck noch anwesend war, und sie ins Büro des Pfarrhauses zu holen.

»Vor zwei Jahren hätte ich simultan übersetzen müssen, und heute verstehst du jedes Wort«, lobte Thomas seine Freundin, als der Mesner rausgegangen war.

»Ich lerne dazu, mein Lieber, im Gegensatz zu den Niederbayern.«

Wenige Minuten später betrat eine korpulente Frau um die 50 mit braunen, schulterlangen Haaren, das Büro des Pfarrhauses. Sie stellte sich als Maria Beck, Kirchenpflegerin der Pfarrgemeinde Tann, vor.

»Schön, dass Sie noch in der Nähe waren, Frau Beck«, begrüßte Mandy die Frau.

»Ich bin geschockt und kann es ned glauben, dass der Adrian tot ist!«

»Sie kannten den Toten näher, stimmt's?«

»Ja, von früher. Wir haben in unserer Jugend gemeinsam beim TUS Pfarrkirchen Tischtennis g'spielt. Da hab ich ihn kenneng'lernt. Aber die letzten 20 Jahre habe ich ihn ned g'sehen. Er ist ja nach sei'm Studium nach Thüringen 'gangen.«

»Thüringen?«, entfuhr es Mandy.

Auch Thomas wurde hellhörig.

»Ja, nach Erfurt. Soweit ich weiß, war er die letzten Jahre Leiter des Angermuseums dort.«

»Und wann haben Sie ihn dann wiedergetroffen?«

»Das war letztes Jahr an Allerheiligen. Ich bin ihm zufällig in der Stadt über den Weg g'laufen, und dabei hat er mir erzählt, dass er zurück nach Niederbayern will.«

»Warum wollte er wieder zurück?«

»Er hat g'meint, er wolle in der Nähe seiner Mutter sein.«

»Hat Herr Reber sonst noch Angehörige?«

»Nein, soweit ich weiß ned. Er war nicht verheiratet, und Kinder hat er auch keine. Seine Mutter lebt in Pfarrkirchen, aber wo genau, ist mir unbekannt.«

»Können Sie sich erklären, was Herr Reber letzte Nacht in der Kirche gemacht hat?«

»Nein, überhaupt ned. Ich weiß nur, dass er gestern zum Klassentreffen zum Grainerbräu gehen wollte. Das hat er mir letzte Woche erzählt, als ich ihn in der Kirch b'sucht hab.«

»Gestern fand hier in Tann ein Klassentreffen statt?«

»Ja, ein 25-jähriges Abitur-Jubiläum.«

»Aha«, raunte Mandy und schaute Thomas an. Mit ihrem Blick gab sie ihm zu verstehen, dass sie mit ihren Ermittlungen bei dem Klassentreffen beginnen mussten.

Thomas nickte und wandte sich mit der nächsten Frage an Frau Beck. »Hatte Herr Reber Feinde, oder besser gesagt, gab es Menschen, mit denen er sich in letzter Zeit gestritten hat?«

»Gehen Sie von einem Mord und nicht von einem Selbstmord aus?«, fragte Maria Beck zur Überraschung der beiden Kripobeamten zurück.

»Wir wissen noch nicht, ob es sich um Mord, Selbstmord oder um einen Unfall handelt. Aber solange darüber keine Klarheit herrscht, müssen wir von Mord ausgehen. Wenn Ihnen persönliche Probleme von Herrn Reber bekannt sind, würden uns die genauso interessieren. Wir müssen in alle Richtungen ermitteln«, antwortete Mandy diplomatisch. Sie wollte der Kirchenpflegerin die jüngsten Erkenntnisse der Rechtsmedizinerin noch nicht mitteilen.

»Ich weiß nichts von Feinden und Problemen. Aber wie gesagt, ich hatte die letzten 20 Jahre auch keinen Kontakt zu ihm. Was er in Erfurt erlebt hat, kann ich Ihnen ned sagen.«

In diesem Moment platzte Pfarrer Grundner, ohne anzuklopfen, ins Zimmer. Die Farbe seines Kopfes hatte sich von Hellrot in ein sattes Purpurrot gewandelt. »Ich muss Sie unbedingt sprechen«, stieß der Priester aufgeregt hervor.

»Das können wir gerne machen, aber zunächst möchten wir das Gespräch mit Frau Beck zu Ende führen«, wies Mandy ihn zurecht und richtete, genauso wie Thomas, den Blick wieder zur Kirchenpflegerin.

So ein despektierliches Verhalten gegenüber seiner Person war der Geistliche anscheinend nicht gewöhnt. Er drehte sich um und verließ sichtlich gekränkt das Pfarrbüro.

»Wo waren wir stehen geblieben?«, fragte Mandy, vom Verhalten des Pfarrers irritiert.

»Bei seinen Problemen«, sprang Thomas in die Bresche.

»Ich weiß wirklich nichts von Problemen oder Konflikten«, wiederholte Maria Beck.

»Ist er Ihnen in den letzten Tagen verändert vorgekommen?«, bohrte Mandy trotzdem noch einmal nach.

»Nein, überhaupt ned. Ich hatte den Eindruck, dass er über die Anstellung bei der Diözese Passau sehr glücklich war. Die Arbeit hier in der Kirche schien ihm Spaß zu machen. Ich denke, dass seine Mutter Ihre Fragen wahrscheinlich besser beantworten kann als ich.«

»Eines noch«, begann Thomas vorsichtig. »Wie kommen Sie als Frau in der von Männern regierten Kirchenwelt zurecht?«

»Da hab ich kein Problem damit. Es hat sich niemand für dieses Ehrenamt gemeldet. Als gläubige Katholikin wollte ich meinen Beitrag zur Kirche leisten und hab mich vor fünf Jahren in dieses Amt wählen lassen. Ich glaub, die sind froh, dass sie mich haben, und deswegen sind alle sehr zuvorkommend zu mir.«

»Na gut, dann belassen wir es dabei. Wie können wir Sie erreichen, falls wir weitere Fragen haben?«

Maria Beck kramte eine Visitenkarte aus ihrem Geldbeutel und übergab sie Thomas, der einen Blick darauf warf. Er stellte fest, dass Frau Beck in der Bräuhausgasse wohnte, und erinnerte sich, dass am anderen Ende des Tanner Marktplatzes eine Brauerei angesiedelt war. Bei dem angegebenen Beruf stutzte er. »Sie sind Steuerberaterin?«

»Ja, ich bin selbstständige Steuerberaterin und arbeite von zu Hause aus.«

»Jetzt muss ich mal dumm fragen. Ich war zwar vor Jahrzehnten Ministrant in Pfarrkirchen, aber mir ist ned klar, was eine Kirchenpflegerin so macht«, bohrte Thomas nach und steckte die Visitenkarte in seine Jackentasche.

»Als Kirchenpflegerin unterstütze ich den Pfarrer und den Kirchengemeinderat bei der Verwaltung des Ortskirchensteuervermögens. Ich kümmere mich um die laufenden Verwaltungsgeschäfte und um die Kassen- und Rechnungsführung.«

»Da sind Sie als Steuerberaterin prädestiniert für diese Aufgabe«, brachte Mandy es auf den Punkt.

»Das ist sicherlich ned von Nachteil. So, und jetzt, glaub ich, sollten S' den Herrn Pfarrer ned länger warten lassen«, schlug die Kirchenpflegerin vor, der der Gemützzustand des Geistlichen vorher nicht verborgen geblieben war.

SECHS

»Seine Exzellenz ist sehr besorgt, um es vorsichtig auszu-drücken«, stammelte Pfarrer Grundner.

»Wer?«, entfuhr es Mandy.

»Unser Herr Bischof natürlich. Ich habe vorhin mit ihm telefoniert und ihn über dieses schreckliche Unglück in meiner Kirche informiert, bevor er es aus der Presse erfährt«, erklärte der Tanner Pfarrer Thomas und Mandy im Pfarrbüro.

Jetzt wussten die beiden über den Grund für die immer noch purpurrote Gesichtsfarbe des Geistlichen Bescheid. Über die Anrede »Exzellenz« schüttelte Mandy gedank-lich nur den Kopf.

»Und wie können wir Ihnen helfen?«, hakte Thomas nach.

»Seiner Exzellenz, und natürlich auch mir, geht es um die Außenwirkung der katholischen Kirche. Unsere Glaubensgemeinschaft ist in letzter Zeit arg von negati-ven Schlagzeilen gebeutelt worden. Wir können uns keine weiteren Skandale leisten«, klagte Hochwürden ganz offen.

»Das ist nicht unser Problem«, bemerkte Mandy.

»Das ist mir schon klar. Ein Selbstmord oder gar ein Mord in dieser heiligen Stätte, das ist ein gefundenes Fres-sen für die Presse. Wissen Sie eigentlich, welche histori-sche Bedeutung unser Gotteshaus für die katholische Kir-che und für die ganze Region hat?«

Weil sowohl Mandy als auch Thomas mit den Achseln zuckten, hielt ihnen Pfarrer Grundner einen kurzen Vortrag: »Diese Kirche ist seit über 325 Jahren eine bedeutende Wallfahrtsstätte in Altbayern. Der Ursprung dieser Wallfahrt war ein in der zweiten Hälfte des 17. Jahrhunderts hier in Tann aufgefundenes Kruzifix. Dieses Kreuz soll wundertätige Eigenschaften gehabt und die Besitzer vor großem Leid verschont haben. Als dann bei der Jesus-Figur der Bart zu wachsen anfing, wurden diesem Kreuz endgültig übernatürliche Kräfte zugesprochen. Seitdem pilgern jedes Jahr Heerscharen von Gläubigen zum Herrgott nach Tann. Gut, unser Wallfahrtsort ist nicht ganz so bekannt wie Altötting zum Beispiel, aber …«

»Das alles hilft uns nicht weiter«, unterbrach Mandy den aufkommenden Redeschwall des Pfarrers.

»Ich wollte Ihnen nur die historischen Zusammenhänge unserer Wallfahrt erklären, nur so können Sie erahnen, welche Tragweite dieses Unglück für uns haben könnte. Ich kann mir nicht vorstellen, dass weiterhin so viele Gläubige zu unserem Herrgott nach Tann kommen, wenn hier Mordtaten begangen werden.«

»Was wollen Sie konkret von uns?«, fragte Mandy den Priester, denn das »um den Brei Herumreden« konnte sie nicht leiden.

»Wir wären Ihnen sehr verbunden, wenn Sie keine Informationen an die Presse weitergeben würden, damit das Unglück hier nicht allzu groß aufgebauscht wird. Außerdem – ein Selbstmord wäre nicht ganz so schlimm wie ein hinterhältiger Mord auf diesem heiligen Boden, wenn Sie verstehen, was ich meine.«

Ah, daher wehte der Wind. Jetzt aufpassen und nichts Falsches sagen, dachte Thomas. Mandy wollte gerade zur Antwort ansetzen, doch Thomas war schneller. »Herr Grundner«, den »Pfarrer« ließ er in seiner Anrede absichtlich weg, »wir ermitteln in einem Todesfall. Ob es Selbstmord, Totschlag, ein Unfall oder Mord war, wissen wir wenige Stunden nach dem Auffinden der Leiche noch nicht. Aber wenn es sich um Totschlag oder Mord handelt, werden wir sicher nicht von einem Selbstmord reden.«

»Nein, nein, so meinte ich es nicht«, entgegnete Pfarrer Grundner mit schlechtem Gewissen. »Ich wollte sagen, wenn es keine Anhaltspunkte gäbe, dann wäre doch ein Selbstmord auch für Sie, sagen wir mal, günstiger, allein wegen der Aufklärungsquote.«

»Da machen Sie sich mal keine Sorgen, Herr Grundner.« Auch Mandy schenkte sich bewusst die Anrede »Hochwürden« oder »Pfarrer«. »Wir werden aller Voraussicht nach morgen Nachmittag, wenn uns der Obduktionsbericht der Rechtsmedizin vorliegt, wissen, ob Herr Reber freiwillig oder unfreiwillig aus dem Leben geschieden ist«, führte sie aus, ohne auf die konkrete Vermutung von Doktor Weiler einzugehen.

»Ach so«, bemerkte der Geistliche sichtlich enttäuscht. »Und was ist mit der Presse?«

»Wir beide haben mit den Medien grundsätzlich keinen Kontakt. Aber wir leben in einem freien Land mit Meinungs- und Pressefreiheit. Uns werden die Berichte, die morgen in den Zeitungen stehen, nicht zur Zensur vorgelegt. Da haben wir also keine Handhabe. Was in unserer Macht steht, dem kommen wir selbstverständlich nach. Heute Vormittag zum Beispiel haben wir Ihrem Wunsch sofort entsprochen und den Leichnam zeitnah abholen lassen.«

»Vergelt's Gott dafür. An die morgigen Schlagzeilen darf ich gar nicht denken. Seine Exzellenz hat mir angedeutet, heute noch mit dem Polizeipräsidenten telefonieren zu wollen.«

Mandy und Thomas warfen sich einen vielsagenden Blick zu.

»Sagen Sie ihm doch, er soll mit den Presseverantwortlichen sprechen, das halte ich für wesentlich zielführender«, schlug Mandy vor.

»Leider sind uns die Pressevertreter nicht sehr gewogen. Das hat man ja in den letzten Jahren gesehen«, gab Pfarrer Grundner zu.

Thomas betrachtete ihn eine Weile. Dabei blieb ihm nicht verborgen, dass die Nervosität des Pfarrers eher zu- als abnahm. »Herr Pfarrer, Sie haben doch noch etwas auf dem Herzen, oder?«

»Na ja, wie soll ich es sagen. Ich ... ich fühle mich ... irgendwie mitschuldig an diesem Todesfall«, stammelte der Geistliche.

»Haben Sie etwas mit dem Tod von Herrn Reber zu tun?«

»Nein, natürlich nicht direkt, nur indirekt vielleicht. Ich war es nämlich, der sich für die Anstellung von Herrn Reber in der Diözese eingesetzt hat.«

»Wie kommen Sie dazu?«

»Unsere Kirchenpflegerin, die Frau Beck, Sie haben sie vorhin kennengelernt, ist auf mich zugekommen und hat mich gebeten, die Bewerbung von Herrn Reber in Passau zu protegieren. Sie hat mir erklärt, dass ihr alter Freund dringend eine Stelle als Kunsthistoriker in Niederbayern suche. Und weil ich meiner Kirchenpflegerin natürlich helfen wollte, habe ich mich für ihn eingesetzt. Wissen S', die Frau Beck macht eine gute Arbeit, und wir alle sind froh, dass wir sie haben. Deswegen habe ich ihr den Gefallen getan. Seine Exzellenz konnte sich noch genau an meinen damaligen Anruf erinnern und hat mich das auch spüren lassen, wenn Sie verstehen, was ich meine.«

»Dann gibt Ihnen Seine Exzellenz eine Mitschuld am Tod von Herrn Reber?«, schlussfolgerte Mandy.

»Ich denke schon. Ich solle mich um das Schlamassel kümmern, schließlich sei ich es gewesen, der den Reber nach Tann geholt habe, hat er gesagt«, klagte der Pfarrer der Verzweiflung nahe.

»Das dürfen Sie sich nicht so zu Herzen nehmen«, versuchte Mandy ihn zu beruhigen. Irgendwie tat ihr der Geistliche nun doch leid, und Thomas schien es ähnlich zu gehen.

»Wir tun alles, was in unserer Macht steht, um das Verbrechen ... äh ... das Unglück aufzuklären«, korrigierte Thomas seinen Versprecher. »Sie müssen uns aber dabei helfen. Wann und wie haben Sie Herrn Reber kennengelernt?«

»Vor ungefähr sechs Wochen, als er die Kirche in Schildthurn inventarisiert hat. Er hat mich kurz besucht, sich vorgestellt und mir mitgeteilt, dass er meine Wallfahrtskirche als Nächstes inventarisieren wird. Er hat auf mich einen sehr ruhigen, kompetenten und sympathischen Eindruck gemacht.«

»Das heißt, Sie haben Reber noch nicht gekannt, als Sie ihn bei der Diözese empfohlen haben?«

»Nein, ich habe mich auf meine Kirchenpflegerin verlassen, die mir über einen einwandfreien christlichen Leumund berichtet hatte. Ich war höchstens verwundert, weil sie und auch unser Mesner nicht viel von dem Projekt der Diözese gehalten haben.«

»Und wann haben Sie ihn zuletzt gesehen?«

»Lassen Sie mich überlegen. Das war vor drei Tagen, am Donnerstag, als ich ihn in der Kirche bei seiner Arbeit besucht habe.«

»Über was haben Sie gesprochen?«

»Nichts Besonderes. Er hat mir berichtet, dass er gut vorankomme und dass er wahrscheinlich Ende nächster Woche hier fertig sein werde.«

»War er anders als sonst oder ist Ihnen etwas an ihm aufgefallen?«

»Nein, er war wie immer. Ende nächster Woche bräuchte er einen Termin bei mir, hat er gesagt. Aber was er von mir wollte, kann ich Ihnen nicht sagen.«

»Haben S' gar keine Ahnung, um was es da gehen sollte?«, bohrte Thomas nach. Das Anliegen des Kunsthistorikers erachtete er für die Ermittlungen als sehr wichtig.

»Nein, er hat auch keine Andeutungen gemacht.«

»Schade«, kommentierte Mandy enttäuscht. »Ich nehme an, Sie wohnen hier im Pfarrhof direkt neben der Kirche?« Da der Priester nickte, fuhr sie fort: »Und Sie haben gestern Nacht wirklich nichts davon mitbekommen, dass sich Personen in der Kirche aufgehalten haben?«

»Nein, ich schlafe wie ein Murmeltier, und außerdem zeigt mein Schlafzimmerfenster in den Hinterhof.«

SIEBEN

»In der katholischen Kirche geht's schlimmer zu als bei uns in der Inspektion. Von wegen Nächstenliebe und so … Hast du gesehen, Mandy, wie der Pfarrer unter Strom stand?«, flüsterte Thomas auf dem Weg vom Pfarrhof zum Auto.

»Ja, klar habe ich das bemerkt. Ich fürchte, in der katholischen Kirche wird noch strenger hierarchisch regiert als beim Staat und in vielen Industrieunternehmen. Unser Kiermeier ist da mittlerweile schon viel fortschrittlicher und lockerer unterwegs«, stellte Mandy erfreut fest.

Vielleicht war es auch nur die zeitliche Nähe zu seiner Pensionierung oder die Tatsache, dass er auf der Karriere-leiter nicht mehr weiter nach oben klettern wollte beziehungsweise konnte. Gut, einige Male hatten Thomas und Mandy mit dem Zaunpfahl winken und sich gegenseitig loben müssen, damit auch er anerkennende Worte gefunden hatte. Ausreichend Gründe dafür hatten sie ihm gegeben, denn die letzten Kapitalverbrechen hatten die beiden zeitnah aufgeklärt. Mittlerweile waren die zwei Pfarrkirchner Kommissare mit ihrem Chef sehr zufrieden. Auch als er erfahren hatte, dass Mandy und Thomas ein Paar waren, hatte er sich loyal verhalten und sie nicht gleich beruflich getrennt, was eigentlich Vorschrift gewesen wäre. Doch jetzt, nachdem Mandy schwanger war, würde er reagieren müssen, dessen waren sich die beiden bewusst. Dieses Thema beschäftigte die Kriminaloberkommissarin mehr, als ihr lieb war. Wie würde es nach der Schwangerschaft beruflich weitergehen?

Als sie kurz vor dem Marktplatz angelangt waren, hörten sie eine vertraute Männerstimme von hinten. »Thomas, Mandy, wartet bitte.« Es war Polizeiobermeister Stefan Wegerer. »Ich bin mit den Anwohnern durch.«

»Und?«

»Nichts, keiner hat was g'hört oder g'sehen. Aber gestern hat es eine größere Veranstaltung beim Grainerbräu 'geben. Da war ein großes Klassentreffen«, berichtete Wegerer.

»Wo auch unser Toter anwesend war.«

»Ah, das wisst ihr schon«, bemerkte der junge Polizeiobermeister enttäuscht.

»Ich würde vorschlagen, wir teilen uns auf«, warf Mandy nach einem Blick auf die Uhr in die Runde. Sie wollte ihren Besuch nicht den ganzen Sonntag alleine lassen und deswegen effizienter vorgehen.

Thomas schaute zwar verwundert, zeigte sich aber einverstanden. Obwohl er die Überbringung einer Todesnachricht an einen nahen Angehörigen bestimmt nicht als angenehme Aufgabe betrachtete, schlug er gentlemanlike vor, dass er zusammen mit Karl Auer zur Mutter von Adrian Reber fahren werde, während Mandy und Stefan die Befragung im Grainerbräu vornehmen sollten.

In diesem Moment kam Karl Auer wie gerufen aus einem Haus in der Kirchgasse und steuerte auf die drei zu. Auch der Polizeihauptmeister konnte über keine nennenswerten Ermittlungsergebnisse berichten.

Der herrlich renovierte Gasthof zum Grainerbräu war ein dominanter Blickfang am unteren Ende des Tanner Marktplatzes. Als Mandy und Stefan am Sonntagnachmittag die dunkel getäfelte Wirtsstube betraten, saßen lediglich eine Handvoll Männer am Stammtisch. Eine fesche junge Bedienung im bayerischen Dirndl zapfte gerade ein helles Bier. Mandy ging auf sie zu und fragte, ob sie den Wirt des Gasthofes sprechen könne.

Einige Minuten später kam ein Mann Mitte 40 aus der Küche auf die beiden Polizisten zu und stellte sich als Sebastian Gruber vor. Wegen der Uniform des Polizeiobermeisters Stefan Wegerer wusste der Besitzer des Grainerbräus sofort, mit wem er es zu tun hatte. Um sich ungestört unterhalten zu können, führte er die beiden Polizisten in das leere Nebenzimmer. »Wir sind alle total g'schockt. Wir können es gar ned glauben, dass der Adrian tot sein soll«, seufzte der Inhaber.

Die Todesnachricht hatte sich schon herumgesprochen. Kein Wunder in einem 4.000-Einwohner-Markt wie Tann, noch dazu in einem Wirtshaus in unmittelbarer Nähe zur Kirche beziehungsweise zum Fundort der Leiche, dachte Mandy.

»Haben Sie den Toten gut gekannt?«, wollte Mandy wissen. Ihr war klar, dass sie in Abwesenheit von Thomas die Befragung alleine durchführen musste, da sich ihr Kollege Wegerer bei solchen Anlässen eher zurückhielt.

»Ja, freilich hab ich den Adrian gut 'kennt, ich bin mit ihm ins Gymnasium 'gangen.«

»Waren Sie mit ihm befreundet?«

»Damals schon, aber in den letzten 20 Jahren hab ich keinen Kontakt mit ihm g'habt.«

»Dann haben Sie ihn gestern beim Klassentreffen zum ersten Mal wiedergesehen, oder?«

»Na, ich hab ihn schon vor zwei Wochen wieder'troffen. Er hat ja in der Kirch g'arbeitet und mich mal b'sucht.«

»Und wie war es nach so langer Zeit?«

»Es war komisch, wie er auf einmal wieder vor mir g'standen ist. Er hat mir erklärt, dass er damals ein gutes berufliches Angebot in Thüringen 'kriagt hat, und des hat er ned sausen lassen können.«

»Aber warum hat er den Kontakt zu seiner Heimat völlig abreißen lassen?«

»Das hab ich ihn auch g'fragt. Er hat g'sagt, dass es für ihn besser g'wesen ist, weil er sonst ständig Heimweh 'kriagt hätt. Jetzt wollt er wieder in der Nähe seiner Mutter sein, deswegen ist er zurück nach Niederbayern 'kommen.«

Das kleine Einfamilienhaus dürfte aus den 1960er- oder 1970er-Jahren stammen, schätzte Thomas, als er seinen Wagen vor dem Haus der Mutter des Mordopfers parkte. Wie immer, wenn es sich um die Überbringung von traurigen Nachrichten handelte, ging er mit flauem Magen und weichen Knien zur Haustür. Sein Kollege Karl Auer folgte ihm.

Eine Frau um die 70 mit grauen halblangen, gewellten Haaren und einer Brille lugte vorsichtig aus der Haustür. »Was hätts von mir braucht?« Gleich nachdem sie den Satz beendet hatte, fiel ihr die Uniform von Karl Auer auf. »Ihr seids von der Polizei?«

»Ja, wir sind von der Pfarrkirchner Polizei«, bestätigte Thomas, zeigte ihr, wie auch Polizeihauptmeister Karl Auer, den Dienstausweis und stellte sich und seinen Kollegen vor.

Wenig später saßen die drei mit ernster Miene am Tisch des kleinen Esszimmers. Thomas bemerkte die zitternden Hände der Frau, als habe sie bereits eine Vorahnung der schrecklichen Mitteilung, die er nun machen musste. Er überlegte, wie er beginnen sollte. »Frau Reber, leider haben wir eine traurige Nachricht für Sie. Wir haben heute früh Ihren Sohn tot in der Kirche in Tann aufg'funden.«

»Das kann ned sein«, entfuhr es der 70-Jährigen. »Der war gestern Mittag noch bei mir!«

»Es gibt keinen Zweifel, Frau Reber«, bekräftigte Thomas.

Frau Reber schaute von einem zum anderen. Weil beide regungslos verharrten, realisierte sie, dass ihr einziger Sohn gestorben war. Jetzt liefen Tränen über ihr Gesicht, aber sie machte keine Anstalten, sie wegzuwischen. Sie saß da wie in Trance, blass vor Schmerz und gramgebeugt.

Thomas wünschte sich Mandy an seiner Seite, denn sie war es, die in solchen Situationen Einfühlungsvermögen bewies und die richtigen Worte fand. Sein Kollege Karl Auer war genauso hilflos wie er. Es dürfte keinen schlimmeren Moment im Leben geben, als seinem eigenen geliebten Kind ins Grab schauen zu müssen, dachte der werdende Vater.

»Was war das gestern für ein Klassentreffen, und wer hat das organisiert?«, fragte Mandy den Wirt Sebastian Gruber.

»Vor 25 Jahren haben wir in Pfarrkirchen das Abitur g'macht, und das haben wir gestern g'feiert. Der Hauptorganisator war ich selber. Für mich war das quasi eine Win-win-Situation, wie man heut so schön sagt«, offenbarte der Gastronom. »Erstens hab ich mich g'freit, meine alten Spezln wiederzusehen, und zweitens habe ich gestern ein Rieseng'schäft g'macht«, gestand der Wirt ehrlich.

»Verstehe. Erzählen Sie uns doch bitte, wie das Klassentreffen gestern ablief«, forderte Mandy ihn auf.

»Mei, wie halt so Klassentreffen sind. Die Leut trudelten zwischen sieben und acht ein. Um ungefähr achte hab ich meine Gäste begrüßt und das Buffet eröffnet. Um neune hat dann die Band zum Spielen ang'fangen.«

»Habt ihr gestern eine Live-Band dag'habt?«, hakte Stefan Wegerer zum Erstaunen von Mandy nach.

»Ja, freili. Die Walnut Grove waren da. Die haben sauguat g'spielt, kann ich euch sagen. Die zwei Sängerinnen, die Beccs und die Jenny, haben richtig Gas gegeben.«

»Kenn ich«, bemerkte Wegerer anerkennend.

»Dann ist es rund'gangen auf der Tanzfläche und natürlich auch in der Bar. Um halbe viere sind die Letzten schließlich 'gangen.«

Nach ein paar Minuten trocknete Maria Reber ihre Tränen. Sie fand auch ihre Stimme wieder, obwohl sie sehr zittrig klang, als sie fragte: »In der Kirche in Tann ist er g'storben? Da hat er die letzten Tage g'arbeitet.«

»So wie es ausschaut, ist er von der zweiten Empore g'fallen. Wir wissen noch nicht, ob freiwillig oder unfreiwillig.«

»Also, der Adrian hat sich bestimmt ned selber um'bracht! Der war so glücklich, dass er wieder in Pfarrkirchen war und dass er die Anstellung in der Kirch 'kriagt hat. Und ich war aa so froh, dass mein Bub wieder dahoam war. Und jetzt ist er tot«, schluchzte die 70-Jährige und fing erneut zu weinen an.

Thomas und Karl saßen hilflos vis-à-vis.

»Geht schon«, seufzte sie nach ein paar Minuten.

»Hatte Ihr Sohn Probleme oder Streit mit anderen Menschen?«

»Kann ich mir ned vorstellen. Wie g'sagt, der hat sich so g'freut, dass er wieder in Pfarrkirchen war. Dass er mit jemandem Streit g'habt hätt, davon weiß ich nichts. Er hat aber aa ned viel g'redt mit mir über sei Arbeit.«

»Ihr Sohn ist vor 20 Jahren nach Thüringen 'gangen. Warum eigentlich?«

»Er war damals in Regensburg beim Studieren. Und hat da auch eine Freundin g'habt. Weil die immer vom Heiraten g'sprochen hat, hat er Panik 'kriagt und ist Hals über Kopf nach Thüringen geflüchtet. Das hat er mir später erzählt. Aber ich glaub, des hat er bereut.«

Dann ist der Reber wegen einer gescheiterten Beziehung nach Thüringen gegangen, wie meine Mandy, nur umgekehrt, dachte Thomas. Hoffentlich bereute sie es nicht auch eines Tages.

Weil von Thomas keine weitere Frage kam, übernahm Karl Auer. »Wissen S' noch, wie die Frau g'heißen hat?«

»Nein, des weiß ich nimmer. Er hat sie mir damals ned vorg'stellt. Ich glaube, dass sie aus unserer Gegend 'kommen ist, aber sicher bin ich mir ned. Wie schon g'sagt, der Adrian war ziemlich verschlossen und hat mir ned viel über sich erzählt.«

»Immer steckt eine Frau dahinter«, kommentierte Karl. Eigentlich hatte die Frohnatur einen kleinen Scherz zur Auflockerung des Gesprächs machen wollen, doch der ging gründlich daneben.

Sowohl Frau Reber als auch Thomas blickten den Polizeihauptmeister vorwurfsvoll an.

»Was war Ihr Sohn für ein Mensch?« Thomas war wieder bei der Sache.

»Der Adrian war intelligent, aber introvertiert. Er war liebenswürdig und künstlerisch sehr begabt. Der hat als Kind schon sehr gut zeichnen und malen können. Ich hab ihm immer g'sagt, er soll Kunst studieren und ned Kunstgeschichte, aber er hat g'meint, dass sein Talent dafür ned reicht. So bescheiden war er. Dann hat er die Malerei zu sei'm Hobby g'macht. Schauen S', das ist von ihm«, sagte Maria Reber und zeigte auf ein gerahmtes Ölbild oberhalb des Sideboards. »Das ist unsere Kirche in Gartlberg. Des hat er mir zu meinem 50. Geburtstag g'malt.«

»Der Adrian war gestern eine Art ›Special Guest‹. Den haben wir alle seit 20 Jahren nimmer g'sehen g'habt«, berichtete der Wirt.

»Mit wem hat er sich unterhalten? Mit wem ist er am Tisch gesessen?«, fragte Mandy.

»Mit unserer früheren Klassenclique.«

»Ich brauche Namen!«

»Mit dem Vilsmaier Gerhard, der Geweiler Gitte, der Auer Sabine und mir. Aber ich war die meiste Zeit nicht am Tisch, ich hab mich ums G'schäft kümmern müssen.«

Bei dem letzten Namen zuckte Mandy zusammen. Sie erinnerte sich daran, wie Karl Auer vorgestern davon gesprochen hatte, dass seine Frau zu einem Klassentreffen gehen werde. Das konnte kein Zufall sein! Karls Frau war in der Clique des Ermordeten? Das könnte heikel werden, befürchtete die junge Kripobeamtin.

Und auch im Kopf des Kollegen Stefan Wegerer kreisten die Gedanken, denn er wusste natürlich, dass die Frau seines engsten Kollegen mit Vornamen Sabine hieß. Er notierte sich die drei Namen in seinem Notizbuch.

Mandy erkannte an Stefans Gesichtsausdruck, dass er ebenfalls sofort an Karls Frau gedacht hatte. Eine Nachfrage, ob Sabine Auers Mann Polizist sei, verkniff sie sich. »Können Sie uns sagen, wann Herr Reber den Gasthof verlassen hat?«

»Nein, das kann ich Ihnen beim besten Willen ned sagen. Ihr glaubts ja ned, wie des gestern Abend zu'gangen ist bei mir im Saal. Irgendwann hab ich den Adrian nimmer g'sehen. Des kann elfe oder zwölfe g'wesen sein, genau weiß ich das nimmer. Ich hab mich nur g'wundert, weil er früher immer einer von den Letzten war, der heim'gangen ist. Da müsst ihr die anderen fragen.«

»Können Sie uns bitte eine Liste aller Gäste, die gestern anwesend waren, zukommen lassen?

»Ja, klar. Warten S', die hol ich Ihnen gleich«, sagte der Hausherr, stand auf und verließ das Nebenzimmer.

»Weißt du, Stefan, ob Karl eingeweiht ist, dass seine Frau in der früheren Clique des Opfers war?«, fragte Mandy, als sie alleine im Zimmer waren.

»Das kann ich mir ned vorstellen. Wenn er das g'wusst hätt, hätt er uns doch sofort Bescheid 'geben«, schlussfolgerte der junge Polizeiobermeister.

»Dann sag bitte noch nichts zu ihm. Ich möchte erst mit Thomas darüber sprechen«, bat Mandy. Bevor sie den Satz beendet hatte, meldete sich ihr Partner per Handy. Sie war sich nicht sicher, ob Karl in seiner Nähe war, deshalb ließ sie sich nicht über die neue Erkenntnis aus. Trotz vorgerückter Zeit vereinbarten sie in einer halben Stunde ein Treffen in der Polizeiinspektion.

Wenig später kehrte Sebastian Gruber mit der Gästeliste zurück und übergab sie Mandy.

ACHT

»Und, wie ist es euch mit Frau Reber ergangen?«, fragte Mandy Thomas, als sie vereint im Büro saßen.

»Du hast mir gefehlt, Mandy«, antwortete Thomas mit ernster Stimme.

Seine Antwort war ehrlich gemeint, doch Mandy glaubte, er wolle ihr nur schmeicheln. »Haha, jetzt sag schon, wie war es?«, entgegnete sie und grinste ihren Liebsten von der Seite an.

»Nein, wirklich. Du wärst bestimmt einfühlsamer mit ihr um'gangen als ich. Frau Reber war fix und fertig, und Karl und ich saßen ihr hilflos gegenüber«, gestand Thomas.

Mandy strich ihm über die Wangen.

Thomas informierte sie detailliert über die Aussagen der Mutter. »Bevor wir gegangen sind, habe ich die Leute vom Kriseninterventionsteam angerufen. Ich konnte Frau Reber in diesem Zustand nicht alleine lassen. Ich habe mit ihr ausg'macht, dass wir uns morgen zusammen die Wohnung ihres Sohnes anschauen. Ich hoff, sie ist dann in der Lage dazu«, beendete er seinen Bericht.

»Das hast du gut gemacht, mein Lieber«, lobte Mandy ihn.

Stefan Wegerer betrat das Büro der beiden Ermittler.

»Schön, dass du gleich kommen konntest, Stefan«, begrüßte Mandy ihren Kollegen.

Da sich kein weiterer Stuhl im Zimmer befand, blieb der junge Polizeiobermeister nahe der Tür stehen.

»Thomas, ich hab den Stefan gebeten zu kommen, damit

wir gemeinsam über eine wichtige Erkenntnis unserer heutigen Befragung beraten können«, begann Mandy.

»Ihr macht es aber spannend.«

»Wir haben erfahren, dass Karls Frau in der Schulclique unseres Toten war. Und gestern sind sie beim Klassentreffen an einem Tisch gesessen.«

»Oje«, entfuhr es Thomas. »Stimmt, Karl sprach vorgestern davon, dass seine Frau zu einem Klassentreffen gehen wollte. Das erinnert mich stark an unseren ersten gemeinsamen Fall, Mandy.«

Mandy und auch Stefan wussten, was Thomas meinte. Vor ungefähr zwei Jahren hatte sich während der Ermittlungen im Fall des ermordeten Trabertrainers herausgestellt, dass Thomas' damalige Frau ein Verhältnis mit einem Hauptverdächtigen hatte.

»So weit sind wir noch lange nicht, Thomas«, beschwichtigte Mandy. »Aber wie gehen wir mit dieser Erkenntnis um?«

»Ich weiß noch, wie ich mich damals g'fühlt hab, als die ganze Polizeiinspektion informiert war, dass meine Frau fremdgegangen ist, und ich der Einzige war, der nichts davon g'wusst hat. Deshalb schlag ich vor, dass wir gleich mit Karl reden, sofern er nicht schon im Bilde ist.«

»Ich glaub ned, sonst hätt er heut bestimmt was g'sagt, und das hat er ned«, meinte Stefan.

»Ist der Karl noch im Haus?«

»Wie kann ich dienen?« Karl Auer betrat kurz darauf, wie immer gut gelaunt, das Büro von Mandy und Thomas. Als er die betretenen Mienen der beiden Ermittler und von seinem Kollegen Stefan Wegerer sah, verfinsterten sich auch seine Gesichtszüge. »Hab ich was ausg'fressen?«

»Na, Karl. Du hast nichts ausg'fressen. Trotzdem müssen wir mit dir reden«, begann Thomas ernst.

»Dann leg los, Thomas«, forderte Karl ihn auf. Der Puls des Polizeihauptmeisters schnellte deutlich nach oben.

»Mandy, ich glaub es ist besser, wenn du anfängst.«

»Okay. Wir waren vorher bei dem Besitzer des Gasthofs Grainerbräu. Der hat uns erzählt, dass unser Toter gestern bei einem Klassentreffen in seinem Wirtshaus war«, führte Mandy sachlich aus.

»Da war meine Sabine auch«, stieß Karl aufgeregt hervor.

»Genau deswegen wollen wir mit dir reden«, beruhigte ihn Thomas, bevor Mandy fortfuhr.

»Das wissen wir, Karl. Sie war nicht nur dort, sondern sie ist mit ihm auch am selben Tisch gesessen. Und sie soll zu Schulzeiten in einer Clique mit ihm gewesen sein.«

»Ich hab noch nie was von einem Adrian Reber g'hört. Ich hab den ned 'kennt. Sabine hat nie was von dem erzählt.« Karls Gesichtsfarbe wurde zunehmend blasser.

»Das glauben wir dir. Es ist auch nicht weiter schlimm, wenn deine Frau eine Zeugin in einem Mordfall ist.«

»Ich frage sie gleich«, kündigte der Polizeihauptmeister an.

»Na, das lässt bleiben. Das übernehmen Mandy und ich. Wir müssen Berufliches und Privates strikt trennen, um keinen Fehler zu machen«, belehrte Thomas ihn streng.

Mandy blickte ihren Liebsten lächelnd an, denn er war es gewesen, der vor einem Jahr diesbezüglich für großen Unmut gesorgt hatte, als er sich mit einer wichtigen Zeugin beziehungsweise Verdächtigen privat getroffen hatte. Damals hatte Mandy ihn mehrmals davor gewarnt. Lektion gelernt, dachte sie zufrieden.

»Kein Problem, dann redet ihr zuerst mit ihr«, zeigte Karl sich wohl oder übel einverstanden.

»Von wann bis wann war deine Frau bei diesem Klassentreffen?«

»Ich hab sie um ungefähr sieben nach Tann g'fahren. Und so um zwölfe hat sie mich ang'rufen, dass ich sie abholen soll. Ich war kurz vor halb eins vorm Grainerbräu. Sie wollt, dass ich sie chauffiere, damit sie ein, zwei Glaserl Wein trinken kann.«

»War s' beschwipst, wie du sie abg'holt hast?«, hakte Thomas nach.

»A bisserl, aber ned schlimm.«

»Was hat s' erzählt vom Klassentreffen?«

»Ned viel. Hat schon passt, hat s' g'meint, viel mehr hat sie ned g'sagt. Sie war ned b'sonders gut drauf, sondern recht müd und ist gleich ins Bett 'gangen.«

»Kennst du die anderen von dieser ehemaligen Schulclique?«

»Wie heißen die Leut?«

Stefan Wegerer zückte seinen Notizblock. »Der Wirt Sebastian Gruber hat g'meint, dass außer dem Toten und deiner Frau ein Gerhard Vilsmaier und eine Gitte Geweiler dazug'hört haben. Und er selbst.«

»Den Gerhard und die Gitte kenn ich. Das sind immer noch gute Freunde von meiner Frau. Und den Wirt kenn ich natürlich auch. Aber von diesem Adrian Reber hab ich wirklich noch nie was g'hört«, wiederholte Karl Auer gebetsmühlenhaft.

»Eins noch, Karl. Ich an deiner Stelle würd dem Kiermeier gleich morgen Bescheid geben, dass sich deine Frau und unser Opfer von früher kannten«, empfahl Thomas.

NEUN

Das Haus von Sabine und Karl Auer im nahen Triftern kannte Thomas, denn er hatte seinen Kollegen schon öfters zu Hause besucht. Er fuhr gerne dorthin, weil er Karl sehr schätzte, und auch Sabine war ihm höchst sympathisch. Im Gegensatz zu seiner früheren Frau Marion begleitete Sabine ihren Mann gerne zu den dienstlichen Feierlichkeiten und sah die Polizeikolleginnen und -kollegen nicht als bruderschaftsartige Sippe, sondern als funktionierende Großfamilie. Für Thomas erweckten Karl und Sabine den Eindruck eines glücklichen Ehepaars. Sie passten gut zusammen, sinnierte Thomas während der Fahrt von Pfarrkirchen nach Triftern. Er, der leutselige und friedfertige Polizist, und sie, die immer gut aufgelegte selbstständige Physiotherapeutin, die mit ihren heilenden Händen schon so manchen Rückengeplagten von seinem Leiden befreit hatte.

Er steuerte den BMW Touring stadtauswärts. Als er auf der Staatsstraße 2110 nach der WEKO-Kreuzung den lang gezogenen Berg in Richtung Triftern hinauffuhr, kam ihm kurz vor der Abzweigung, die zu seinem Sacherl führte, ein Gedanke. »Sollten wir nicht noch schnell vorher bei unseren Gästen vorbeischauen?«, fragte er Mandy, die neben ihm auf dem Beifahrersitz saß.

»Nein, Thomas. Dienst geht vor. Das weiß auch mein Papa als ehemaliger Polizist«, antwortete sie.

»Dann könnten wir zumindest kurz anrufen und Bescheid geben. Die machen sich doch Sorgen, oder?«

»Du hast nur Angst um deine Maschine. Ich bin mir sicher, dass ihnen nichts passiert ist. Außerdem sind wir ohnehin bald bei ihnen. Die hätten sich bei uns gemeldet, wenn sie ein Problem hätten. Im Übrigen wird die Befragung von Karls Frau bestimmt nicht lange dauern«, hoffte Mandy.

Thomas gab sich geschlagen und fuhr in Richtung Triftern weiter. Kurz vor dem großzügigen Kirchplatz des 5.000-Einwohner-Marktes musste er an Angela Hiermer, die ehemalige stellvertretende Direktorin des Pfarrkirchner Gymnasiums, denken, mit der er sich während des Mordfalls Doktor Rausch just an diesem Ort für eine gemeinsame Motorradtour verabredet hatte. Gott sei Dank hatte ihm Mandy das Techtelmechtel mit dieser Karrierefrau letztlich verziehen. Plötzlich wurde er aus seinen Gedanken gerissen. »Das gibt's ja nicht«, entfuhr es ihm. Er bremste den Wagen abrupt ab und steuerte ihn auf einen Parkplatz neben der Straße.

»Was ist denn los?«, wunderte sich Mandy.

»Dreh dich mal vorsichtig um und schau in Richtung Kirche.«

Thomas und Mandy lugten über ihre Schultern.

»Ich fasse es nicht! Das ist Helmut mit einer Frau«, stellte Mandy überrascht fest. Thomas' bester Freund schlenderte gerade mit einer attraktiven Frau von der stattlichen spätgotischen St.-Stephanus-Kirche zu den Fahrrädern, die am Rande des Kirchplatzes abgestellt waren. Der alleinstehende Bankangestellte Helmut Drexler hatte Thomas, mit dem er gemeinsam die Schulbank gedrückt hatte, schon öfters mit internen Informationen auf die richtige Fährte gebracht.

»Schau mal genauer hin. Erkennst du die Frau ned?«

»Aus der Ferne nicht, nein.«

»Das ist die Marion, meine Ex«, prustete Thomas.

»Echt jetzt? Meinst du, dass sie ein Paar sind?«

»Ich hoff's ned. Mein bester Freund und meine Ex? Irgendwie g'fällt mir das ned«, offenbarte Thomas ehrlich.

»Bist du eifersüchtig oder gönnst du Helmut die Marion nicht?«, echauffierte sich Mandy.

»So ein Schmarrn. Was glaubst, was die Leute denken? Der Thomas hat seinem besten Freund seine Ex-Frau zug'schustert, weil er sonst keine abkriagt.«

Helmut Drexler hatte in Sachen Frauen in seinem Leben bisher wenig Glück gehabt, was natürlich an seinem Selbstbewusstsein nagte. Ein Womanizer war er definitiv nicht.

»Mach dir doch über die Leute keine Gedanken. Hauptsache ist, dass die beiden glücklich sind. Und außerdem haben wir schon vor Monaten darüber gesprochen, dass Helmut und Marion gut zusammenpassen würden.«

»Ich kann mir ned vorstellen, dass die Marion mit dem Helmut was anfängt. Sie wird mit ihm auch nur Radltouren machen, damit ihr nicht langweilig ist. So wie du damals«, warf Thomas ihr vor. Helmut hatte Mandy zu Beginn ihrer Pfarrkirchner Zeit die Gegend zwischen Rott und Inn auf dem Fahrrad gezeigt. Es hatte nicht lange gedauert, bis sich Helmut in die sportliche Polizistin verliebt hatte.

»Es war auf alle Fälle interessant mit ihm. Er hat mir die Bräuche und Sehenswürdigkeiten der Region nähergebracht.«

»Und warum hast du dann mich genommen und nicht den Helmut?«

»Weil du Ecken und Kanten hast, an denen man sich gut reiben kann. Du musst nur aufpassen, dass diese nicht allzu scharfkantig werden«, grinste Mandy ihren Liebsten an und drückte ihm einen Kuss auf die Wange.

Bevor Thomas weiterfuhr, beobachteten sie im Rückspiegel, wie Helmut auf sein Rennrad und Marion auf ein neues E-Bike stiegen und beide in Richtung Pfarrkirchen aufbrachen.

Thomas steuerte sein Auto in die entgegengesetzte Richtung. Es dauerte nicht einmal drei Minuten, bis er vor dem Einfamilienhaus der Auers in der Pfarrer-Venus-Straße parkte.

Mit einem gedämpften Lächeln empfing Sabine Auer die beiden Kripobeamten an ihrer Haustür. »Servus, Thomas! Und Sie müssen Mandy Hanke sein, stimmt's?«

Thomas und Sabine umarmten sich kurz, während Mandy ihr die Hand zum Gruß reichte. »Ja, ich bin die Kollegin von Thomas und auch die Kollegin Ihres Mannes«, entgegnete die junge Polizistin, die bewusst das förmliche »Sie« beibehielt.

»Ich hab schon viel von Ihnen g'hört«, sagte Sabine und lächelte Mandy an. Das Lächeln verschwand jedoch abrupt aus dem hübschen Gesicht der Mittvierzigerin. »Ich hab's schon g'hört vom Adrian, der Wast, der Wirt vom Grainerbräu, hat mich heut Vormittag ang'rufen. Ich kann des ned glauben!« Karl Auers Frau schüttelte den Kopf. Sie bat die Beamten ins Wohnzimmer des Einfamilienhauses.

»Sabine, hast du eine Ahnung, was da gestern Nacht passiert sein könnt?«, begann Thomas die Befragung.

»Nein, ich kann mir des ned erklären. Wir haben gestern beim Klassentreffen so eine Gaudi g'habt. Der Adrian war gut drauf, er hat sich so g'freut, dass er wieder in Pfarrkirchen ist und uns alle wiederg'sehen hat.«

»Der Reihe nach«, forderte Mandy. »Sie kannten sich aus Schulzeiten und waren Freunde, oder?«

»Ja, wir gingen in dieselbe Klasse am Gymnasium. Der Adrian, der Wast, die Gitte, der Gerhard und ich haben uns gut verstanden und damals viel miteinander unternommen.«

»Und wie ging es mit der Gruppe nach dem Abitur weiter?«

»Da hat sich die Runde aufg'löst. Der Adrian ist nach Regensburg zum Studieren, der Gerhard und die Gitte gingen nach München. Nur der Wast und ich sind hier'blieben und haben in der Region eine Ausbildung g'macht.«

»Wir haben heute von der Mutter erfahren, dass Adrian Reber während seiner Zeit in Regensburg eine enge Beziehung zu einer Frau hatte. Haben Sie diese Frau gekannt?«

Sabine Auer überlegte kurz, bevor sie den Kopf schüttelte. »Nein, wie gesagt, er war in Regensburg und ich in Pfarrkirchen. Mit wem er in Regensburg zusammen war, kann ich Ihnen ned sagen.«

»Hatten Sie Kontakt mit ihm, während er in Thüringen war?«

»Nein. Ich wusste nicht mal genau, in welcher Stadt er g'arbeitet hat. Vor ein paar Wochen hat er mich aus heiterem Himmel ang'rufen und mir erzählt, dass er wieder in Pfarrkirchen ist und zum Klassentreffen kommen wird.«

»So, aber jetzt zurück zu gestern Abend«, bestimmte Thomas. Er schaute auf die Uhr und wollte seiner Partnerin damit signalisieren, dass er das Gespräch nicht unnötig in die Länge ziehen wollte, schließlich hatten sie zwei Gäste in ihrem Haus. »Hat Adrian Reber gestern von irgendwelchem Ärger oder von Problemen gesprochen?«

»Nein, wie g'sagt, er war gut drauf und wir haben uns in erster Linie über alte Zeiten unterhalten.«

»Hat er sich dabei auch über seine Zeit in Thüringen geäußert?«, hakte Mandy nach.

»Wenig. Er hat nur g'meint, dass er dort Leiter in einem Museum war und dass ihm der Job nicht sonderlich g'fallen hat. Deswegen wollt er noch mal was anderes machen und außerdem wollt er in der Nähe seiner Mutter sein.«

»Wann hast du den Reber gestern zuletzt g'sehen?«

»Ich glaub, es war so ungefähr um halb zwölfe. Ich war g'rad auf der Toilette, und wie ich zurück'kommen bin, war er nimmer da. Es war komisch, weil verabschieden hätt er sich schon können, hab ich mir denkt.«

»Mit dem Verabschieden hatte er es anscheinend ned so«, resümierte Thomas.

Wenig später war das Pfarrkirchner Polizistenduo auf dem Heimweg zu seinen Gästen im Sacherl.

ZEHN

Als Thomas mit Mandy in den Hof seines renovierten Bauernhauses einbog, stand Rauch in der Luft. Dünne Schwaden schwebten an der Hauswand entlang und schienen von der Terrasse her zu kommen. Am Ende der Einfahrt, vor dem ehemaligen Stadel, stand das Motorrad geparkt, offensichtlich unbeschädigt. Trotz anderweitiger Alarmzeichen fiel Thomas ein Stein vom Herzen. Seine BMW 1150 GS war für ihn kein Transportvehikel, sondern ein Stück Lebensqualität. In seinen Augen war Fahren auf vier Rädern lediglich Fortbewegung, fahren auf zwei Rädern dagegen Genuss und Erfüllung.

Der Brandherd war schnell lokalisiert. Auf der Terrasse qualmten reichlich Kohleanzünder im Kugelgrill.

»Da seid ihr ja endlich! Wir dachten schon, wir müssten ohne euch anfangen.« Mandys Vater war aus dem Haus getreten. Er trug einen großen Teller mit einem Berg Thüringer Rostbratwürste, die übereinandergestapelt waren wie Baumstämme am Waldrand. Mit einem Blick auf die ostdeutsche kulinarische Spezialität fügte er hinzu: »Die müssen gebrutzelt werden, bevor sie zu Hundefutter verkommen. Stella sucht in eurer Küche gerade alles zusammen, was sich für einen Salat verwenden lässt. Ein bisschen Hilfe könnte sie sicher gut gebrauchen.«

»Tut mir leid, Papa! Wir wurden heute Morgen zu einem Tatort gerufen. Du hast hoffentlich unseren Zettel gesehen. Wir wollten euch nicht wecken.«

»Mach dir keinen Kopf, mein Mädchen. So kann sich die Lage ändern. Früher musstest du oft am Wochenende auf mich verzichten, wenn ich zu Sondereinsätzen abgezogen wurde. Heute läuft's andersrum. Auch daran muss man sich wohl mit zunehmendem Alter gewöhnen.«

»O Gott, bevor du noch pathetischer wirst, verschwinde ich ganz schnell in der Küche und greife Stella unter die Arme. Thomas, du könntest inzwischen etwas Trinkbares für uns alle organisieren.«

Bis jetzt war der werdende Vater und Schwiegersohn in spe nur dabeigestanden, gewissermaßen als Beobachter, der auf das reagiert, was vor seiner Nase geschieht. Und das auf seinem eigenen Terrain. Er fühlte sich nicht mehr als Herr der Lage, eher wie ein Getriebener. Vielleicht nicht wie ein in die Enge Getriebener, aber doch wie jemand, dem das Heft des Handelns aus der Hand genommen wurde und der einzig die Erwartungen der anderen zu erfüllen hatte.

Trotzdem trottete er widerspruchslos in den Keller und befüllte einen großen Korb mit Bier-, Wein- und Saftflaschen. Auf der Terrasse stellte er den Korb in der Nähe des Esstisches ab, nahm zwei Biere heraus und ging zum Grill, wo Ralf die Würste hin- und herschob und ab und zu wendete.

»Danke für das Bier, Thomas. Ich bin noch ganz überwältigt von der Aussicht auf einen Enkel. Du musst jetzt sehr sorgsam mit meinem kleinen Mädchen umgehen.«

Thomas nickte nur kurz.

»Als ihre Mutter starb, bei diesem vermaledeiten Unfall, hat Mandy vier Monate lang kein Wort mehr geredet. Ich sehe sie klar vor mir mit ihren großen Kinderaugen, die mich fragend anblickten und die Welt nicht mehr verstanden. Noch heute verkrampft sich mein Herz, wenn ich an diese schlimme Zeit denke. Jetzt, Thomas, bist du dafür zuständig, dass sie den Halt findet, den sie braucht, um dem Gegenwind, der immer wieder einmal stürmische Ausmaße annehmen kann, zu trotzen.«

»Da kannst dich ganz …«

»Was führt ihr für verschwörerische Gespräche? Ihr redet doch nicht etwa über uns?« Stella trat, gefolgt von Mandy, auf die Terrasse. Beide trugen je eine große Schale mit Salat in ihren Händen. »Was sagt mein Meistergriller? Sind die Bratwürste fertig? Ich habe einen Mordshunger. Ralfi, vergiss nicht, zwei Würste für Maik aufzuheben.« Die letzte Bemerkung Stellas ging im Tumult rund um den Terrassentisch unter.

Schließlich wurde die Thüringer Grillspezialität auf den vier Tellern verteilt, und die erweiterte Familie Hanke-Huber nahm ihr zweites gemeinsames Mahl ein.

»Die Motorradtour heute war fantastisch!«, schwärmte Stella. »Mein Ralfi hat mich durch die Gegend kutschiert, dass mir bei einigen Kurven angst und bange geworden ist.«

»Jetzt übertreibst du schamlos!«

»Nein, Ralfi, das Beschleunigen, Bremsen und wieder los, da ist mir manchmal das Herz stehen geblieben. Aber dieses Passau! Was habt ihr für wunderschöne Städte in Bayern! Da kann nicht einmal Erfurt mithalten. Einfach malerisch, die engen Gassen und die Uferpromenade. Ralfi, du musst ihnen unbedingt von unserem Bootsausflug erzählen. Vom Schiff aus hat man einen herrlichen Blick auf die Stadt mit dem weißen Dom in der Mitte. So habe ich mir Italien immer vorgestellt. Und dann sind wir mit dem Schiff noch bis nach Österreich hinein, oder, Ralfi? Wir waren doch in Österreich?«

»Nicht ganz, Stella, nicht ganz.«

»Auch egal. Aber in der Nähe waren wir. In Passau haben wir nur einen kleinen Happen gegessen, weil wir ja die Würste für heute Abend hatten. Und weil ich auf der Rückfahrt Hunger hatte, fuhr mich mein Chauffeur nach Pfarrhausen …«

»Pfarrkirchen.«

»Okay, Pfarrkirchen, und wir haben in einem Café am Platz noch einmal Rast gemacht. Ihr ahnt ja nicht, was dort passiert ist!«

Mandy und Thomas hatten nicht die leiseste Ahnung und zuckten mit den Schultern, während Mandys Vater verschmitzt lächelte.

Stella blickte mit großen Augen in die Runde und flocht zum Zwecke der Spannungssteigerung eine Kunstpause in ihren Redefluss. »Ihr werdet es nicht glauben! Wir haben Maik getroffen. Hier mitten in Bayern. So einen Zufall habe ich noch nicht erlebt. Ich hab ihn sofort erkannt, wie er sich zwei Tische von uns entfernt hingesetzt hat und …«

»Wer ist dieser Maik?«, fragte Mandy, bevor sie den Faden ganz verlor.

»Ein Freund aus Thüringen. Ihr werdet ihn gleich kennenlernen, vorausgesetzt, er findet den Weg. Wir haben ihn zum Grillen eingeladen. Er müsste eigentlich schon längst da sein.« Stella schaute auf ihre Armbanduhr.

Thomas hatte den ganzen Abend noch keinen vollständigen Satz gesprochen. Mandy war sichtlich um ihren Vater bemüht, wurde aber immer wieder von Stella ausgebremst, die ganz in ihrem Element war. Und nun würde auch noch ein Kumpel von ihr auftauchen. Es schien niemanden zu interessieren, ob Thomas überhaupt damit einverstanden war, dass für seine Terrasse unabgesprochen Einladungen vergeben wurden. Als er ein Knirschen auf dem Kies der Hofeinfahrt vernahm, war er darauf gefasst, gleich in das ihm unbekannte Gesicht dieses ominösen Maik zu blicken. In diesem Punkt aber irrte er.

Es war Helmut, der von seinem Rad abgestiegen war und es in Sichtweite der Grillrunde abstellte. Für Thomas Grund zur Hoffnung, denn Helmuts Anwesenheit könnte den Abend doch noch in bessere Bahnen lenken. Er beeilte sich, einen weiteren Stuhl herbeizuschaffen, und positionierte ihn direkt neben seinem.

Helmut sah entgeistert von einem Gesicht zum anderen. Er hatte nicht erwartet, hier ihm fremde Personen anzutreffen. Eigentlich hatte er angenommen, nur seinen Freund vorzufinden. Die Verwirrung legte sich auch dann nicht, als Mandy ihm ihren Vater und Stella vorstellte. Helmut wusste noch nichts von Mandys Schwangerschaft, und die jugendliche Ostdeutsche mit den blonden Haaren konnte er nicht zuordnen. Ein fragender Blick, der um Aufklärung bat, traf Thomas, dabei war Helmut gekommen, weil er sich selbst seinem langjährigen Freund gegenüber erklären wollte.

Mandy versorgte den Neuankömmling mit der thüringischen Grillspezialität. Helmut bedankte sich, indem er die üblichen Konversationsfloskeln über den Tisch hinweg austauschte. Dann wandte er sich in gedämpftem Ton an Thomas. Da aber sechs Augen von der gegenüberliegenden Seite des Tisches auf ihn gerichtet waren, hielt er sich zurück.

Bei der ersten passenden Gelegenheit zog er Thomas am Ärmel in eine ruhige Ecke der Terrasse und setzte zu einer Beichte an. »Ich komm grad von einem Fahrradausflug zurück und dachte, ich schau mal bei dir vorbei. Ich wusst nicht, dass heut auf dei'm Sacherl so viel los ist.«

»Da bist du nicht der Einzige«, antwortete Thomas lakonisch.

»Ich komm einfach ein anderes Mal wieder.«

»Schmarrn, jetzt bist schon da. Was hast denn auf dem Herzen? Ich seh's dir doch an.«

»Ich bin nach Triftern g'radelt, also … genauer gesagt … wir sind dort hing'radelt, ich war nämlich nicht allein.«

»Aha.«

»Allein macht's nur halb so viel Spaß, und deshalb hab ich jemanden überredet mitzukommen. Du kannst dir nicht vorstellen, wen!«

»Meine Ex, die Marion.«

Helmuts Kopf lief rot an und ein heftiger Hustenanfall schüttelte ihn durch. Mandy eilte besorgt mit einem Glas Wasser herbei, und Thomas klopfte seinem Freund mit der flachen Hand auf den Rücken, vielleicht eine Spur kräftiger als nötig.

Nachdem sich alle einigermaßen beruhigt hatten und Mandy auf die Thüringer Seite des Tisches zurückgekehrt war, keuchte Helmut, immer noch mit belegtem Hals und rauer Stimme, ein kaum hörbares: »Woher weißt du das?«

»In Pfarrkirchen bleibt nichts lange verborgen. Das gilt auch für die nähere Umgebung. Wie bist du bloß auf diese Schnapsidee gekommen? Was soll das werden, wenn es fertig ist? Du glaubst doch hoffentlich nicht im Traum daran, Marion fängt etwas mit dir an?« Nicht dass Thomas seinem Freund die Zweisamkeit nicht gegönnt hätte, aber musste es unbedingt seine geschiedene Frau sein? Auf den Bettlaken der Liebenden wird die ganze Welt verraten, davon war er überzeugt. Helmut würde Intimstes aus seinen Ehejahren erfahren, davor graute ihm. Und überhaupt, die Vorstellung, bei zukünftigen Unternehmungen mit seinem besten Freund wäre auch Marion ständig an seiner Seite, war für ihn so absurd, dass er der sich eventuell anbahnenden Verbindung nicht das Geringste abgewinnen konnte.

Er war gerade dabei, seinem Freund kräftig den Wind aus den Segeln zu nehmen, als von der Hofeinfahrt erneut das knirschende Geräusch von Reifen auf Steinen kam, welches eine unmittelbare Ankunft ankündigte. Diesmal rollte ein silberner Audi A4 einen Stellplatz suchend auf das Wohnhaus zu.

Obwohl Thomas die spitzen Schreie Stellas schon zur Genüge kannte, fuhr ihm der Schreck dennoch in alle Glieder, als diese euphorisch aufsprang und mit wedelnden Armen auf den Wagen zulief, aus dem sich gerade der beleibte Körper eines kleinen, etwa 35-jährigen Mannes mit massigem Schädel und Doppelkinn herausschraubte. Stella fiel dem Neuankömmling um den Hals und zog ihn am Ärmel in Richtung Terrasse. Dort stellte sie ihren »alten Kumpan aus der thüringischen Heimat«, wie sie ihn nannte, als Maik Lange vor.

Maik gab der versammelten Runde artig seine erstaunlich kleine Hand und setzte sich auf einen rasch herbeigebrachten Stuhl zwischen Ralf und Stella.

Mandy fragte ihn neugierig nach dem Grund seines Aufenthalts in Pfarrkirchen. Es war zwar nicht ungewöhnlich, jedoch auch nicht besonders häufig, dass Reisende aus den ostdeutschen Ländern im Rottal Station machten. Auch Maik schien hierbei keine Ausnahme zu sein. Er gab an, er wolle eigentlich an den Gardasee. Da ihm aber lange Autofahrten zuwider seien, habe er hier nach Gutdünken einen Zwischenstopp eingelegt. Insofern sei das Zusammentreffen mit Stella ein enormer Zufall.

Helmut, dem die letzten Aussagen seines Freundes bezüglich seines Ausflugs mit Marion etwas auf den Magen geschlagen waren, fühlte sich immer mehr fehl am Platze und ließ sich trotz mehrerer Aufforderungen nicht davon abhalten, das Feld zu räumen. Thomas wäre ihm am liebsten gefolgt.

Befeuert von der aufgedrehten Art Stellas, legte Maik Lange seine Zurückhaltung Stück für Stück ab wie die Winterkleidung vor dem Kachelofen. Thomas sah sich veranlasst, in kurzer Zeit mehrmals den Gang in den Keller anzutreten, um den Nachschub an alkoholischen Getränken sicherzustellen. Stella schien einen unerschöpflichen Vorrat an Anekdoten parat zu haben, die zumindest den neuen Gast und in geringerem Ausmaß auch Ralf und Mandy belustigten. Für Thomas war die Situation insofern neu, als er plötzlich sprachlich nicht immer folgen konnte. War er zunächst noch einigermaßen bemüht gewesen, alles zu verstehen, begann er zunehmend zu passen, weil die Feinheiten des Dialekts und das vorauseilende Lachen bei der Annäherung an die Pointe ihm keine Chance mehr ließen. Bei der schrägsten Grillparty seines Lebens wurde er immer mehr in die Rolle des schweigsamen Beobachters gedrängt.

Mandy, der die angeknackste Stimmung ihres Geliebten nicht verborgen blieb, versuchte den Überschwang etwas zu bremsen und die Unterhaltung wieder auf sachlichere Themen zu lenken.

Auf die Frage an Stella, ob sie auch aus Gera komme, erhielt sie die Antwort: »Nein, aus Lederhose«, begleitet von weiteren Lachsalven.

Thomas wusste nicht, was daran so lustig sein sollte, und Mandy erklärte ihm, dass »Lederhose« eine kleine Gemeinde südwestlich von Gera sei.

Trotz ihrer bemühten Ernsthaftigkeit war sich der Niederbayer nicht sicher, ob er vor versammelter Mannschaft durch den Kakao gezogen wurde, und das hochtonige Gekicher von Maik und Stella nährten seine Zweifel.

»Wenn hier schon drei gelernte Polizisten um den Tisch sitzen, dann finden wir sicher auch heraus, aus welcher Ecke Thüringens du kommst«, wandte sich Ralf an Maik und stellte sich ein munteres Rätselraten mit Hinweisen und falschen Fährten vor.

»Wie … drei Polizisten?« Maik schien die Unterhaltung plötzlich gar nicht mehr lustig zu finden.

»Ach, hatte ich das noch gar nicht erwähnt?« Stella neigte sich verschwörerisch zu Maik. »Wir haben es hier mit drei Kommissaren zu tun. Pass bloß auf! Alles, was du sagst, kann später gegen dich verwendet werden.« Die letzten Silben lösten sich in einem nicht enden wollenden schallenden Gelächter auf, sodass Stella schließlich japsend nach Luft rang.

Der Angesprochene räusperte sich unwirsch. Die Bierseligkeit war ihm mit einem Schlag abhandengekommen und wollte sich auch nicht wieder einstellen. Nach einigen eher belanglosen Sätzen gab Maik sich wieder so zugeknöpft wie am Anfang seines Auftritts, entschuldigte sich danach umständlich bei der Runde und verwies auf Erledigungen, die er morgen in aller Frühe vor der Weiterfahrt noch zu tätigen habe. Er streckte den Gastgebern zum Abschied seine kleine Hand hin und suchte das Weite.

Thomas war am allerwenigsten traurig darüber und nahm die Situation zum Anlass, das Ende der Grillparty einzuläuten. Die Gedanken an wichtige Angelegenheiten am bevorstehenden Montag teilte er mit Maik.

ELF

Montag

»Entschuldigen Sie bitte, dass ich gestern nicht zum Tatort gekommen bin. Aber ich konnte schlecht meinen dreijährigen Enkel mitnehmen. Meine Tochter und ihr Mann sind zurzeit in einem Wellness-Hotel im Allgäu, und meine Frau war bei ihrer Mutter in München. Deswegen musste ich auf ihn aufpassen. Dafür habe ich heute schon mit der Rechtsmedizinerin aus Passau telefoniert. Den Obduktionsbericht bekommen wir heute Nachmittag. Vorab hat sie mir gesagt, dass wir aufgrund des Aufpralls der Leiche am Kirchenboden von einem unfreiwilligen Sturz ausgehen müssen. Das hat sie Ihnen auch erklärt, oder?«, begann Josef Kiermeier die Frühbesprechung am Montagmorgen.

Am ovalen Besprechungstisch im Büro des Chefs der Pfarrkirchner Polizeiinspektion saßen neben Thomas und Mandy die Kollegen Stefan Wegerer, Karl Auer sowie Hartmut Rieger, der Leiter der Kriminaltechnik.

»Ja, das hat sie uns erläutert«, bestätigte Mandy.

»Also müssen wir von Mord ausgehen, denn an einen Unfall um diese Zeit in einer Wallfahrtskirche kann ich nicht recht glauben«, stellte der Polizeioberrat fest.

»Das sehen wir auch so. Deswegen haben wir unsere Ermittlungen in diese Richtung aufgenommen«, stimmte Mandy den Ausführungen ihres Chefs zu.

»Es sei denn, wir finden heute in der Wohnung einen

Abschiedsbrief oder Ähnliches, aber das glaube ich nicht«, schränkte Thomas ein.

»Ich auch nicht. Welche Erkenntnisse haben Sie gestern schon gewonnen? Ah, bevor ich es vergesse. Der Kollege Auer hat mich heute früh informiert, dass der Tote ein alter Schulfreund seiner Frau und sie am Samstag ebenfalls bei diesem Klassentreffen in Tann war. Ich sehe die Situation entspannt und keinen Interessenskonflikt. Kollege Auer kann schließlich nichts dafür, dass seine Frau zufällig vor über 25 Jahren in dieselbe Klasse wie das Opfer ging.«

Karl Auer nickte zustimmend.

Im Anschluss berichteten Thomas und Mandy abwechselnd über die Gespräche mit dem Mesner, der Kirchenpflegerin, dem Pfarrer, dem Gastwirt und der Mutter. Die Befragung von Sabine Auer wurde nur kurz angerissen. Die beiden erzählten lediglich, dass Sabine die Aussagen des Gastwirts bestätigt hatte.

»Dann ist noch kein Motiv erkennbar?«

»Richtig, wir wissen nicht, ob die Beweggründe bei diesem Mord im privaten oder beruflichen Umfeld zu suchen sind«, stimmte Mandy zu.

»Lassen Sie uns kurz über einen möglichen Tathergang sprechen«, bat Kiermeier. »Herr Reber war bei diesem Klassentreffen und hat seine ehemaligen Schulkameraden nach langer Zeit wiedergetroffen. Es wurde ausgiebig gefeiert, getanzt und getrunken«, fasste der Polizeioberrat zusammen.

»Entschuldigung, Herr Kiermeier«, unterbrach Thomas seinen Chef. »Hat Ihnen die Rechtsmedizinerin schon sagen können, welchen Promillegehalt der Tote im Blut hatte?«

»Nein, darüber haben wir nicht gesprochen. Das wird bestimmt im Obduktionsbericht stehen«, wiegelte Kiermeier ab, denn er hatte vergessen, danach zu fragen. »Also, es wurde gefeiert, und aus irgendwelchen Gründen hat Reber die Veranstaltung verlassen und ist kurz vor Mitternacht in die Kirche hochgegangen. Einen Schlüssel hatte er ja, da das Gotteshaus derzeit sein Arbeitsplatz war. So, jetzt müssen Sie nur noch herausfinden, was er in der Kirche wollte und vor allem, ob ihn jemand begleitet hat.«

»Ganz genau. Das ist jetzt unsere Hauptaufgabe«, pflichtete Mandy bei. »Da hätte ich gleich eine Bitte an Hartmut. Könntest du überprüfen, ob der Gasthof Grainerbräu und die Kirche in der gleichen Funkzelle liegen? Wenn nicht, sollten wir uns die Bewegungsprofile der Handys von Verdächtigen genauer ansehen. Das würde uns ungemein bei der Suche nach der Person helfen, die Herrn Reber bei diesem nächtlichen Kirchenbesuch begleitet haben könnte.«

»Sehr gute Idee, Frau Hanke«, lobte der Polizeioberrat. »Herr Rieger, das übernehmen Sie bitte. Und jetzt haben Sie das Wort. Haben Sie schon Ergebnisse für uns?«

»Das Handy haben wir bereits ausgewertet«, begann der introvertierte Leiter der Pfarrkirchner Kriminaltechnik, der nur etwas sagte, wenn er dazu aufgefordert wurde. Er holte mehrere Blätter aus seiner Mappe und verteilte diese an Kiermeier, Thomas und Mandy. »Wir haben nichts Auffälliges festgestellt. Am häufigsten hat er mit seiner Mutter telefoniert, aber auch mit den Zuständigen der Pfarrei und mit der Diözese Passau. Vor drei Wochen führte er immer wieder Telefonate mit einem Sebastian Gruber, einer Gitte Geweiler, einem Gerhard Vilsmaier und mit Sabine Auer.«

Als Hartmut Rieger den Namen Sabine Auer vorlas, zuckte Karl innerlich kurz zusammen.

»Das sind die Leute aus seiner ehemaligen Schulclique«, erklärte Thomas.

»Was ist mit SMS oder WhatsApp-Nachrichten?«, hakte Mandy nach.

»Fehlanzeige, er hat am Handy nicht schriftlich kommuniziert.«

»Auf den ersten Blick kann ich hier nichts Verdächtiges erkennen. Am Samstag hat er am Vormittag nur mit seiner Mutter telefoniert, sonst mit niemandem«, verkündete Thomas enttäuscht.

»Und was ist mit anderen Spuren, Herr Rieger?«

»Wir haben sehr viele Fingerabdrücke sichergestellt. Fast zu viele. Da sind wir noch dran. Während der Woche wurde ein Großputz in der Kirche einschließlich der zweiten Empore durchgeführt, das war gut für uns. Schlecht war allerdings, dass am Freitag eine Beerdigung stattfand. Da waren laut dem Mesner zehn bis zwölf Chormitglieder auf der zweiten Empore und haben gesungen.«

»Zehn bis zwölf, das geht ja noch«, kommentierte Thomas flapsig.

»Thomas! Diese Menschen haben alle zehn Finger, und außerdem haben die mehrmals die Kirchenbänke und auch die Balustrade berührt«, erklärte Rieger genervt.

»Dann brauchen wir sofort die Fingerabdrücke dieser Chormitglieder zum Vergleich, oder, Herr Rieger?«

»Die brauchen wir unbedingt, damit wir die Abdrücke separieren beziehungsweise vergleichen können.«

»Darum kümmern sich die Herren Auer und Wegerer«, bestimmte der Polizeichef, bevor Rieger fortfuhr.

»Wir haben außerdem zwei Teppichläufer ins Labor gebracht. Ich hoffe, dass wir heute noch die Ergebnisse bekommen.«

»Ich gehe davon aus, dass wir heute Nachmittag mit dem Obduktionsbericht und später mit den endgültigen Ergebnissen der Spurensicherung neue Erkenntnisse gewinnen, damit ich morgen der Presse Rede und Antwort stehen kann. Apropos Presse. Gestern Abend habe ich einen Anruf von Seiner Exzellenz bekommen«, berichtete Kiermeier, wobei er »Exzellenz« besonders betonte.

Mandy und Thomas wussten, wen er damit meinte. Im Gegensatz zu den anderen Anwesenden im Zimmer.

Kiermeier erklärte: »Der Bischof von Passau hat sich gestern Abend bei mir gemeldet. Ich weiß auch nicht, woher er meine Telefonnummer hat. Er hat mich gebeten, den Fall diskret aufzuklären, weil sich die katholische Kirche keine weiteren Skandale leisten könne. Und wir sollen der Presse keine Information weitergeben, die die katholische Kirche in einem schlechten Licht erscheinen lässt«, informierte der Polizeioberrat.

»Und was haben Sie Seiner Exzellenz geantwortet?«, fragte Thomas und betonte die Anrede des Bischofs genauso wie sein Vorgesetzter.

»Dass wir immer sehr diskret ermitteln und der Presse immer nur Fakten mitteilen, die sie eh schon wissen«, sagte Kiermeier mit einem breiten Grinsen im Gesicht, das ein Lächeln bei allen Anwesenden auslöste.

»Sehr gut, Chef«, lobte Thomas seinen Vorgesetzten. Unser Kiermeier ist in letzter Zeit ganz schön cool geworden, Respekt, dachte er. Vor ein paar Jahren wäre so ein Verhalten undenkbar gewesen. Da hätte er vor lauter Nervosität nach einem Anruf einer so hochgestellten Persönlichkeit hyperventiliert und den Druck mit eindeutigen Worten ungefiltert an seine Mitarbeiter weitergegeben. Und jetzt erwähnte er den Anruf des Bischofs fast nebenbei und machte sich, wenn auch dezent, über die Anrede lustig.

Mandy nickte ebenfalls zustimmend und zwinkerte Thomas zu, was ihm verriet, dass sie ähnliche Gedanken hegte.

»Wie machen wir jetzt weiter?«, warf Kiermeier in die Runde.

Thomas meldete sich. »Wir schauen uns die Wohnung des Opfers an. Die Mutter ist auch dabei. Vielleicht könnt uns der Karl helfen. Ich hoffe, wir finden dort Anhaltspunkte für ein mögliches Motiv. Danach werden wir den anderen der Clique einen Besuch abstatten.«

»Gute Idee. Herr Auer, Sie fahren mit und unterstützen die beiden.«

»Und der Stefan könnte in der Zwischenzeit die anderen Gäste des Klassentreffens befragen«, fuhr Thomas fort und reichte diesem die Gästeliste, die er gestern vom Besitzer des Grainerbräus erhalten hatte. »Stefan, finde heraus, ob bei der Veranstaltung Fotos und Videos gemacht wurden, damit wir eine Vorstellung bekommen, wie es dort zuging.«

»Gut, dann ran an die Arbeit, meine Herrschaften! Es gibt viel zu tun. Und vergesst bitte die Fingerabdrücke der Chormitglieder nicht«, sagte Kiermeier und wollte die Runde auflösen.

Doch Mandy meldete sich zu Wort. »Ich hätte da noch ein Thema für die große Runde, und zwar etwas Persönliches«, stammelte sie. Ihr Puls schnellte in ungeahnte Höhen. Zuletzt hatte ihre Herzfrequenz während der Abiturfeier im Osterlandgymnasium in Gera ähnliche Werte erreicht, als sie ihre Abschlussrede gehalten hatte. »Ich bin schwanger.«

»Nein, das gibt's ja ned«, entfuhr es Karl Auer.

Auch Stefan Wegerer und Hartmut Rieger stand die Überraschung ins Gesicht geschrieben. Sofort wanderten die Blicke der drei Herren auf Mandys Körpermitte.

»Um Gerüchten vorzubeugen, möchte ich euch außerdem mitteilen, dass der Vater des Kindes neben mir sitzt.«

Nach ein paar Sekunden der Schockstarre sah Hartmut Rieger den Leiter der Pfarrkirchner Polizeiinspektion an.

Dieser brauste auf: »Nein, nein, ich bin nicht gemeint, Herr Rieger. Wenn ich der Vater von Frau Hankes Kind wäre, könnte ich sowohl beruflich als auch privat sofort die Koffer packen.«

»Ich bin der Vater. Wir sind seit einiger Zeit ein Paar, und jetzt ist es an der Zeit, dass ihr das erfahrt«, verkündete Thomas stolz.

»Gratuliere, gratuliere«, hallte es von den gegenüberliegenden Plätzen. Karl Auer schüttelte den werdenden Eltern als Erster die Hand, Stefan Wegerer und Hartmut Rieger schlossen sich sofort an.

»Die beiden haben mich vor ein paar Tagen in ihr privates Glück eingeweiht. Ich hätte allerdings eine Bitte an Sie. Hängt diese Neuigkeit nicht an die große Glocke. Eigentlich müsste ich unsere zwei Kripobeamten beruflich trennen, aber das können wir uns im Moment nicht leisten, vor allem, da Sie schon mitten in den Ermittlungen sind. Dafür ist der Mordfall zu brisant«, erläuterte Kiermeier.

ZWÖLF

Thomas war froh, dass die Katze endlich aus dem Sack war und seine engsten Kollegen über ihn und Mandy Bescheid wussten.

Doch Mandy ging die bizarre Situation im Büro des Chefs noch im Kopf um. Auf der Fahrt zu Frau Reber fragte sie ihren Liebsten: »Glaubst du, dass der Hartmut wirklich gemeint hat, der Kiermeier sei der Vater meines Kindes?«

»Nein, das glaub ich ned. Der war nur von der Gesamtsituation überfordert und hat Kiermeier hilflos ang'schaut.«

»Da wäre ich mir nicht so sicher.«

»Und ich bin mir ned sicher, ob die Kollegen dichthalten. Da bin ich g'spannt.«

Wenig später waren sie an ihrem Ziel, dem Haus von Maria Reber in der Sonnenstraße, angekommen. Sowohl Thomas als auch Mandy hofften, dass die Mutter des Ermordeten in der Lage sein würde, mit ihnen zur Wohnung ihres Sohnes zu fahren.

Frau Reber war ganz in Schwarz gekleidet, als sie die Haustür öffnete. Ihre blasse Gesichtsfarbe kam durch die schwarze Baumwolljacke noch deutlicher zur Geltung. Anstatt die Polizisten zu begrüßen, sagte sie nur: »Bringen wir's hinter uns«, schloss die Haustür und ging mit den Beamten zu deren Dienstwagen.

Mandy stellte sich ihr kurz vor.

»Haben Sie schon was herausg'funden?«, fragte die 70-Jährige, nachdem sie im Fond des Polizeiwagens Platz genommen hatte.

»Leider nein, wir können noch nichts Konkretes zu den Todesumständen Ihres Sohnes sagen«, antwortete Mandy, um eine sachliche Tonlage bemüht. »Wie geht es Ihnen heute?«

»Wie es einer Mutter geht, die vor wenigen Stunden erfahren hat, dass ihr einziges Kind gestorben ist«, schluchzte Frau Reber.

Mandy sah im Rückspiegel, wie Tränen über ihr blasses und zerfurchtes Gesicht liefen. Sie begriff, dass es wohl besser war zu schweigen. Ab nun herrschte gespenstische Stille im Wagen.

Von der Sonnenstraße bis zur Wohnung des Opfers in der Röntgenstraße waren es nur wenige Minuten. Die Nähe zum Haus der Mutter war für Adrian Reber sicherlich ein Kriterium bei der Wohnungssuche gewesen, dachte Thomas.

Vor dem Mehrfamilienhaus in der Röntgenstraße sahen sie den Streifenwagen, in dem Karl Auer vereinbarungsgemäß wartete.

»Sei Wohnung ist Parterre links«, sagte Maria Reber, während sie aus dem Polizeiwagen ausstieg.

Sie gingen zusammen mit Karl Auer, den Frau Reber von gestern kannte, zum Gebäude. Frau Reber kramte die Schlüssel aus ihrer Handtasche und sperrte zunächst die Haustür des Mietshauses auf, in dem vier Parteien wohnten. Dann wandten sie sich nach links, wo Frau Reber mit einem weiteren Schlüssel die Wohnungstür ihres Sohnes öffnete.

»Um Gott's will'n«, schrie sie mit zitternder Stimme. »Was ist denn da passiert?«

Im Gang der Dreizimmerwohnung waren sämtliche Schubladen des Garderobenschrankes herausgezogen und durchwühlt worden. Schuhe lagen kreuz und quer am Boden. Auch ein Blick in das Wohnzimmer, den ihnen die geöffnete Tür erlaubte, bestätigte den schrecklichen Verdacht der Polizisten. Hier waren ungebetene Gäste am Werk gewesen, welche die gesamte Wohnung auf den Kopf gestellt hatten.

Die fürsorgliche Mutter wollte sich gerade bücken und aufräumen, als Mandy ein Veto einlegte: »Bitte nichts anfassen, Frau Reber. Wir rufen sofort die Spurensicherung an, denn hier wurde eingebrochen.«

Während Thomas den Leiter der Kriminaltechnik, Hartmut Rieger, verständigte, unterhielt Mandy sich mit Frau Reber. »Können Sie sich vorstellen, was der oder die Einbrecher hier gesucht haben?«

»Na, ich hab keine Ahnung«, seufzte die gebeutelte Mutter.

»Hatte Ihr Sohn besondere Wertgegenstände im Haus?«, hakte Mandy nach.

»Nein, ich kann mir ned vorstellen, was jemand da herin g'sucht hat. Schauen S', die Bilder hat alle der Adrian g'malt.« Frau Reber zeigte auf die drei Aquarelle, die im Flur nebeneinanderhingen.

Mandy betrachtete die schönen Landschaftsbilder mit Bewunderung. »Ihr Sohn war künstlerisch wirklich sehr begabt.«

Thomas beendete sein Telefonat und wandte sich den beiden Frauen zu. »Die Kollegen der Spurensicherung sind unterwegs.« Das konnte kein Zufall sein. Dieser Einbruch musste mit dem Mord an Adrian Reber in Zusammenhang stehen, dachte Thomas. Er nahm seine Partnerin zur Seite: »Solange die Kollegen die Wohnung untersuchen, können wir hier nichts tun.«

»Du meinst, wir sollten in der Zwischenzeit die beiden Übrigen der Clique befragen?«

»Ganz genau«, bestätigte Thomas und rief Karl Auer zu sich. »Karl, du kümmerst dich bitte um Frau Reber. Wenn es zu lange dauern sollt, kannst sie zwischenzeitlich auch nach Hause fahren. Sie soll euch aber auf jeden Fall im Anschluss sagen, ob in der Wohnung etwas fehlt. Und nachher fragst die Nachbarn, ob sie was g'hört oder g'sehen haben. Und sag dem Hartmut, er soll Laptop, Tablet und Co mitnehmen und checken.«

»Aye, aye, Sir«, stimmte der Polizeihauptmeister vorwitzig zu.

DREIZEHN

Thomas und Mandy fuhren gerade mit dem Dienstwagen zur Sebastiani-Apotheke von Gitte Geweiler am Pfarrkirchner Stadtplatz, als Mandys Smartphone klingelte.

»Hallo, Papa, was gibt's?«

Thomas machte sofort das Radio leiser und spitzte seine Ohren.

Mandy schaltete den Lautsprecher ihres Handys mit Absicht nicht ein. »Ja, okay, geht klar. Passt auf euch auf. Bis heute Abend«, sagte sie und beendete das Telefonat.

»Was wollte Ralf?«, bohrte Thomas nach.

Mandy schluckte kurz, bevor sie antwortete, denn sie ahnte, dass Thomas keine Jubelsprünge machen würde. »Er wollte uns nur sagen, dass sie wieder mit dem Motorrad unterwegs sind.«

»Mit meiner GS?«, entrüstete sich Thomas lautstark.

»Mit welchem Motorrad sonst?«

»Ich glaub's ned! Und du hast es ihm auch noch erlaubt«, warf er ihr vor.

»Was soll ich denn machen? Hätte ich sagen sollen, gestern war's okay, aber für heute gilt es nicht mehr?«, keifte Mandy zurück.

»Irgendwann ist es auch mal gut. Man kann die niederbayerische Gastfreundschaft auch überstrapazieren.«

»Thomas«, begann Mandy beschwichtigend. »Ich kenne meinen Vater so auch nicht. Du hättest ihn früher erleben sollen. Der ist jetzt ganz anders. Diese Tussi manipuliert ihn. Er macht alles, was sie sagt.«

»Dann musst du Klartext mit ihm reden«, forderte Thomas vehement.

»Das kann ich nicht. Ich will ihn nicht verlieren. Das muss er selber merken. Und ich bin mir sicher, dass er das bald tun wird.«

»Dein Wort in Gottes Ohr. Ich bin schon g'spannt, welche Überraschung heut Abend auf uns wartet. Hoffentlich macht kein Sportverein von Gera und Umgebung ein Trainingslager im Rottal. Stella würd bestimmt den ganzen Verein ins Sacherl einladen.«

»Jetzt übertreibst du aber, Thomas.«

Die Diskussion endete, als Thomas den Dienstwagen am Stadtplatz abstellte. Vor der heutigen Frühbesprechung hatte sich Mandy die Adressen von Gitte Geweiler und Gerhard Vilsmaier aufgeschrieben. Dabei hatte sie festgestellt, dass Frau Geweiler die Inhaberin einer Apotheke am Stadtplatz und Gerhard Vilsmaier der Besitzer einer Arztpraxis in der Keplerstraße war.

Beim Betreten der Apotheke wehte den Beamten der typische Geruch nach Desinfektionsmitteln, Salmiak und Heilkräutern um die Nase. Darunter mischte sich Deospray und der Duft von gestärkter Arbeitskleidung.

Eine freundlich lächelnde, gepflegte Frau Mitte 40 in einem weißen Apothekerkittel begrüßte die beiden. »Wie kann ich Ihnen helfen?«

Thomas vermutete zwar, dass die Frau mit den brünetten, schulterlangen Haaren die Inhaberin war, dennoch sagte er: »Wir würden gerne mit Frau Geweiler sprechen.«

»Die steht vor Ihnen«, antwortete die Geschäftsfrau.

Nachdem Thomas und Mandy sich als Kripobeamte vorgestellt hatten, bat Frau Geweiler die beiden in einen Aufenthaltsraum im hinteren Teil des Gebäudes.

»Ich hab schon mit Ihnen gerechnet. Furchtbar, der Tod von Adrian«, begann die Apothekerin und schüttelte den Kopf.

»Haben Sie eine Erklärung für den Tod Ihres früheren Schulfreundes?«

»Weiß man denn bereits, ob er freiwillig oder unfreiwillig gestürzt ist?«, fragte Gitte Geweiler zurück.

»Nein, das wissen wir noch nicht. Was denken Sie?«

»Einen Selbstmord kann ich mir bei Adrian nicht vorstellen. Er war so gut drauf bei dem Klassentreffen am Samstag, und dann das. Ein absoluter Schock!«

»Wir haben erfahren, dass Sie am Samstag zusammen mit ihm und anderen ehemaligen Schulfreunden am selben Tisch g'sessen sind. Wann haben Sie ihn zuletzt g'sehen?«

»So genau weiß ich das nimmer. Ich hatte auch ein paar Gläser Wein trunken. Es dürfte ungefähr so Viertel nach elf gewesen sein. Ich war auf der Tanzfläche, und als ich zurückkam, war sein Platz leer.«

»Haben Sie sich nicht gewundert, warum er plötzlich verschwunden war?«

»Nein, zunächst nicht. Ich habe mir 'dacht, dass er in der Bar oder auf der Toilette ist. G'sucht hab ich ihn ned, wenn Sie das meinen. Ich hab mich dann mit anderen früheren Schulfreunden unterhalten. Erst später hab ich mich g'wundert, weil ich ihn nimmer g'sehen hab.«

»Hat der Herr Reber am Samstag davon g'sprochen, dass er nachts in die Kirche gehen wollte?«

»Nein, davon hat er nichts g'sagt. Nur dass die Wallfahrtskirche derzeit sein Arbeitsplatz ist.«

»Haben Sie eine Ahnung, wer ihn zu so später Stunde dorthin begleitet haben könnte?«

»Nein. Wie g'sagt, ich hab ned mal mit'kriagt, dass er den Saal verlassen hat.«

»Wann sind Sie nach Hause gefahren?«

»Es dürfte so halb eins g'wesen sein. Die Frau vom Gerhard, die Anna Vilsmaier, hat mich und Gerhard zurückg'fahren.«

Thomas kramte seine Visitenkarte aus der Jacke und gab sie der Apothekerin. »Sollte Ihnen noch was einfallen, können Sie mich gerne anrufen.« Beim Verlassen des Raumes fiel ihm noch eine Frage ein. »Frau Geweiler, wir haben erfahren, dass Herr Reber während seiner Studentenzeit in Regensburg eine feste Beziehung zu einer Frau hatte. Kannten Sie diese Frau?«

Die Apothekerin überlegte kurz, schüttelte dann aber den Kopf. »Nein, da weiß ich nichts drüber. Ich bin ja nach München zum Studieren und habe von Adrian nicht mehr viel mitbekommen. Außerdem ist das über 20 Jahre her.«

Auf dem Weg zum Auto ging Thomas das Gespräch durch den Kopf. »Ich weiß nicht, wie es dir geht, Mandy, aber ich hab den Eindruck, dass wir von der Clique nicht die ganze Wahrheit erzählt kriegen. Während der Schulzeit waren sie unzertrennlich und während des Studiums hatten sie keinen Kontakt mehr? Ich kann das ned recht glauben.«

»Mir geht es genauso, Thomas. Irgendetwas stimmt da nicht. Ich bin gespannt, was uns der Vilsmaier auftischt.«

Die Arztpraxis von Gerhard Vilsmaier befand sich in der Keplerstraße im Westen der Kreisstadt. Das Messingschild neben der Eingangstür wies die Beamten darauf hin, dass Herr Doktor Vilsmaier als Allgemeinarzt tätig war. Die Beamten hatten Glück, denn um die Mittagszeit war die Praxis geschlossen, sodass der Mediziner Zeit für sie haben sollte.

Ein hagerer, grau melierter Mann Mitte 40 mit Brille öffnete die Eingangstür und bat die Beamten in sein Sprechzimmer. Der Arzt zeigte sich genauso schockiert über den Tod von Adrian Reber wie seine ehemaligen Schulfreunde.

»Ist Ihnen an Herrn Reber irgendetwas aufgefallen an diesem Tag?«, fragte Mandy ihn wie zuvor die anderen Mitglieder der Clique.

»Das ist eine ganz schwierige Frage, Frau Hanke. Ich hatte Adrian davor jahrelang nicht mehr gesehen. Aber eigentlich war er wie früher. Er hatte sich kaum verändert.« Wieder nichts Neues für die Ermittler.

»Hat er von Problemen g'sprochen?«

»Zu mir nicht. Er war gut gelaunt. Ich hatte den Eindruck, dass er froh war, wieder in seiner Heimat zu sein.«

Immer die gleiche Leier, grübelte Thomas.

Doch Mandy gab nicht auf und bohrte weiter. »Haben Sie mitbekommen, wann und mit wem Herr Reber das Klassentreffen verlassen hat?«

»Das ist wiederum eine schlechte Frage. Ehrlich gesagt, ging es mir an diesem Abend nicht gut. Ich musste mit so vielen Leuten anstoßen, und da ich keinen Alkohol mehr gewohnt bin, kann ich mich nicht mehr an alles erinnern, was am späten Abend geschah, wenn Sie verstehen, was ich meine«, gab der Mediziner unumwunden zu.

Das war mal was Neues. Der Wirt hatte sich ums Geschäft gekümmert, Karls Frau war auf der Toilette, die Apothekerin auf der Tanzfläche und der Arzt hatte einen sitzen, fasste Thomas gedanklich die Aussagen der Cliquenmitglieder zusammen.

»Wie und wann sind Sie dann nach Hause gekommen?«

»Meine Frau hat mich und Frau Geweiler abgeholt. Aber um welche Uhrzeit das war, weiß ich nicht mehr.

Da müssen Sie meine Frau oder Gitte Geweiler fragen, sie hat eine Apotheke am Stadtplatz.«

Das wissen wir schon, befand Mandy still und stellte anschließend die nächste und letzte Frage. »Herr Reber hat nach seinem Studium ziemlich abrupt seiner Heimat den Rücken gekehrt und ist nach Thüringen gegangen. In seiner Regensburger Zeit soll er eine feste Freundin gehabt haben. Haben Sie die Frau kennengelernt? Sie soll, laut Aussagen seiner Mutter, aus Pfarrkirchen oder Umgebung gekommen sein.«

Genau wie die anderen drei überlegte der Mediziner ein paar Sekunden, bevor er antwortete: »Ich war damals in München und hatte mit Adrian kaum noch Kontakt. Ich weiß nicht, mit wem er zusammen war.«

Mandy und Thomas überraschte die Antwort des Arztes nicht im Geringsten. Wieder keinen Schritt weiter. Die Aussagen der Cliquenmitglieder erinnerten die beiden an den Spielfilm »Und täglich grüßt das Murmeltier« aus den 1990er-Jahren.

VIERZEHN

Im Gang der Polizeiinspektion trafen Thomas und Mandy auf die 62-jährige Sekretärin des Chefs, Hilde Bernauer. Sie strahlte über das ganze Gesicht, breitete die Arme aus und ging auf die beiden zu.

Auch das noch! Mir bleibt auch nichts erspart, befand Thomas und lächelte gequält.

Mandy machte ebenfalls gute Miene zum bösen Spiel, denn sie ahnte, was jetzt passieren würde. Hilde Bernauer war der Prototyp einer niederbayerischen Ratschkathl. Wenn Sie eine Neuigkeit in Erfahrung gebrachte hatte, dann war die Verbreitungsgeschwindigkeit größer als die des Rottaler Anzeigers.

»Mich g'freits ja so für euch, des kann ich gar neamd sagen!« Sie umarmte zuerst Mandy, und auch Thomas konnte ihren Fängen nicht entkommen. »Das ist ja mal eine freudige Nachricht!«

Die beiden Geherzten wussten nicht recht, was sie sagen sollten. Wer hatte da nicht dichtgehalten? War es etwa Kiermeier himself oder einer der anderen Kollegen gewesen? Das werden wir wohl nie herausfinden, argwöhnte Mandy. Spätestens jetzt war den beiden klar, dass die frohe Kunde in den nächsten Tagen in Pfarrkirchen und Umgebung die Runde machen würde.

Hilde Bernauer war mit ihren Glückwünschen noch nicht fertig. »Was mi ganz b'sonders freut, ist, dass du auf mi g'hört hast, Thomas. Ich hab g'wusst, dass ihr zwei gut zampasst, und jetzt kriagts ihr schon Nachwuchs. Wenn ihr zufällig eine Taufpatin brauchen täts, immer gerne«, sagte die Verwaltungsfachangestellte und streichelte vertraut über Mandys Bäuchlein.

Thomas fühlte sich zunehmend unwohler in seiner Haut. Hoffentlich hat Mandy Hildes Hinweis, dass er auf sie gehört habe, nicht richtig verstanden, hoffte er. Denn Hilde war es gewesen, die ihm im Frühjahr letzten Jahres nach der Trennung von seiner Frau immer wieder Mandy als seine künftige Lebensgefährtin ans Herz gelegt hatte.

»Ah, bevor ich es vergess, ich soll euch den Obduktionsbericht vorbeibringen«, sagte Hilde, drückte Thomas die Blätter in die Hand und verschwand gut gelaunt in Richtung ihres Büros.

Thomas' Laune dagegen war weniger gut. Er und Mandy gingen wortlos zu ihrem Arbeitsplatz zurück.

Als die Tür hinter ihnen zufiel, baute sich Mandy bedrohlich vor ihm auf und blickte ihm tief in die Augen. »Stimmt das, was ich gerade zu hören bekommen habe? Ich fass es nicht! Du hast mich nur angebaggert, weil die Hilde dir das empfohlen hat?«

Thomas wich einen Schritt zurück. »Nein, das ist ein Missverständnis. Ich habe dich angebaggert, weil ich mich in dich verliebt habe. Die Hilde hat damit überhaupt nichts zu tun«, stammelte er.

»Und was hat sie dann gemeint?«

»Du kennst doch die Hilde. Als sie mir letztes Jahr bei der Gartenarbeit am Sacherl g'holfen hat, hat sie g'sagt, ich soll mir wieder eine Frau suchen.«

»Und dabei hat sie mich erwähnt, oder was?«

»Ja, sie hat dich erwähnt, aber ich hab sie nicht ernst g'nommen«, brachte Thomas in seiner Bedrängnis heraus.

»Was? Du hast sie nicht ernst genommen, als es um mich ging?«, beschwerte sich Mandy, immer noch drohend vor Thomas stehend.

»Ich kann doch sagen, was ich will, es ist eh alles falsch«, klagte Thomas verzweifelt.

»Ruhig, Brauner, du hast doch schon das Richtige gesagt. Genau das wollte ich hören«, grinste Mandy.

»Was meinst du?«, fragte Thomas irritiert.

»Du hast gesagt, dass du dich in mich verliebt hast«, sagte Mandy und gab ihrem Liebsten einen Kuss.

»Wow, du springst ja richtiggehend über deinen Schatten heute«, freute sich Thomas. Normalerweise waren Zärtlichkeiten in den Räumen der Polizeiinspektion ein Tabu, aber in diesem Fall machte Mandy, sehr zur Freude von Thomas, eine Ausnahme. Er war froh, der Diskussionsfalle entkommen zu sein, denn Stress mit seiner beruflichen und privaten Partnerin konnte er jetzt nicht auch noch brauchen. Ihm reichten schon der komplizierte Mordfall und die angespannte Situation mit Stella und Ralf am Sacherl.

Sein Handy klingelte.

Es meldete sich Karl Auer. »Servus, Thomas. Ich bin noch im Haus unseres Opfers.«

»Und, was gibt's Neues?«, fragte Thomas ungeduldig. Er schaltete den Lautsprecher des Handys ein, sodass Mandy das Gespräch mithören konnte.

»Die Spurensicherung ist jetzt fertig. Der Täter hat die Terrassentür aufgehebelt, und beim Einbruch hat er zweifelsohne Handschuh 'tragen«, berichtete der Polizeihauptmeister.

»Das heißt, wir haben keine Fingerabdrücke?«

»So schaut's aus. Die Kollegen haben zwar Fingerabdrücke g'funden, aber wahrscheinlich sind die vom Opfer.«

»Warum bist du dir so sicher, dass es nur ein Täter war?«, hakte Thomas nach.

»Weil ein Nachbar in den letzten Tagen einen Mann zweimal um das Grundstück hat schleichen sehen.«

»Gibt es eine Beschreibung von diesem Mann?«

»Der Nachbar meinte, er soll so zwischen 30 und 40 Jahre alt g'wesen sein, nicht sehr groß, etwas übergewichtig, und einen Audi soll er g'fahren haben. Aber leider hat er sich das Kennzeichen ned g'merkt.«

»Dann brauchen wir ein Phantombild von diesem Mann. Der könnte natürlich mit dem Mord was zu tun haben. Und was ist g'stohlen worden?«

»Die Mutter sagt, dass nichts fehlt. Weder seine Uhren noch sein Bargeld, alles ist noch da. Wenn ihr nichts dagegen habt, würd ich der Frau Reber noch ein wenig beim Aufräumen helfen, und nachher bring ich sie heim.«

»Ja, Karl, passt schon, und vergiss das Phantombild ned. Und noch was: Habt ihr einen Abschiedsbrief g'funden?«

»Nein, leider nichts dergleichen.«

»Schade, aber das hab ich befürchtet.«

Nach dem Telefonat hatten Thomas und Mandy endlich Zeit, sich dem Obduktionsbericht zu widmen. Thomas saß auf seinem Schreibtisch und Mandy stand hinter ihm, ihre Hand auf seine Schulter gestützt.

»Genau das, was sie uns schon g'sagt hat«, stellte Thomas nach den ersten drei Seiten fest.

Mandy las die entscheidenden Zeilen vor: »›Durch den Aufprall mit dem Kopf ist nicht von einem Suizid auszugehen, da Selbstmörder gemäß einschlägiger Studien in der Regel mit dem Gesäß aufschlagen.‹«

Thomas blätterte um.

»Das ist interessant. Der Alkoholgehalt im Blut war 0,8 Promille«, bemerkte Mandy.

»Dann können wir auch nicht von einem Unfall ausgehen, denn mit 0,8 Promille war früher das Autofahren noch erlaubt. Er hatte also schon etwas getrunken, war aber immer noch fast im Vollbesitz seiner Kräfte«, urteilte Thomas.

»Alles sieht nach Mord aus«, resümierte Mandy.

Hinter ihr öffnete sich die Bürotür, und der junge Polizeiobermeister Stefan Wegerer betrat mit ernster Miene das Zimmer.

»Was ist dir denn über die Leber g'laufen?«, begrüßte Thomas seinen Kollegen.

»Ich hab keine guten Nachrichten.«

»Jetzt rück schon damit raus, Stefan«, forderte Thomas ihn auf.

»Die meisten Gäste des gestrigen Klassentreffens waren ned dahoam, die waren noch in der Arbeit. Mit dreien hab ich aber grad g'sprochen. Zwei von denen haben nichts Neues g'wusst. Doch der Wenger Lothar hat nach dem Abi auch in Regensburg studiert. Zwar ned Kunstgeschichte, sondern Jura, aber egal.«

»Was hat der g'sagt?« Thomas wurde immer ungeduldiger.

»Er und Reber waren nicht b'sonders befreundet, haben jedoch beide zufällig in der Otto-Hahn-Straße in Regensburg g'wohnt. Somit sind sie sich zwangsweise oft übern Weg g'laufen. Der Wenger Lothar hat g'sagt, dass er den Reber während der Studentenzeit fast jedes Wochenende mit der Kronschnabl Sabine aus Pfarrkirchen in Regensburg g'sehen hat.«

»Dann war diese Frau seine damalige Freundin, von der sei Mutter g'sprochen hat«, schlussfolgerte Thomas.

»Dreimal darfst raten, wie die Frau jetzt heißt.«

»Auer«, antwortete Mandy, die die Situation sofort erfasste hatte.

»Genau«, bestätigte Stefan Wegerer.

»Das gibt's ja ned! Ich krieg die Krise! Das kann doch ned wahr sein«, klagte Thomas verzweifelt. Er war mit der Situation überfordert. »Dann hat uns Sabine gestern ang'logen.«

»Und die anderen dieser früheren Schulclique auch«, kombinierte Mandy.

»Was machen wir jetzt?«

»Ganz einfach. Wir fahren zu Karls Frau und reden mit ihr.«

»Hast du Fotos oder Filme von diesem Klassentreffen auftreiben können?«, wollte Thomas von Stefan wissen.

»Bisher ned. Die drei, die ich heute befragt hab, haben keine Fotos gemacht. Aber der Wenger hat mir einen Mann genannt, der vorgestern gefilmt hat. Zu dem fahr ich heut noch.«

»Den Film schauen wir uns morgen in der Früh gleich an. Und bitte sag keinen Ton zum Karl. Das soll seine Frau mit ihm klären.«

FÜNFZEHN

»Du weißt schon, Thomas, was das bedeutet, wenn Karls Frau damals mit dem Adrian Reber ein Verhältnis hatte und jetzt so ein Geheimnis daraus gemacht wird«, sagte Mandy im Auto.

»Was denn?«, fragte Thomas.

»Dass der Karl auch ein Motiv hat.«

»Das meinst du nicht ernst!«, protestierte Thomas lautstark und blickte Mandy entgeistert an.

»Doch, das meine ich ernst. Stell dir folgendes Szenario vor: Reber war die große Liebe von Sabine. Aus irgendwelchen Gründen hat er vor 20 Jahren Panik bekommen und ist nach Thüringen geflüchtet. Und vor ein paar Monaten hat er sich wieder bei ihr gemeldet und ihr gestanden, dass er damals einen großen Fehler gemacht hat. Vielleicht hat er ihre Liebe neu entfacht, und Karl hat das mitbekommen.«

»Du bist doch verrückt, Mandy«, empörte sich Thomas. »Ich kenn den Karl schon länger als du. Für den würde ich die Hand ins Feuer legen!«

»Ich mag Karl auch. Aber man weiß, wozu Menschen in Grenzsituationen fähig sind. Stell dir vor, Karl ist schon früher nach Tann gefahren und hat die beiden beim Knutschen gesehen.«

»Und dann hat er den Reber in die Kirche 'zerrt, auf die zweite Empore hoch'tragen und nach unten g'schmissen, oder was?«, zog Thomas Mandys Theorie ins Lächerliche. »Jetzt darfst aber aufhören!«

»Ich weiß es nicht. Wir müssen nur aufpassen, dass wir nicht befangen ermitteln und dabei objektive Verdachtsmomente außer Acht lassen.«

»Natürlich! Aber eine gesunde Prise Menschenkenntnis hat noch nie g'schadt. Du glaubst doch nicht im Ernst, dass unser Karl etwas mit dem Mord an Adrian Reber zu tun hat!«

»Ich hoffe es nicht.«

Die Diskussion zwischen den beiden wurde jäh gestoppt, denn sie waren in Triftern in der Pfarrer-Venus-Straße angelangt. Auf dem Grundstück der Auers mähte der Sohn gerade den Rasen. Als Thomas und Mandy die Gartentür öffneten, bemerkte der groß gewachsene, junge blonde Mann die Gäste und stellte den Akku-Rasenmäher ab.

»Servus, Thomas, das ist ja eine Überraschung«, begrüßte er den Polizeioberkommissar.

»Servus, Michael, wie geht's dir?«

»Passt, alles gut. Und Sie müssen Mandy Hanke sein«, wandte Michael sich an Thomas' Partnerin und reichte ihr die Hand. »Ich hab schon viel von Ihnen g'hört.«

»Ich hoffe, nichts Schlechtes.«

»Nein, wirklich nicht. Ihr habt Pech, mein Vater ist noch nicht zu Hause.«

»Wir wollen nicht mit Ihrem Vater, sondern kurz mit Ihrer Mutter sprechen«, erklärte Mandy sachlich.

Michael war sichtlich irritiert und konnte sich nicht vorstellen, was die Polizisten von seiner Mutter wollten. »Sie ist drin in der Küche und macht gerade das Abendessen.«

Genauso irritiert wie ihr Sohn blickte Sabine Auer Thomas und Mandy an, als sie die Haustür öffnete. »Grüß eich. Hättets ihr den Karl 'braucht? Ich bin grad beim Kochen.«

»Nein, Frau Auer, wir haben noch ein paar Fragen an Sie.«

Sabine Auer bat die beiden ins Esszimmer.

Ohne Vorgeplänkel kam Mandy gleich auf den Punkt. »Frau Auer, Sie haben uns gestern angelogen beziehungsweise uns verschwiegen, dass Sie ein Verhältnis mit Herrn Reber hatten.«

Die Frau des Polizeihauptmeisters wurde blass um die Nase. Sie stand auf, ging zum Fenster und vergewisserte sich, dass ihr Sohn mit Gartenarbeit beschäftigt war und nicht zuhören konnte. Dann drehte sie sich um. »Weil dies niemanden mehr interessiert. Das ist doch über 20 Jahre her«, rechtfertigte sich Sabine Auer.

»Warum haben Sie es uns dann nicht gesagt und stattdessen gelogen?«, bohrte Mandy nach.

Thomas, der die Frau seines Kollegen sehr mochte, hielt sich zurück.

»Schauen Sie, Frau Hanke. Sie und Thomas sind die Kollegen meines Mannes. Ich hab dem Karl damals nichts von der Beziehung zu Adrian gesagt. Kurz nachdem er das Weite g'sucht hat, bin ich mit Karl zusammen'kommen. Und damit er ned gleich eifersüchtig wird, hab ich ihm nix vom Adrian erzählt. Der Karl hat bisher nie was von ihm g'hört und g'sehen. Und deswegen hab ich euch gestern ned die Wahrheit g'sagt. Ihr hättets das bestimmt dem Karl g'steckt.«

»Jetzt wird es nicht einfacher, Frau Auer. Sie müssen schleunigst mit ihm darüber reden«, begann Mandy.

Nun meldete sich auch Thomas zu Wort. »Schau, Sabine, du musst ihm das Ganze unbedingt erklären. Der Karl wird das verstehen. Du hast ihn ja nicht betrogen, oder?«

»Nein, natürlich ned«, entrüstete sich Sabine.

»Na also, dann passt's ja. Red mit dem Karl, bevor wir es tun müssen. Der Karl ist so froh, dass er dich hat. Deswegen glaub ich, dass er keine Staatsaffäre d'raus machen wird.«

»Okay, ich red mit ihm. Mir bleibt eh nichts anderes übrig«, zeigte sich Sabine Auer einsichtig.

»Super, Sabine«, lobte Thomas. Er wollte aufstehen und das Gespräch beenden, doch Mandy war noch nicht fertig.

»Frau Auer, haben Sie eine Idee, mit wem Herr Reber am Samstagabend in die Kirche gegangen sein könnte?«

»Nein, ich hab nicht mitbekommen, wann und mit wem er das Wirtshaus verlassen hat, das hab ich Ihnen alles schon gestern gesagt.«

Jetzt sah auch Mandy ein, dass eine weitere Befragung nichts mehr bringen würde, und beide verabschiedeten sich von Sabine Auer.

Im Auto kreisten die Gedanken über die Befragung in Mandys Kopf. »Thomas, hast du eine Ahnung, warum sie so ein Geheimnis aus der Beziehung zu unserem Kunsthistoriker macht?«

»Mei, ich glaube, es ist so, wie sie sagt. Keine Frau spricht gerne mit ihrem Mann über ihren Ex-Lover.«

»Ich habe da eine ganz andere Theorie«, orakelte Mandy.

»Und die wäre?«

»Sie hat doch erzählt, dass sie gleich nach Reber mit Karl zusammengekommen ist. Vor ungefähr 20 Jahren. Ihr Sohn ist 20, groß und blond. Karl ist deutlich kleiner als Michael und hat dunkle Haare. Adrian Reber war groß und blond«, führte Mandy aus.

»Du meinst, Reber ist Michaels Vater, nicht Karl?«

»Ja. Hast du nicht gesehen, wie sie ans Fenster gegangen ist und sich vergewissert hat, dass Michael nicht zuhört?«

»Um Gott's will'n!«, entfuhr es Thomas. »Bitte, Mandy, behalte diese Theorie für dich. Ich will das gar nicht wissen. Sag niemandem was davon. Stell dir vor, du hast recht und weder Karl noch Sabine haben mit dem Mord was zu tun, dann zerstören wir die Familie einer meiner besten Freunde«, flehte Thomas Mandy an.

»Ich sag niemandem was, solange wir dieses Thema als Motiv ausschließen können. Da wäre ich mir aber nicht so sicher. Könnte ja sein, dass Reber Sabine damit erpresst hat, Michael die Wahrheit über seinen leiblichen Vater zu erzählen. Oder Karl ist dahintergekommen.«

»Hör auf, Mandy! Ich will nicht mehr darüber reden! Außerdem, wie passt der Einbruch in Rebers Wohnung in dein Szenario?«

»Das weiß ich noch nicht. Und glaube mir, ich wäre auch froh, wenn die Auers mit der Sache nichts zu tun haben.«

»Ich könnte mir vorstellen, dass die verwüstete Wohnung von Reber der Schlüssel zu unserem Fall ist.«

»Möglich.«

»Und ich hoffe, dass bei uns zu Hause alles in Ordnung ist.«

SECHZEHN

Die Vorstellung, im Privatleben seines geschätzten Kollegen Karl Auer stochern zu müssen, belastete Thomas schwer. Diesen Gedanken bekam er nicht mehr aus seinem Kopf. Auch weil Mandy im Auto nicht lockerließ.

»Ich bin mir ziemlich sicher, dass die Schulclique eingeweiht ist und uns absprachegemäß angelogen hat.«

»Mandy, ich will nichts mehr davon hören! Erstens weil wir jetzt Feierabend haben, und zweitens weil uns das auch nicht weiterbringen würde«, beschwerte sich Thomas. Um die Stimmung zwischen ihm und seiner Liebsten nicht in den Keller sacken zu lassen, fügte er hinzu: »Ich würde heute gerne einen ruhigen zweisamen Abend mit dir verbringen.«

»Ich auch, aber ruhige Tage werden wir noch oft genug haben«, prophezeite Mandy und drückte Thomas einen Kuss auf seine Wange. »Wirst sehen, heute wird es bestimmt harmonischer als gestern.«

»Dein Wort in Gottes Ohr«, hoffte Thomas.

Doch Gott hatte Mandys Worte nicht gehört.

Im Hof des Sacherls angekommen, trauten sie ihren Augen nicht. Zwischen den zwei Apfelbäumen direkt neben dem eingezäunten Bauerngarten stand ein rundes blaues Plastikungetüm.

»Ich glaub, ich werd wahnsinnig!«, entfuhr es Thomas.

Die sonst so schlagfertige Mandy rang ebenfalls nach Worten. »Was ist denn das?«

Beim näheren Hinsehen erkannten sie zwei Köpfe, die aus dem runden Etwas ragten.

Der Wagen war kaum zum Stehen gekommen, da rissen die beiden die Türen auf und sprangen heraus. Als sie sich dem Ungetüm näherten, erhob Stella sich im Evaskostüm aus dem Ding, riss die Hände in die Höhe und schrie: »Überraschung!«

Thomas wusste angesichts ihrer üppigen weiblichen Rundungen gar nicht, wo er hinschauen sollte. Auch Mandy war wegen der Freizügigkeit ihrer angehenden Stiefmutter perplex.

»Wir haben euch heute spontan einen kleinen Swimmingpool gekauft. Wir dachten, das wäre das richtige Geschenk für euren Nachwuchs.«

»Genau, und dann wollten wir ihn gleich mal ausprobieren. Der ist ganz leicht aufzubauen«, ergänzte Ralf, der im Pool sitzen blieb und seine Tochter samt Lebensgefährten angrinste.

»Die Überraschung ist euch gelungen«, bemerkte Mandy mit einem gequälten Lächeln.

Thomas dagegen war angesichts der nackten Tatsachen immer noch sprachlos und stand wortlos vis-à-vis.

»Kommt doch auch rein, es ist herrlich hier«, forderte Stella die beiden auf. »Wir haben noch ein wenig heißes Wasser reingeschüttet. Es ist jetzt fast so warm wie in der Badewanne.«

»Nein, mir ist grad ned danach«, brachte Thomas mühevoll heraus.

Mandy griff deeskalierend ein. »Wir machen in der Zwischenzeit das Abendessen.« Sie nahm ihren Liebsten bei der Hand und führte ihn ins Haus.

»Das ist doch alles ein Albtraum, Mandy, oder?« Thomas schüttelte den Kopf, als sie im Haus waren.

»Mir geht es genauso, Thomas. Ich weiß nicht, was in meinen Vater gefahren ist.«

»Wenn das jemand mitkriagt! Der glaubt ja, ich hätt einen Swingerclub eröffnet«, jammerte der Kriminaloberkommissar.

»Gott sei Dank liegt dein Sacherl so abgelegen, dass keiner merkt, was hier passiert.«

Eine Stunde später saßen die vier auf der Terrasse und aßen zu Abend. Thomas brutzelte die restlichen Thüringer Rostbratwürste in der Pfanne, da er zum Grillen nicht in der richtigen Stimmung war.

Im Gegensatz zu Stella, die ganz begeistert von den heutigen Erlebnissen berichtete. »Wir waren wieder in einer wunderschönen Stadt, kann ich euch sagen. Dort gab es eine Burg, die war fast länger als die Kö in Düsseldorf. Ich weiß den Namen nicht mehr …«

»Ich glaube Burgkirchen oder so«, ergänzte Ralf.

»Burghausen«, berichtigte Thomas augenrollend. Wenigstens scheint mit dem Motorrad alles gut gegangen zu sein, dachte er. In der ganzen Aufregung hatte er vorher vergessen, nach seinem geliebten »Moped« zu schauen.

»Ja, Burghausen hieß die Stadt. Am Fuße dieser Burg liegt ein See. Ralf und ich haben uns ein Boot ausgeliehen und sind auf dem See auf- und abgerudert. Das war vielleicht romantisch, stimmt's, Ralfi?«

»Kann man so sagen«, grinste Ralf.

»Ihr habt wirklich schöne Flecken hier in Niederbayern«, schwärmte Stella ähnlich wie gestern.

»Burghausen liegt in Oberbayern«, korrigierte Thomas.

»Egal, auf alle Fälle gefällt es uns hier richtig gut, nicht wahr, Ralfi?«

Der Angesprochene nickte nur, da er gerade einen Bissen im Mund hatte.

Thomas schluckte schwer an seinen Rostbratwürsten. Die Hoffnung auf eine baldige Abreise der beiden sah er mehr und mehr schwinden.

»Landshut soll auch so schön sein, habe ich mir sagen lassen. Die haben ebenfalls eine Mittelalterburg mitten in der Stadt.«

In diesem Moment klingelte Thomas' Handy. Er kramte es aus seiner Hosentasche und blickte auf das Display. »Oh, meine Mutter.« Auch das noch, seufzte er innerlich. Er sah Mandy verzweifelt an, stand auf und ging ins Haus.

»Was gibt's, Mama?«

»Eins kann ich dir sagen, Bub. Ich bin maßlos enttäuscht von dir! So weit sind wir also schon, dass ich von wildfremden Menschen erfahren muss, dass mein einziges Kind Vater wird. Das hätte ich nie von dir gedacht, dass ich dir so gleichgültig bin!«

»Mama, wir wollten es dir diese Woch sagen, aber wir haben g'rad B'such ...«

»Alle sind dir wichtiger als deine Mutter! Ist schon gut. Das werd ich mir jedenfalls merken. Und überhaupt, ich kenn die Frau nicht mal, die meinen Enkel zur Welt bringen wird.«

»Die hätte ich dir auch diese Woch vorg'stellt«, stammelte Thomas. So eine Diskussion hat mir heute gerade noch gefehlt. War ja klar, dass die Hilde gleich aktiv wird, haderte Thomas mit der höheren Gewalt des Dorfratsches.

»Hör doch auf, Thomas, ich kann des nimmer hören.«

»Freust du dich denn ned, dass du Oma wirst?«, versuchte er, das Gespräch auf eine andere Ebene zu lenken.

»Natürlich freu ich mich! Aber ich hätte es lieber von meinem eigenen Sohn erfahren. Was glaubst du, wie ich dag'standen bin, als mir die Hilde zur Großmutter gratulieren wollte?«

»Mama, ich hätte es dir ganz bestimmt diese Woche erzählt und dir auch meine Freundin vorgestellt. Nur jetzt gerade sind die Eltern von ihr da, und außerdem hab ich einen Mordfall aufzuklären«, rechtfertigte er sich.

»Alle sind dir wichtiger als ich …«, schluchzte Frau Huber.

»Mama, ich muss jetzt aufhören, ich melde mich am Wochenende bei dir, und dann machen wir was aus. Okay?«, sagte Thomas und drückte die Taste mit dem Hörersymbol. »Verdammter Mist! Das darf doch alles ned wahr sein«, fluchte er.

Diese Worte hatte Mandy mitbekommen, denn sie trat gerade in die Küche, um Nachschub für ihre durstigen Gäste zu holen. »Was ist denn los, Thomas?«

»Meine Mutter ist beleidigt, weil sie die freudige Nachricht nicht von mir, sondern von der Hilde erfahren hat. Mir reicht's für heute, Mandy. Ich geh ins Bett.«

SIEBZEHN

Dienstag

Thomas hatte nach dem gestrigen Horrortag schlecht geschlafen. Die Ereignisse von diesem »Black Monday« waren ihm ständig im Kopf herumgegangen. Die Verdachtsmomente gegen seinen Kollegen Karl Auer beziehungsweise dessen Frau, die Situation am Sacherl mit dem Schwiegervater in spe und dessen durchgeknallter Gespielin und nicht zuletzt der Anruf seiner Mutter beschäftigten den werdenden Vater noch immer, als er zusammen mit Mandy auf dem Gang der Polizeiinspektion zum Büro des Chefs schlenderte. Dort erwartete ihn die nächste Überraschung.

»Guten Morgen, meine Herrschaften. Kollege Auer wird uns ab heute nicht mehr im Mordfall Reber unterstützen. Er war heute früh bei mir und hat mir gebeichtet, dass seine Frau vor etwa 20 Jahren ein Verhältnis mit unserem Opfer hatte. Aber das wissen Sie ja bereits«, begrüßte Josef Kiermeier seine Mitarbeiter zur Frühbesprechung.

Während Thomas, Mandy und Stefan Wegerer ein stummes Nicken andeuteten, stand dem Leiter der Kriminaltechnik, Hartmut Rieger, der Schreck ins Gesicht geschrieben.

»Das muss nichts heißen. Die Liaison war vor der Ehe mit Herrn Auer und ist schon zwei Jahrzehnte her. Trotzdem haben Herr Auer und ich gemeinsam beschlossen, dass es besser ist, wenn er die nächsten Tage Urlaub nimmt und nicht mehr an diesem Fall arbeitet. Dann sind wir unangreifbar und somit auf der sicheren Seite. Ich gehe davon aus, dass gegen Frau Auer keine Verdachtsmomente vorliegen«, fuhr Josef Kiermeier fort und blickte Thomas und Mandy gleichermaßen an.

Die beiden schüttelten stumm den Kopf, obwohl sich dabei vor allem Mandy nicht wohlfühlte, denn die Lüge von Karls Frau und die Theorie mit der Vaterschaft deuteten in eine andere Richtung.

Thomas dagegen war froh, dass Mandy dichthielt. Er überlegte, dass er an Kiermeiers Stelle wahrscheinlich genauso gehandelt hätte.

»Wenn wir in unserem Mordfall Unterstützung brauchen, können wir jederzeit auf einen Kollegen aus der Schicht zurückgreifen. So, aber jetzt zu unserem Fall. Sie haben einen Einbruch in der Wohnung unseres Opfers festgestellt?«, fragte der Polizeioberrat in die Runde.

»Korrekt, in die Wohnung von Adrian Reber wurde zweifelsfrei eingebrochen. Laut Aussage der Mutter fehlt in der Wohnung nichts, also hat der Täter etwas gesucht und vielleicht auch gefunden, von dem wir noch nichts wissen«, berichtete Mandy.

»Haben Sie und Ihre Männer Spuren feststellen können, Herr Rieger?«

Der Leiter der Kriminaltechnik räusperte sich, bevor er antwortete. »Leider hat der Täter Handschuhe getragen. Die festgestellten Fingerabdrücke stammen vom Opfer und von seiner Mutter. Die Terrassentür war nur gekippt, deshalb hatte der Einbrecher leichtes Spiel und konnte die Tür mit einem Brecheisen aufhebeln. Auf dem Schreibtisch haben wir einzelne dunkle Haare gefunden, die nicht vom Opfer stammen, also könnte sie der Einbrecher hinterlassen haben. Ich vermute, er ist mit dem Laptop am Schreibtisch g'sessen. Wenn man sich am Kopf kratzt, verliert man schon mal das ein oder andere Haar. Ich werde ein genetisches Profil erstellen und es dann mit der DNA-Analyse-Datei abgleichen.«

»Das ist insgesamt eine sehr übersichtliche Spurenlage«, resümierte der Pfarrkirchner Polizeichef enttäuscht.

»Nicht ganz, Chef«, meldete sich Thomas. »Ein Nachbar hat eine verdächtige männliche Person beobachtet, die kurz vor dem Einbruch ein paarmal ums Haus geschlichen ist. Wir werden heute noch ein Phantombild anfertigen lassen.«

»Das ist ja immerhin was.«

»Richtig, Chef. Wir glauben fest daran, dass der Einbruch mit dem Mord in Verbindung steht. Das wäre ein arger Zufall, dass ausgerechnet in der Mordnacht jemand in die Wohnung des Opfers einbricht«, ergänzte Mandy.

»Das sehe ich auch so. Wissen wir, wann genau eingebrochen wurde?«

»Auf jeden Fall in der Nacht von Samstag auf Sonntag. Wir können jedoch nicht sagen, ob der Einbruch vor oder nach dem Mord verübt wurde.«

»Dann beeilen Sie sich mit dem Phantombild. Vergleichen Sie es mit unserer einschlägigen Kundschaft am Computer. Und wenn Sie nicht fündig werden, schicken Sie das Bild in die Fahndung. Gibt es was Neues von der Spurensicherung, Herr Rieger?«

»Wir sind immer noch dabei, die Fingerabdrücke zu vergleichen und zuzuordnen. Von Stefan habe ich mittlerweile die Vergleichsabdrücke von sechs Chormitgliedern bekommen.«

»Laut Aussage des Chorleiters waren am Freitag elf Personen auf der zweiten Empore. Somit fehlen noch fünf.

Die habe ich gestern nicht erreichen können. Ich bin da dran«, erläuterte Stefan Wegerer.

»Die Auswertung des Laptops ist auch noch nicht abgeschlossen, aber über einige andere Dinge kann ich schon berichten.«

»Dann legen Sie los, Herr Rieger!«

»Leider befinden sich die Kirche und das Gasthaus in der gleichen Funkzelle.«

»Mist, das habe ich befürchtet. Damit brauchen wir keine Bewegungsprofile der Handys von den Besuchern des Klassentreffens anzufordern. Wäre auch zu schön gewesen«, schlussfolgerte Thomas enttäuscht.

»Dann werden wir so schnell nicht herausfinden, wer Adrian Reber am Samstagabend in die Kirche begleitet haben könnte.« Mandy war ebenfalls wenig erfreut.

»Doch, da könnte uns vielleicht eine andere Spur helfen«, warf Hartmut Rieger hoffnungsvoll in die Runde.

»Hartmut, bitte«, forderte Thomas den Kollegen ungeduldig auf.

»Auf einem Teppichläufer haben wir verschiedene Faserspuren festgestellt. Die einen stammen zweifelsohne vom Opfer. Herr Reber hat an diesem Tag eine beige Hose und ein braunes Baumwollhemd getragen. Die anderen sind weiß und blau. Die Kollegen analysieren die Fasern gerade.«

»Sehr gut, Hartmut. Da können wir ansetzen«, lobte Thomas.

»Heißt das, da oben auf dem Teppich hat ein Kampf stattgefunden, bevor der Mörder sein Opfer nach unten befördert hat?«, kombinierte Mandy.

»Sehe ich auch so. Die haben sich vorher geprügelt. Dann muss der Mörder ganz schön kräftig g'wesen sein, wenn er den Reber über die Balustrade bugsiert hat«, vermutete Thomas.

»Sag mal, Stefan, hast du schon Bilder vom Klassentreffen?«, hakte Mandy nach.

»Ja, ich habe gestern noch zwei Videos vom Klassentreffen organisiert.«

Jetzt mischte sich Polizeichef Josef Kiermeier wieder in die Diskussion ein. »Das ist doch wunderbar! Schauen Sie sich die Videos an und halten Sie Ausschau nach weißen und blauen Klamotten. Leider muss ich mich jetzt ausklinken, ich habe gleich einen Termin. Ich wünsche Ihnen viel Glück! Wir sehen uns spätestens morgen wieder«, schloss der Polizeioberrat die Besprechung.

ACHTZEHN

»Jetzt müssen wir ohne Karl klarkommen«, resümierte Mandy nüchtern, als sie mit Thomas und Stefan zurück in ihrem Büro war.

»Das ist wirklich bitter. Aber ich bin nach wie vor fest davon überzeugt, dass die Sabine und natürlich auch der Karl mit dem Mord nichts zu tun haben«, kommentierte Thomas.

»Das glaub ich auch, trotzdem war es die richtige Entscheidung von Kiermeier, Karl in den Urlaub zu schicken«, bemerkte Mandy.

Stefan Wegerer hielt sich aus der Diskussion raus. Stattdessen fingerte er einen USB-Stick aus seiner Hosentasche. »Ich habe die zwei Videos vom Klassentreffen auf dem Stick. Wollen wir sie gleich anschauen?«

»Ja, deshalb sind wir hier.«

Nachdem der IT-Spezialist den Speicherstick in den Anschluss von Thomas' Computer gesteckt hatte, schaltete er das erste Video an. Mandy und Thomas standen hinter Stefan.

Ein starker Lärmpegel hallte ihnen entgegen, sodass der junge Polizeiobermeister den Ton sofort leiser stellte. Rechts unten am Bildschirm war die Uhrzeit eingeblendet. Das Video begann um 21.27 Uhr. Zunächst sahen die Beamten die ehemaligen Abiturienten des Pfarrkirchner Gymnasiums auf der vollen Tanzfläche.

»Da ging's ja hoch her«, bemerkte Thomas.

»Unsere Bekannten sind bisher leider nicht zu sehen«, stellte Mandy enttäuscht fest.

Wenig später schwenkte die Kamera zur Bühne, auf der die Band Walnut Grove dem tanzenden Volk kräftig einheizte. Wegen des Krachs war der Song »Son Of A Preacher Man« von Dusty Springfield nur sehr schwer auszumachen.

Trotzdem konnte sich der zurückhaltende Polizeiobermeister einen Kommentar nicht verkneifen. »Die zwei Sängerinnen schauen nicht nur toll aus, die können auch richtig gut singen.«

»Deshalb sehen wir uns das Video aber nicht an, Stefan«, konterte Mandy barsch.

»Wart!«, rief Thomas plötzlich.

Stefan hielt das Video an. »Da hinten ist ein Mann auf der Tanzfläche, der hat ein weißes Hemd und eine blaue Hose an.« Stefan vergrößerte den Ausschnitt. Der Mann war ihnen unbekannt. Thomas zückte sein Handy und fotografierte ihn auf dem Bildschirm seines Computers.

Wenig später lief das Video weiter. Die Uhrzeit auf dem Bildschirm zeigte 21.33 Uhr an. Leider war von der früheren Schulclique immer noch nichts zu sehen, dafür häufig die fünfköpfige Band in Aktion. Der Klassiker von Creedence Clearwater Revival »Proud Mary« begeisterte auch die Polizisten.

Falls ich noch mal heiraten sollte, verpflichte ich Walnut Grove zur Hochzeitsfeier, sinnierte Thomas. Die spielen genau die Musik, die ich mag. Seiner Mutter würde die Band jedoch nicht gefallen, dessen war er sich bewusst. Sie bevorzugte Volksmusik, Walzer und Co. Apropos – er musste den Konflikt mit seiner Mama bald beheben, wusste nur nicht wie.

Das Video schien ihnen bei ihren Ermittlungen nicht weiterzuhelfen.

Doch kurz vor dem Ende der Aufnahme schreckte Mandy auf. »Stopp!«, schrie sie mit voller Inbrunst.

Stefan erschrak so, dass ihm kurz die Maus aus der Hand rutschte.

»Spul kurz zurück, Stefan«, forderte Mandy ihren Kollegen auf. »Und jetzt stopp. Erkennst du diesen Mann, Thomas?«, fragte sie aufgeregt und zeigte mit dem Finger auf den mit einer grünen Hose und einem beigen Hemd bekleideten Mann, der neben der Bühne stand.

Thomas schaute konzentriert auf den Bildschirm. »Ja, klar kenn ich den. Das ist Maik Lange.«

»Genau«, bestätigte Mandy triumphierend.

»Was zum Henker macht der Maik aus Thüringen bei dem Klassentreffen in Tann?«

»Wer ist Maik Lange?«, fragte Stefan Wegerer verdutzt.

Während Mandy dem jungen Polizeiobermeister von der Bekanntschaft, die sie vorgestern am Sacherl gemacht hatten, berichtete, kreisten die Gedanken in Thomas' Kopf.

»Jetzt hab ich's!«, rief er plötzlich. »Kannst du dich an Karls Beschreibung erinnern?«

»Was meinst du?«

»Der Nachbar von Adrian Reber hat dem Karl den Mann ziemlich genau beschrieben, der verdächtig ums Haus g'schlichen ist«, erklärte Thomas.

»Stimmt. Klein, etwas übergewichtig und zwischen 30 und 40 Jahre alt, oder?«

»Und einen Audi soll er g'fahren haben. Und mit welchem Fahrzeug ist der kleine, dicke Maik vorgestern zu uns ans Sacherl 'kommen?«

»Mit einem Audi«, bestätigte Mandy.

»Bingo!«, grinste Thomas und klatschte seine Lebensgefährtin ab.

»Leider ist er nicht passend gekleidet«, bemerkte Mandy.

Sofort riskierte Thomas einen Blick in die Vorbestraften-Datei. »Schade. Kein Maik Lange zu finden«, stellte er kurz darauf fest.

»Macht nichts. Aber bevor wir aktiv werden, hätte ich gerne eine Bestätigung von diesem Nachbarn«, schränkte Mandy ein.

»Wie der heißt, weiß nur der Karl«, gab Thomas zu Bedenken.

»Der ist ja nicht aus der Welt«, kommentierte Mandy pragmatisch.

»Stimmt!« Trotzdem fühlte Thomas sich angesichts der heiklen Rolle von Karls Frau in dem Mordfall nicht wohl in seiner Haut, als er zum Handy griff und Karl anrief.

Nach wenigen Augenblicken meldete sich der beurlaubte Polizist. »Guten Morgen, Thomas.«

»Servus, Karl. Wir haben schon g'hört, dass du dich ab heute in den Urlaub verdrückt hast«, begann Thomas flapsig.

»Verdrücken ist gut. Der Kiermeier hat mich dazu gedrängt, wie du dir vielleicht vorstellen kannst.«

»Ja, Karl, das kann ich. Aber mach dir nichts draus. Mandy, Stefan und ich stehen hinter dir. Ich soll dich schön grüßen.«

»Das freut mich. Wie kann ich euch helfen?«

»Du hast uns gestern g'sagt, dass ein Nachbar vom Reber einen Mann ums Haus hat schleichen g'sehen. Wir haben da jemanden in Verdacht. Kannst du uns bitte den Namen des Nachbarn sagen, damit wir ihn dazu befragen können?«

»Geh, Thomas, das kann doch ich machen. Bei uns ist g'rad ein wenig dicke Luft im Haus. Da bin ich froh, wenn ich rauskomm. Der Kiermeier muss das ja nicht mitkriegen«, schlug Karl vor.

Thomas war in der Zwickmühle. Er beriet sich kurz mit Mandy und Stefan. Als beide mit den Achseln zuckten und die Entscheidung nicht treffen wollten, übernahm Thomas die Verantwortung. Er vergrößerte das Bild, fotografierte Maik auf dem Bildschirm und schickte die Aufnahme seinem beurlaubten Kollegen per WhatsApp. Karl versprach ihm, dass er sich baldmöglichst melden werde.

»Das passt doch. Dann könnten wir in der Zwischenzeit den zweiten Film anschauen«, schlug Stefan Wegerer vor.

Das zweite Video war später aufgenommen worden. Die fünfminütige Aufnahme begann um 23.05 Uhr. Die Stimmung bei den ehemaligen Abiturienten des Pfarrkirchner Gymnasiums schien auf dem Siedepunkt angekommen zu sein. Die Tanzfläche war noch voller als zuvor, und auch der Lärmpegel war deutlich höher. Kein Wunder, denn die Band gab gerade den Welthit »You Shook Me All Night Long« von AC/DC zum Besten. Vor allem beim Refrain plärrten die Tanzenden kräftig mit. Es war deutlich auszumachen, dass der Alkoholkonsum seine enthemmende Wirkung bei den meisten Gästen voll entfaltet hatte.

Die drei Polizisten hielten Ausschau nach blau-weiß gekleideten Personen und nach der Clique um Adrian Reber. Endlich erspähten sie Gerhard Vilsmaier und Gitte Geweiler, die sich gemeinsam auf der Tanzfläche von der Musik durchschütteln ließen. Leider waren die beiden nicht so gekleidet, wie es sich die Polizisten erhofft hatten. Der Arzt hatte eine hellblaue Jeans und ein dunkelrotes kurzärmeliges Hemd an. Die Apothekerin machte in einem beigen, knielangen Kleid eine gute Figur.

»Wenn man es nicht besser wüsste, könnte man die beiden für ein Paar halten«, bemerkte Mandy. Denn sie hatten richtig Spaß auf der Tanzfläche und gingen sehr innig miteinander um.

»Du hast recht. Beruflich würden sie auch sehr gut zusammenpassen«, bestätigte Thomas augenzwinkernd.

»Unseren gemeinsamen Freund aus Gera habe ich auf diesem Video noch nicht gesehen«, bemerkte Mandy.

»Mir reicht's, dass ich ihn vorher g'sehen hab«, konterte Thomas trocken.

Wenige Sekunden später schreckte Stefan Wegerer auf: »Da hinten tanzt der Reber.«

»Tatsächlich! Gut, dass er so groß ist.«

Stefan Wegerer hielt das Video an. Die blonden Haare des Kunsthistorikers waren auf dem Bild gut zu erkennen. Zunächst war aber nicht auszumachen, mit wem er sich auf der Tanzfläche befand. Der IT-Spezialist ließ den Film langsam weiterlaufen.

Nachdem die Band den Song beendet hatte, gab es kräftigen Applaus. Anschließend beruhigte sich das tanzende Volk wieder, wodurch die Polizisten einen besseren Überblick hatten.

»Es ist Karls Frau.« Mandy hatte sie als Erste erkannt.

Wegerer stoppte das Video erneut und vergrößerte den Bildausschnitt. Eindeutig war nun das lachende Gesicht von Sabine Auer zu sehen, was auf einen sehr vertrauten Umgang der beiden schließen ließ. Absolut nicht zum Lachen zumute war den Polizisten, als sie wenige Sekunden später einen freien Blick auf Sabines blau-weiß gestreiftes, knielanges Kleid hatten. Ihnen stockte der Atem.

»Uns bleibt aber auch nichts erspart«, entfuhr es Thomas. Er schlug beide Hände über dem Kopf zusammen.

»Dann könnte Sabine Auer mit Adrian Reber auf der zweiten Empore gewesen sein«, kombinierte Mandy vage.

»Ich kann das nicht glauben«, erwiderte Thomas fassungslos.

»Wenn es so gewesen ist, dann fand auf dem Teppich kein Kampf, sondern ganz was anderes statt.«

»Hör auf, Mandy, ich kann es nimmer hören. Und selbst wenn – warum soll sie ihn dann über die Balustrade gestoßen haben?«

»Weil sie sich gestritten haben. Was der Grund dafür war, müssen wir noch herausfinden.«

»Sie ist doch körperlich gar nicht in der Lage dazu, den kräftigen Reber da hinunterzubugsieren.«

»Du weißt nicht, wozu schmächtige Frauen in Grenzsituationen in der Lage sind.«

Stefan Wegerer, der sich wie immer zurückhielt, meldete sich jetzt zu Wort. »Ich kann das alles ned glauben. So wie ich die Sabine und den Karl kenne, kann ich mir beim besten Willen ned vorstellen, dass die beiden was mit dem Mord zu tun haben.«

»Mir geht's genauso«, stimmte Thomas zu, der froh war, einen Verbündeten gefunden zu haben. »Es ist außerdem überhaupt ned g'sagt, dass die Fasern von diesem Kleid stammen«, legte Thomas nach.

»Aber dein vorheriges Foto von dem Mann mit dem weißen Hemd und der blauen Hose können wir zunächst zurückstellen«, bemerkte Mandy.

Karl Auer beendete die Diskussion über sich und seine Frau, indem er Thomas' Handy klingeln ließ. Er bestätigte, dass der Nachbar den Mann auf dem Bild zweifelsfrei als denjenigen identifiziert hatte, der kurz vor dem Einbruch um Adrian Rebers Wohnung herumgeschlichen war.

»So, jetzt kümmern wir uns um unseren Freund Maik. Du wirst sehen, Mandy, dass er der Schlüssel zu unserem Fall ist. Dann brauchen wir nicht mehr im Privatleben der Auers zu stochern.«

Dein Wort in Gottes Ohr, dachte Mandy.

NEUNZEHN

Das Parkhotel war nicht nur dem einheimischen Thomas, sondern auch der zugezogenen Mandy bekannt, denn so viele Hotels gab es in Pfarrkirchen nicht. Außerdem war das vierstöckige Funktionsgebäude am St.-Rémy-Platz unweit des Bahnhofs aufgrund der bunten Fassade sehr auffällig. Das Hotel war nicht unbedingt ein architektonisches Highlight in der Rottaler Hauptstadt, aber es bot den Gästen der Region einen sehr komfortablen Aufenthalt. Thomas stellte den Dienstwagen in der Nähe des Hotels ab.

»Sag mal, Thomas, wo kommt eigentlich der Name ›St.-Rémy-Platz‹ her?«, wollte Mandy wissen, als sie das Straßenschild las.

»Saint-Rémy-de-Provence ist eine Kleinstadt in Frankreich und seit den 1990er-Jahren eine von Pfarrkirchens Partnerstädten«, erklärte der gebürtige Rottaler.

»Ah, jetzt ist alles klar.«

Doch Thomas wollte noch mehr von seinem Wissen preisgeben. »Ich war schon mal dort. Da lebt sogar eine waschechte Prinzessin. Weißt du, wen ich mein?«

»Nein, keine Ahnung.«

»In Saint-Rémy hat Caroline von Monaco ihren Wohnsitz.«

»Dann hoffe ich, dass du nicht wegen ihr dort warst«, konterte Mandy despektierlich und grinste ihren Liebsten schelmisch an.

»Natürlich ned. Unsere Fußballmannschaft hat dort vor ungefähr 15 Jahren ein Freundschaftsspiel absolviert.«

Das Gespräch über die Partnerstadt Pfarrkirchens endete, als sie das Parkhotel betraten. Wie immer stellten sich die beiden Polizisten der Dame an der Rezeption mit ihrem Dienstausweis vor. Dann holte Thomas sein Handy aus der Jackentasche und zeigte der Hotelangestellten das Foto von Maik Lange, denn er fürchtete, dass Maik sich unter falschem Namen im Hotel angemeldet haben könnte. »War dieser Mann in letzter Zeit Gast in Ihrem Hotel?«

Die Rezeptionistin begutachtete das Foto. Auf dem Display des Smartphones zoomte sie das Gesicht des Mannes näher. »Ja, den kenn ich. Der Mann war bis gestern hier.«

»Dann ist er also abgereist?«, schlussfolgerte Mandy enttäuscht.

»Ich glaub schon, aber warten S', ich schau nach.« Die Frau wandte sich ihrem PC zu. »Ja, Reiner Brückner hat gestern um 9.30 Uhr unser Haus verlassen.«

Also doch. Maik Lange hatte mit falschem Namen eingecheckt, stellte Thomas fest und blickte Mandy vielsagend an. »Wann ist Herr Brückner denn bei Ihnen angekommen?«

»Daran kann ich mich gut erinnern. Das war am Freitagnachmittag. Ich hatte nämlich Dienst an diesem Tag.«

»Dann blieb Herr Brückner also drei Nächte bei Ihnen?«, fragte Mandy.

»Ganz genau.«

»Können S' uns sagen, wann er in der Nacht von Samstag auf Sonntag ins Hotel zurückkam?«

»Nein, das kann ich ned. Wir sind ein freies Hotel und haben weder Überwachungskameras noch Chipkarten. Hat er denn was ang'stellt, der Herr Brückner?«, wollte die Rezeptionistin wissen.

»Er könnte ein wichtiger Zeuge für uns sein«, wich Mandy aus, um nicht allzu viel Staub aufzuwirbeln.

»Welche Adresse hatte er angegeben?«

»Der war Sachse. Der Dialekt war nicht zu überhören. Aber warten S', ich schau nach.« Sie lugte erneut in ihren PC. »Sag ich doch, aus Sachsen. Seine Adresse lautet: Veilchenweg 121, 99096 Erfurt.«

»Thüringen«, korrigierte Mandy genervt.

»Wie?«

»Erfurt ist die Hauptstadt von Thüringen«, stellte Mandy augenrollend klar.

»Egal, auf alle Fälle DDR.«

Mandy reichte es. Wann werden die Niederbayern endlich lernen, dass es die DDR seit über 30 Jahren nicht mehr gab, dachte die gebürtige Thüringerin. Sie drehte ab, während sich Thomas artig bei der Rezeptionistin für ihre Auskünfte bedankte.

»Vergiss es einfach, Mandy«, versuchte Thomas seine Freundin wieder aufzurichten, denn er wusste, dass sie sich über die Äußerungen der Rezeptionistin maßlos geärgert hatte.

»Anscheinend muss ich mich daran gewöhnen, dass die Niederbayern die neuen Bundesländer immer noch nicht akzeptiert haben«, sagte Mandy resigniert, die sich in der Vergangenheit in Pfarrkirchen öfter despektierliche Aussagen über die ostdeutsche Region hatte anhören müssen.

Thomas wollte dieses Thema schnell beenden und kam auf die eigentliche Erkenntnis ihrer Recherche zu sprechen. »Für mich ist der Fall schon deutlich klarer. Der Maik hat sich unter falscher Identität hier im Parkhotel angemeldet. Das alleine deutet auf eine kriminelle Absicht hin. Er war beim Klassentreffen, hat Reber zur Kirche hinaufgehen sehen, ist ihm gefolgt und hat ihn über die Balustrade g'schmissen. Anschließend hat er seine Wohnung durchsucht.«

»Das könnte alles so gewesen sein, aber so klar ist der Fall für mich trotzdem noch nicht. Erstens haben wir kein Motiv, und zweitens hatte er die falschen Klamotten an. Grüne und beige Fasern hat die Spurensicherung auf der zweiten Empore nicht gefunden«, hielt Mandy dagegen.

»Mir ist noch was aufgefallen. Kannst dich an vorgestern Abend erinnern? Als wir davon sprachen, dass wir Polizisten sind, ist Maik ziemlich abrupt abg'haut.«

»Das ist mir ebenfalls nicht entgangen.«

»Wenn wir unseren Maik alias Herrn Brückner erwischt haben, dann wissen wir mehr.«

»Vielleicht kann uns Stella weiterhelfen. Denn ohne sie würden wir nicht einmal seinen richtigen Namen kennen.«

»Endlich einmal etwas Positives, was ich mit Stella in Verbindung bring.«

»Das sehe ich genauso«, stimmte Mandy bei.

ZWANZIG

»Ich möchte aber mit Stella keine offizielle Zeugenbefragung machen. Oder was meinst du, Mandy?« Thomas war sich unsicher, wie er dienstlich mit der naiven Gespielin seines Schwiegervaters in spe umgehen sollte.

»Genau meine Meinung. Auf die Diskretion von Stella würde ich mich nicht verlassen. Die kommt sich dabei vor wie Madame Wichtig. Wir müssen die Fragen nebenbei stellen«, schlug Mandy vor.

»Vielleicht kannst du deinen Vater einweihen. Ich glaub, dass er als ehemaliger Polizist uns in dieser heiklen Angelegenheit unterstützen könnte.«

»Das ist eine sehr gute Idee, Thomas. So machen wir es.« Als er zu ungewohnter Mittagsstunde in die Einfahrt seines Sacherls einbog, fragte sich Thomas, welche Überraschung ihn heute wohl erwartete. Doch es schien alles ruhig zu sein. Erst als er und Mandy aus dem Auto stiegen, sahen sie Ralf, der Wäsche auf die Leine hängte, die zwischen den beiden Apfelbäumen aufgespannt war. Daneben entdeckten sie Stella, die es sich auf der Gartenliege gemütlich gemacht hatte.

»So stell ich mir unser Zusammenleben auch vor, Thomas«, flüsterte Mandy auf dem Weg zu den beiden.

»Darf ich dann Stella zu dir sagen?«, konterte Thomas schlagfertig.

»Untersteh dich!«

Ralf war erstaunt, als er von seiner Tochter und deren Lebensgefährten um diese Zeit bei der Hausarbeit gestört wurde. »Was macht ihr denn hier? Habt ihr schon Feierabend?«

»Nein, nein, Papa. Wir waren gerade in der Nähe, und da dachten wir, dass wir heute gemeinsam zu Mittag essen könnten, wenn ihr wollt.«

»Klar können wir das!« Stella sprang von ihrer Liege auf. »Was gibt's denn Leckeres?«

»Da müssen wir erst mal in den Kühlschrank schauen«, entgegnete Mandy, nahm ihren Vater bei der Hand und verschwand mit ihm im Haus.

»Der Ralfi kümmert sich rührend um mich. Ich lieb ihn so«, bekannte Stella überschwänglich gegenüber Thomas.

Mir geht die Frau dermaßen auf die Nerven, stellte Thomas fest und überlegte, wie er die Zeit bis zum Mittagessen überbrücken konnte. »Und, Stella, geht dir Thüringen nicht ab?« Etwas Sinnvolleres fiel ihm gerade nicht ein.

»Nein, überhaupt nicht, im Gegenteil. Das ist wie Urlaub mit fünf Sternen bei euch. Die gute Luft, die schöne Gegend, das niedliche Haus und ein Mann, der mir jeden Wunsch von den Augen abliest«, schwärmte Stella in höchsten Tönen.

Das war nicht gerade das, was Thomas hören wollte. Es klang keinesfalls nach schnellem Abschied, eher im Gegenteil. Er wünschte sich nichts Sehnlicheres als Ruhe am Feierabend und traute Zweisamkeit mit seiner Liebsten.

Nach einer gefühlten Ewigkeit erlöste Mandy Thomas von seiner Small-Talk-Gesprächspartnerin. Sie kam mit einer Pfanne in der Hand aus dem Haus und ging in Richtung Terrasse. Ihr Vater folgte ihr. »Das Essen ist fertig!«, rief sie Thomas und Stella zu.

Endlich, dachte Thomas, denn das nichtssagende Gerede zwischen ihm und Ralfs Freundin hatte sich gehörig in die Länge gezogen.

»Es gibt gebratene Nudeln mit Schinken und Salami und allem, was der Kühlschrank so hergab«, verkündete Mandy.

Wenig später saßen die vier am Terrassentisch und genossen das spontan zusammengebrutzelte Gericht.

»Was machen wir heute Abend?«, fragte Ralf mit vollem Mund.

Am liebsten irgendetwas ohne mich, hoffte Thomas.

Doch Mandy hatte andere Pläne. »Wir könnten in einen typisch niederbayerischen Biergarten fahren. Was meinst du, Thomas?«

»Ja, von mir aus«, antwortete Thomas nicht gerade euphorisch.

»Maik könnte doch auch mitkommen«, schlug Ralf seiner Stella vor.

Jetzt wusste Thomas, was Sache war. Mandy hatte ihren Vater eingeweiht.

»Gute Idee«, bestätigte Stella freudestrahlend. »Aber ich weiß leider nicht, ob er noch in Pfarrkirchen ist.«

»Hast du seine Handynummer?«, bohrte Thomas nach.

»Nein, die habe ich leider nicht. Ich habe ihn vor neulich schon seit Jahren nicht mehr gesehen.«

Thomas schaute enttäuscht zu Mandy hinüber. »Schade, dann müssen wir ohne ihn in den Biergarten.«

»Sag mal, Stella, weißt du, warum Maik vorgestern so schnell unsere gemütliche Runde verlassen hat?«, hakte Mandy nach.

»Keine Ahnung, das habe ich mich auch gefragt. Früher war er meist einer der Letzten auf der Party.«

»Er hat einen richtig sympathischen Eindruck auf mich gemacht«, schwindelte Mandy. »Wie hast du ihn kennengelernt?«

»Er war früher mit meiner Freundin zusammen. In dieser Zeit, das dürfte fünf oder sechs Jahre her sein, haben wir viel gemeinsam unternommen. Aber zu dieser Freundin habe ich schon länger keinen Kontakt mehr.«

Das spricht für die Freundin, hilft uns jedoch bei der Suche nach Maik nicht weiter, dachte Thomas.

»Was macht der eigentlich beruflich?«, wollte Ralf wissen und blinzelte seiner Tochter kurz zu.

»Soweit ich weiß, war er damals bei einer Versicherung beschäftigt. Was er da genau gemacht hat, kann ich nicht sagen.«

»Kommt er auch aus Lederhose?«, fragte Mandy. Im Gegensatz zum Sonntagabend musste Thomas wegen dieses skurrilen Namens jetzt schmunzeln.

»Nein, Maik ist ein waschechter Geraner. Der hatte eine Wohnung in der Sorge, im zweiten Stock eines Geschäftshauses. Keine Ahnung, ob er da noch wohnt.«

Mandy bemerkte den irritierten Gesichtsausdruck ihres Freundes und ließ eine Erläuterung folgen: »Sorge ist die Einkaufsmeile, quasi das Zentrum von Gera.«

»Ach so. Ihr habt vielleicht komische Namen in Thüringen«, sagte Thomas mit einem Grinsen.

»Das ist noch gar nichts. Was hältst du von Geilsdorf, Drogen und Kyffhäuser?« Der Ur-Thüringer Ralf lachte schallend.

Die anderen stimmten ein.

»Stell dir vor, du stehst an der Hotelrezeption, hinter dir eine Menge Leute und dann wirst du nach deiner Adresse gefragt. Du sagst ›Drogen‹«, prustete Thomas.

Nachdem sich die Gemüter wieder beruhigt hatten, zwinkerte Thomas seiner Lebensgefährtin zu und gab ihr zu verstehen, dass sie von Stella wohl keine weiteren Informationen über diesen ominösen Maik Lange bekommen würden. »So, jetzt wird es Zeit für uns. Wir müssen los, Mandy«, verkündete er, stand auf und ging ins Haus. Wenig später kam er mit einer Tasche zurück und nahm Mandy mit zum Wagen.

»Was ist dadrin?«, fragte Mandy leise.

»Das erklär ich dir später«, flüsterte Thomas zurück.

Stella winkte den beiden zum Abschied und rief ihnen nach: »Ich freue mich auf den Biergarten!«

Doch Thomas hatte für den Abend andere Pläne.

EINUNDZWANZIG

»Wir müssen sofort nach Gera und Maik Lange suchen«, schlug Thomas seiner Partnerin auf dem Weg in die Polizeiinspektion vor.

»Warum sagst du das nicht gleich? Dann hätte ich meine Sachen ebenfalls gepackt«, antwortete Mandy irritiert.

»Weil du nicht mitfährst. Erstens, weil du schwanger bist, und zweitens, weil du hierbleiben und mit Karls Frau sprechen musst.«

»Meinst du, ich lasse dich alleine nach Thüringen fahren? Das ist doch viel zu gefährlich! Wer weiß, wie dieser Maik reagiert, wenn du ihn mit all den Vorwürfen konfrontierst.«

»Ich fahr nicht allein, ich nehm den Karl mit.«

»Der Karl ist beurlaubt. Das wird Kiermeier nie erlauben.«

»Das krieg ich hin. Ich hab mir schon eine Strategie überlegt«, behauptete Thomas, ohne konkret zu werden. Er war sich absolut sicher, dass dieser ominöse Maik Lange, der ihm von Anfang an unsympathisch gewesen war, etwas mit dem Mord an Adrian Reber zu tun hatte. Ganz zu schweigen von dem Einbruch, der dem Thüringer aus seiner Sicht eindeutig zuzuschreiben war. Warum sonst hatte Maik am Sonntagabend, kurz nachdem sie sich als Polizisten zu erkennen gegeben hatten, so abrupt das Weite gesucht? Auch deshalb schloss Thomas eine Tatbeteiligung von Sabine und Karl Auer definitiv aus. Seiner Meinung nach musste der Fokus ihrer Ermittlungen auf die Ergreifung von Maik Lange gelegt werden. Dann würden sie auch mehr über das Motiv und die Hintergründe dieser schrecklichen Tat erfahren, hoffte der Polizeioberkommissar. Deswegen musste er persönlich sofort nach Gera, um ihn dingfest zu machen. Eine erste Spur war die Geraer Einkaufsmeile, in der Maik, nach Angaben von Stella, eine Wohnung gehabt hatte.

Ein weiterer Grund für die Fahrt nach Gera war die angespannte Situation auf seinem Sacherl. Ihm war der Trubel rund um die durchgeknallte Stella ganz einfach zu viel. Die Aussicht, mit ihr heute einen Biergartenabend verbringen zu müssen, trieb ihn erst recht nach Thüringen. Er brauchte Abstand von der Verwandtschaft und vielleicht auch ein wenig von Mandy, die er nach wie vor liebte. Aber er wollte vermeiden, dass Stella ihre Beziehung belastete. Denn Mandy saß zwischen den Stühlen, besser gesagt zwischen ihrem Vater und dessen Freundin. Sie wusste nicht, wie sie mit der Situation umgehen sollte. Und dabei konnte Thomas ihr nicht helfen und wollte ihr außerdem nicht im Weg stehen. Seinen Rat, mit ihrem Vater Tacheles zu reden, hatte sie bisher nicht befolgt. Thomas brauchte kurzfristigen Tapetenwechsel. Das würde ihm und auch der Beziehung zu Mandy guttun.

Und genau das brauchte auch Karl, vermutete er nach dem gestrigen Telefonat mit seinem Kollegen. Bei ihm zu Hause dürfte die Luft noch dicker sein. Deswegen hielt er einen Trip nach Gera zusammen mit Karl für eine hervorragende Idee. Davon abgesehen war Karl bestimmt hoch motiviert, den Fall zu lösen, damit seine Frau und auch er aus der Schusslinie kamen. Jetzt musste Thomas nur noch Kiermeier überzeugen.

»Das kommt gar nicht infrage, Herr Huber«, polterte Josef Kiermeier in seinem Büro im Beisein von Thomas und Mandy. »Wir beantragen Amtshilfe bei den Kollegen in Gera, und Sie beiden fühlen Frau Auer auf den Zahn und bringen Licht ins Dunkel«, bestimmte der Pfarrkirchner Polizeioberrat. Kurz vorher hatte er kräftig schlucken müssen, als er erfahren hatte, dass die Faserspuren auf dem Kirchenteppich von der Frau seines Mitarbeiters stammen könnten.

Doch Thomas Huber gab sich noch nicht geschlagen. »Chef, mit Amtshilfe haben wir bisher ned die besten Erfahrungen g'macht. Da wird immer nur halbherzig ermittelt. Ich bin fest davon überzeugt, dass dieser Maik Lange prominent in den Fall involviert ist, und deswegen muss ich persönlich nach Gera und ihn verhaften.«

»Aber Herr Huber …«

»Schauen S', Herr Kiermeier«, fiel Thomas ihm ins Wort, »das sind wir doch unserem Kollegen Auer schuldig, dass wir der Spur zu unserem Hauptverdächtigen konsequent nachgehen. Und der wird hoch motiviert sein, nach dem Gesuchten zu fahnden. Unser Ausflug nach Gera hätte außerdem noch einen weiteren Nebeneffekt.«

»Jetzt bin ich aber gespannt.« Kiermeier lehnte sich auf seinem Stuhl zurück und verschränkte die Arme vor seiner Brust. Mandy hielt sich aus dem Gespräch gänzlich heraus und wartete ab, ob ihr Partner seinen Chef umstimmen konnte.

»Ich bin überzeugt davon, dass die Auers mit unserem Mord nichts zu tun haben. Diese Geschichte belastet die Ehe von Karl und Sabine sehr. Wenn ich jetzt mit Karl nach Gera fahre, könnte Mandy entweder gemeinsam mit Stefan oder Ihnen in aller Ruhe mit Sabine sprechen und das Missverständnis aus der Welt räumen, ohne dass es Karl mitbekommt.«

Kiermeier sagte zunächst nichts. Man sah ihm an, wie seine Gedanken rotierten. »Mann, Huber, Sie machen es einem nicht leicht. Natürlich will auch ich Herrn Auer helfen, das ist doch klar. Aber stellen Sie sich vor, Sie täuschen sich und es kommt heraus, dass wir bei unserem Kollegen beziehungsweise bei seiner Frau beide Auge zugedrückt haben. Dann können wir einpacken! Alle drei, so wie wir hier sitzen. Ist Ihnen das klar?«

»Das ist mir klar, Chef, aber wir drücken ja nicht beide Augen zu, sondern maximal eines, weil Mandy Sabine Auer unverzüglich vernehmen wird.«

»Und was machen Sie dann in Thüringen, wenn Frau Auer am Ende die Tat gesteht?«

»Erstens wird dies nicht passieren, und zweitens haben wir auch noch einen Einbruch aufzuklären. Für diese Tat hat Sabine ein Alibi, nicht aber Maik Lange.«

»Aber ich führe zusammen mit Frau Hanke die Vernehmung von Frau Auer durch«, bestimmte Kiermeier und zeigte sich letztlich mit Thomas' Vorschlag einverstanden.

ZWEIUNDZWANZIG

Thomas hatte wieder mal recht gehabt. Polizeihauptmeister Karl Auer war froh, der dicken Luft zu Hause entfliehen zu können. Noch während des Anrufes hatte er das Notwendigste für den Trip nach Gera in einer kleinen Reisetasche verstaut.

Karl stand schon vor seinem Haus, als Thomas mit dem Dienstwagen in die Pfarrer-Venus-Straße in Triftern einbog. »Servus, Karl, steig ein«, begrüßte Thomas seinen Kollegen.

Der legte zunächst seine Tasche im Kofferraum ab und nahm anschließend auf dem Beifahrersitz Platz. »Grüß di, Thomas. Schön, dass du an mich 'dacht hast.«

»Ist doch klar. Wir brauchen dich einfach, Karl.«

»Und wie hast den Kiermeier überreden können?«

»Wir ermitteln ja weit weg von Pfarrkirchen, deswegen war das ned b'sonders schwer.«

»Ich kann mir ned erklären, warum die Sabine mir damals nichts g'sagt hat von diesem Reber, und ich weiß auch ned, warum sie jetzt, nachdem er um'bracht worden ist, ned gleich zu'geben hat, dass sie mit ihm zam war«, grübelte Karl.

»Das darfst ned überbewerten. Ich hab damals meiner Frau auch ned g'sagt, mit wem ich vor ihr alles zam war. Sabine hat dich ned betrogen, und das ist das Wichtigste«, versuchte Thomas seinen Kollegen zu beruhigen.

»Da bin ich mir ned so sicher. So ein Geheimnis, wie die Sabine um die Sach macht, hab ich bei ihr noch ned erlebt. Und außerdem war sie schon Wochen vor diesem

Klassentreffen richtig nervös. Was da g'laufen ist, würd mich brennend interessieren.«

»Das war doch vor deiner Zeit. Und was soll am Klassentreffen schon passiert sein? Die Freunde deiner Frau haben alle zu Protokoll gegeben, dass alles ganz normal war«, beschwichtigte Thomas erneut. Aber er hatte ein schlechtes Gewissen, denn den erneuten Verdacht gegen Sabine, der sich aus den gefundenen Faserspuren ergeben hatte, behielt er für sich. Er verschwieg ihm auch, dass Mandy und Kiermeier seine Frau in den nächsten Stunden vernehmen würden. Und erst recht Mandys Vermutung über die Vaterschaft von Karls Sohn. Thomas hoffte inständig, dass er zusammen mit Karl diesen Maik Lange in Gera festnehmen würde. Dann bräuchte niemand mehr im Privatleben der Auers herumzustochern.

So unwohl hatte sich Stefan Wegerer schon lange nicht mehr gefühlt. Sabine Auer saß neben ihm im Streifenwagen, denn er hatte sie zur Vernehmung abholen müssen. Er hatte ihr gesagt, dass Kiermeier und Mandy mit ihr sprechen wollten, mehr nicht. Den eigentlichen Grund hatte er ihr verschwiegen. Während der Fahrt vermied er es, sich mit ihr zu unterhalten, was Sabine sofort bemerkte und ihrerseits jegliche Kommunikation einstellte.

Auch nachdem sie die Räume der Polizeiinspektion betreten hatten, herrschte eisiges Schweigen. Erst als Stefan mit ihr in den Keller des Gebäudes ging, durchbrach sie die Stille. »Stefan, wo führst du mich denn hin?«

»Der Kiermeier und die Mandy warten im Vernehmungsraum auf dich«, entgegnete Stefan kurz und knapp.

Wenigstens hatte Kiermeier ihm zugestanden, nicht direkt dabei sein zu müssen. Er wollte die Szenerie vom

Beobachtungszimmer aus verfolgen. Stefan war sehr froh, dass Sabine ihn dort nicht sehen konnte.

Mindestens genauso unangenehm wie für Stefan Wegerer war die Situation für den Pfarrkirchner Polizeichef. Er kannte die Frau seines Mitarbeiters seit einigen Jahren. Er hatte Sabine Auer immer wieder bei betrieblichen Feierlichkeiten getroffen. Sie war ihm nicht unsympathisch, im Gegenteil. Vor einigen Jahren hatten ihn ihre heilenden Hände von akuten Rückenschmerzen befreit. Dafür war er ihr heute noch dankbar. Persönliche Sympathien musste er jetzt ausblenden, dessen war sich der Polizeioberrat bewusst.

Kiermeier stand sofort auf, als Sabine Auer den unwirtlichen Kellerraum betrat, und reichte ihr mit ernster Miene die Hand zum Gruß. Auch Mandy begrüßte die Frau ihres Kollegen per Handschlag.

»Warum haben Sie mich heute herbestellt, Herr Kiermeier? Ich hab Frau Hanke und Thomas Huber schon alles erzählt, was ich weiß«, empörte sich Sabine Auer.

»Das werden wir Ihnen gleich in aller Ruhe erläutern. Bitte setzen Sie sich.«

Nachdem alle drei Platz genommen und Mandy das Aufnahmegerät aktiviert hatte, räusperte sich Kiermeier, bevor er mit der Befragung begann. »Es sind noch weitere Verdachtsmomente gegen Sie aufgetreten.«

Sofort schnitt Sabine Auer ihm das Wort ab. »Ich dachte, Karl und Thomas wollen den Mörder in Thüringen verhaften. Warum quälen Sie mich dann weiter?«

»Der Fall ist bei Weitem noch nicht gelöst. Ihr Mann verfolgt mit dem Kollegen Huber lediglich eine Spur, die nach Thüringen führt. Aber wir wissen leider nicht, ob diese Spur zur Aufklärung des Mordes an Ihrem Schulfreund beiträgt«, erklärte Kiermeier sachlich.

»Ich kann nicht mehr sagen, als ich bereits angegeben habe«, fügte Sabine Auer mit ängstlicher Stimme hinzu.

»Frau Hanke hat bessere Detailkenntnisse. Sie wird es Ihnen erläutern«, sagte Kiermeier und blickte seine Mitarbeiterin auffordernd an.

»Wie Sie bereits wissen, Frau Auer, war Herr Reber an diesem besagten Abend nicht allein in der Kirche. Wir haben uns in der Zwischenzeit einige Videos angeschaut, die während des Klassentreffens aufgenommen wurden. Eine Aufnahme zeigte uns, dass Sie kurz nach 23 Uhr sehr vertraut mit Herrn Reber auf der Tanzfläche umgegangen sind.«

Sabine Auer blieb bei ihrer Position. »Ich hab Ihnen g'sagt, dass ich mich mit Adrian nach so langer Zeit wieder ganz gut verstanden habe.«

»Lassen Sie mich bitte ausreden, Frau Auer. Wir haben auf diesem Video auch gesehen, dass Sie an dem Abend ein blau-weißes Kleid trugen.«

»Ja, und?«, unterbrach Sabine Auer sie erneut.

»Unsere Spurensicherer haben auf einem Teppich, der sich auf der zweiten Empore der Kirche befindet, blaue und weiße Faserspuren gefunden. Von dieser Empore ist Adrian Reber herabgestürzt. Und jetzt befürchten wir, dass die dort gefundenen Fasern von Ihrem Kleid stammen könnten. Falls Sie uns sagen, dass Sie nicht in der Kirche waren und somit die Faserspuren nicht von Ihnen sein können, werden wir Ihr Kleid trotzdem von unseren Laborkollegen untersuchen lassen. Deswegen würde ich Ihnen raten, die Wahrheit zu sagen. Zweimal haben Sie uns mindestens schon angelogen«, warf Mandy ihr vor.

»Ich bin richtig froh, dass ich heut Abend nicht zu Hause bin. So einen Streit wie in den letzten Tagen hab ich mit meiner Frau während der ganzen Ehe noch ned g'habt«, gestand Karl Auer seinem Kollegen während der Fahrt nach Gera.

Inzwischen befanden sie sich auf der A3 in der Nähe von Regensburg.

»Soll ich dir was sagen, Karl? Ich bin auch froh, dass ich heute Nacht nicht am Sacherl bin. Nicht wegen der Mandy, sondern wegen ihrer buckligen Verwandtschaft.«

»Habt ihr B'such am Sacherl?«

»Ja, ihr Vater ist mit seiner bescheuerten Freundin da. Die ist ungefähr 30 Jahr jünger als er und meint, dass sich alle nach ihr richten müssen. Uns ist das ein Rätsel, warum Mandys Vater ausgerechnet sie ausgewählt hat und wie er es mit ihr aushält«, klagte Thomas.

»Du musst ja mit ihr ned auskommen.«

»Doch, zurzeit schon. Was glaubst, wie nervig die sein kann? Die meint, das Sacherl g'hört ihr. Ich hab da nichts mehr zu melden.«

»Und was sagt die Mandy dazu?«

»Die sieht es genauso. Nur will sie mit ihrem Vater ned Klartext reden. Sie jammert mich voll, aber ihren Vater lässt sie außen vor und macht gute Miene zum bösen Spiel. Und deswegen brauch ich unbedingt Abstand. Ned, dass wir uns auch noch streiten.«

»Das versteh ich, Thomas. Und diese Frau kennt unseren Maik Lange?«

»Genau, den hat sie ins Sacherl eing'laden, nachdem sie ihn zufällig am Stadtplatz in Pfarrkirchen 'troffen hat.«

»Und du bist dir sicher, dass dieser Lange unser Mann ist?«

»Ganz sicher, Karl. Der war beim Klassentreffen, ist in der Nähe der Wohnung des Opfers g'sehn worden, und am Sacherl ist er gleich abg'haut, als er erfahren hat, dass Mandy und ich Polizisten sind. Außerdem war er mit falschem Namen im Parkhotel ein'checkt. Das sind doch g'nua Indizien, oder?«

»Schon, aber was soll der für ein Motiv haben?«, konterte Karl mit fragendem Blick.

»Das weiß ich selber noch ned. Deshalb müssen wir den so bald wie möglich finden«, entgegnete Thomas, der ahnte, dass es sich um ein schwieriges Unterfangen handeln würde. Denn erstens waren die Angaben von Stella bezüglich der Adresse sehr vage und zweitens hatte eine Abfrage beim Einwohnermeldeamt gleichfalls nichts ergeben. Die Adresse, die er im Parkhotel hinterlassen hatte, war frei erfunden.

Sabine Auer hatte es nach Mandys Ausführungen die Sprache verschlagen. Sie blickte auf einen imaginären Punkt am Boden. Ihre Gesichtsfarbe wurde immer blasser.

Nach einer gefühlten Ewigkeit durchbrach Kiermeier die Stille. »Frau Auer, Sie müssen nichts sagen, wenn Sie sich dadurch selbst belasten. Wenn Sie wollen, können Sie auch gerne einen Rechtsanwalt hinzuziehen.«

»Ich brauch keinen Rechtsanwalt. Ich hab mit dem Mord nichts zu tun!«, entfuhr es der 44-Jährigen. »Das müssen Sie mir glauben«, schluchzte sie und begann zu weinen. Sie holte ein Taschentuch aus ihrer Hosentasche.

Mandy ließ Sabine Zeit, bis sie ihre Tränen getrocknet hatte. Dann fuhr sie mit der Vernehmung konsequent fort. »Frau Auer, wenn Sie mit dem Mord nichts zu tun haben, warum sagen Sie uns dann nicht die Wahrheit?«

»Weil ich dann um meine Ehe bangen muss«, schluchzte sie.

Kiermeier schaltete sich wieder ein. »Eine Ehe kann man wieder kitten, auch mit professioneller Hilfe, wenn nötig. Allerdings nur, wenn Sie nicht ins Gefängnis müssen. Deswegen rate ich Ihnen dringend, uns die Wahrheit zu erzählen.«

»Anscheinend hab ich keine andere Wahl«, erwiderte Sabine kleinlaut und begann mit ihrer Beichte. »Vor meiner Ehe mit Karl war ich mit Adrian zusammen, wie Sie wissen. Er war für mich damals die große Liebe, und ich dachte, auch für Adrian wäre das so. Er hat mich nach einer ungefähr fünfjährigen Beziehung von heute auf morgen ohne jegliche Vorwarnung verlassen. Er hat mir einen Brief g'schrieben und mir erklärt, dass er frei sein und außerhalb Bayerns Karriere machen möcht. Wohin er gehen würd, hat er mir verschwiegen. Ich war am Boden zerstört. Kurze Zeit später hab ich Karl kenneng'lernt. Er hat mich aufg'fangen und abg'lenkt, aber Adrian hab ich so schnell ned vergessen können.«

»Warum haben Sie Karl nichts von Adrian Reber erzählt?«

»Weil ich unsere Beziehung ned belasten wollt. Ich hab g'wusst, dass des mit Adrian vorbei ist, und wollt mit Karl neu anfangen. Und als der Michael dann auf die Welt kam und Karl und ich g'heirat haben, ist alles Vorherige in den Hintergrund getreten.«

Mandy biss sich auf die Zähne und stellte die Frage nach der Vaterschaft des Sohnes nicht. Erstens hatte sie das Thomas versprochen, und zweitens würde sie dieser Punkt bei ihren Ermittlungen zum jetzigen Zeitpunkt nicht weiterbringen, vermutete sie.

Während sie diesen Gedanken nachhing, fragte Kiermeier: »Und dann hat Adrian Reber sich nach 20 Jahren wieder bei Ihnen gemeldet?«

»Ja. Vor einigen Wochen hat er mich aus heiterem Himmel ang'rufen. Ich war völlig perplex. Er hat mir g'sagt, dass er zurück in Pfarrkirchen ist und dass er mich treffen will.«

»Wie haben Sie reagiert?«

»Ich hab g'sagt, dass ich ihn ned sehen will.«

»Und wie ging's weiter?«

»Er hat mich noch ein paarmal ang'rufen und mir mitgeteilt, dass er zum Klassentreffen geht und mich spätestens dort treffen wird. Ich hab wirklich überlegt, ob ich überhaupt hingehen sollt. Aber dann bin ich hin, weil ich mich schon lang auf das Treffen g'freit hab.«

»Und haben ihn dort nach 20 Jahren zum ersten Mal wiederg'sehen?«

»Es hat so kommen müssen. Der Gruber Wast hat für unsere Clique einen Tisch reserviert, und da bin ich zwangsläufig neben ihm g'sessen.«

»Wie war das für Sie?«

»Komisch war's. Das können S' sich vielleicht vorstellen. Wenn man nach ewigen Zeiten jemanden trifft, mit dem man alt werden wollt, dann ist das seltsam. Aber nach ein, zwei Stunden war alles fast wie früher. Die Gitte, der Gerhard, der Wast, wenn er g'rad Zeit g'habt hat, und auch der Adrian haben sich blendend verstanden, und mit zunehmendem Alkoholkonsum sind wir alle lockerer g'worden. Das haben S' auf dem Video sicher mit'kriagt.«

Mandy nickte. »Jetzt würde uns interessieren, was um Mitternacht passierte.«

»Ungefähr um halb zwölf hat mir der Adrian auf der Tanzfläche g'sagt, dass er mir draußen was zeigen will. Ich wusst ned, was er damit meint. Es war laut und warm im Saal. Ich hab frische Luft 'braucht, deswegen bin ich mit'gangen. Er ist mit mir zur Kirch hinauf. Da arbeitet er grad, hat er mir g'sagt. Und dann sind wir auf die zweite Empore hinaufgestiegen. Wir haben runterg'schaut in die herrliche Kirch. Irgendwie war das ein magischer Moment. Ich stand auf der Empore der wunderschönen Wallfahrtskirche neben dem Mann, für den ich vor 20 Jahren alles g'macht hätt. Die Situation war so surreal! Vielleicht auch deshalb, weil wir beide ziemlich angeheitert waren. Dann hat er mir g'sagt, dass er mich immer noch liebt und dass die Flucht nach Thüringen der größte Fehler seines Lebens war. Er hat mich umarmt und angefangen, mich zu küssen. Und auf einmal lagen wir am Boden. Dann bin ich wieder aufgewacht aus dieser unwirklichen Welt und sofort aufg'standen. Ich bin verheiratet und liebe meinen Mann, hab ich ihm g'sagt, und dann bin ich abg'haut. Da war sonst nichts zwischen Adrian und mir. Das müssen S' mir glauben.«

»Wie hat Adrian Reber darauf reagiert?«

»Wissen S', was der g'macht hat?«

Sowohl Kiermeier als auch Mandy schüttelten stumm den Kopf.

»Der hat ang'fangt zum Orgel spielen. Kennen S' den Song ›Nights In White Satin‹ von den Moody Blues?«

»Klar«, entgegnete Mandy, und auch Kiermeier nickte.

»Diesen Song hat er auf der Orgel g'spielt, wie ich zum Kirchenportal raus bin.«

»Wie spät war es da?«

»Wie ich das Tor zug'macht hab, hat die Kirchenuhr zwölf Uhr g'schlagen.«

»Und was haben S' dann g'macht?«

»Ich bin zurück zum Grainerbräu. Auf dem Weg dorthin hab ich den Karl angerufen, dass er mich abholen soll.«

»Haben Sie auf dem Weg jemanden getroffen?«

»Nein, hab ich ned. Aber vor dem Wirtshaus sind viele Leut beim Rauchen rumg'standen.«

»Haben Sie Karl am Festnetz oder am Handy ang'rufen?«, hakte Mandy nach.

»Am Handy, und 20 Minuten später war er da. Wir sind dann gleich heimg'fahren.«

Mist, fluchte Mandy im Stillen. Bei einem Anruf am Festnetz hätte Karl ein einwandfreies Alibi. So aber hätte er theoretisch schon früher in Tann gewesen sein und die beiden auf dem Weg zur Kirche gesehen haben können. Wenn er ihnen dorthin gefolgt ist, ist das ein astreines Motiv, dachte Mandy. Ihre Gedanken behielt sie jedoch für sich.

Kiermeier stand auf und bat um eine Unterbrechung der Vernehmung. Zusammen mit Mandy verließ er den Raum und ging ins Beobachtungszimmer zu Stefan Wegerer. »Was halten Sie von dieser Geschichte?«, wollte der Polizeioberrat von seinen beiden Mitarbeitern wissen.

»Ihre Version klingt plausibel. Der zeitliche Ablauf würde auch passen. Karl hat uns vorgestern gesagt, dass seine Frau ihn ungefähr um Mitternacht angerufen hat und dass er gegen Viertel nach zwölf, halb eins in Tann war. Ich habe keinen Anlass, ihr nicht zu glauben, abgesehen davon, dass sie uns schon zweimal angelogen hat«, erklärte Mandy.

»Von Triftern nach Tann braucht man ungefähr eine Viertelstunde, das haut also hin«, stimmte Stefan Wegerer zu.

»Hoffentlich sagt sie uns dieses Mal die Wahrheit. Vielleicht wollte der Reber sich an ihr vergreifen und sie sich dafür rächen?«

»Ich kann mir nicht vorstellen, dass sie den kräftigen Reber über die Balustrade schubsen konnte«, schränkte Mandy ein.

»Kann schon sein, aber sicher bin ich mir nicht. Richtige Beweise für eine Tatbeteiligung haben wir jedoch nicht. Wir müssen zwar im Fall der Frau unseres Kollegen besonders vorsichtig agieren, trotzdem sehe ich derzeit keine Flucht- oder Verdunklungsgefahr«, urteilte Kiermeier.

Nach einer gut vierstündigen Autofahrt erreichten Thomas Huber und Karl Auer am Abend die 100.000-Einwohner-Stadt Gera an der weißen Elster. Zunächst steuerten sie ihr Hotel an. Thomas hatte vor der Fahrt online zwei Einzelzimmer reserviert. Bei der Internetsuche war ihm gleich das Hotel »Am Galgenberg« aufgefallen, welches ihn an sein ehemaliges Wohnviertel in Pfarrkirchen erinnerte. Nach dem Einchecken begaben sich die beiden Polizisten in das angeschlossene Restaurant und nahmen dort ihr Abendessen ein.

Anschließend machten sie sich zu Fuß in Richtung Innenstadt auf. Thomas wusste, dass die Suche nach Maik Lange mit der Suche nach der berühmten Nadel im Heuhaufen zu vergleichen war. Doch er glaubte fest daran, dass der Schlüssel zur Lösung des Falls bei diesem undurchsichtigen Thüringer zu finden war. Einen Versuch war es allemal wert.

Nach 15 Minuten erreichten Thomas und Karl die alte Geraer Einkaufsmeile »Sorge«.

»Hier stehen einige Läden leer«, bemerkte Karl Auer beim ersten Anblick der Geraer Innenstadt.

»Da hast du recht. Gott sei Dank schaut es bei uns in Passau und Landshut noch besser aus. Mir scheint, die

Geraner kaufen viel im Internet. Aber wir sind nicht zum Shoppen da, Karl«, bemerkte Thomas süffisant.

»Das ist mir klar. Wie willst du jetzt vorgehen?«

»Ich würd vorschlagen, dass wir uns aufteilen. Du übernimmst die linke Seite der Sorge, ich die rechte. Schau dir bitte jeden Hauseingang vor, neben oder hinter den Häusern an, check die Briefkästen und die Türklingeln und überprüf, ob du Hinweise auf Maik Lange oder Reiner Brückner findest. In Pfarrkirchen war er im Parkhotel unter diesem Namen eingecheckt. Das Foto von ihm hast du auf dem Handy, falls er dir zufällig über den Weg laufen sollt.«

»Ja, das hast du mir schon g'schickt.«

»Und noch was, Karl. Ruf mich bitte sofort an, wenn du was Verdächtiges entdeckst, und mach bitte nichts allein«, ordnete Thomas an. »Ich meld mich auch bei dir, wenn mir was auffällt.«

»Du kannst dich auf mich verlassen.«

»Frau Auer, Sie können jetzt nach Hause gehen. Sie müssen sich aber zu unserer Verfügung halten. Das heißt, Sie müssen ständig erreichbar sein und dürfen den Landkreis nicht verlassen«, offenbarte der Pfarrkirchner Polizeichef der Frau seines Mitarbeiters.

Sabine Auer schien ein Stein vom Herzen gefallen zu sein, denn die Erleichterung war ihr sichtlich anzusehen. »Natürlich bleibe ich zu Hause, wo sollt ich sonst hin? Herr Kiermeier, werden Sie meinem Mann von dem heutigen Gespräch berichten?«

Kiermeier überlegte und sah Mandy kurz an, die ihm in dieser Frage jedoch auch keine Hilfe war. »Sagen wir mal so. Ihr Mann unterstützt zwar gerade den Kollegen Huber bei einer Außenrecherche, wie Sie wissen, aber offiziell ist er im Urlaub. Deswegen wird er von diesem Gespräch nichts mitbekommen, oder, Frau Hanke?«

Mandy schüttelte den Kopf.

Kiermeier fuhr fort: »Ich würde Ihnen jedoch dringend raten, mit ihm zu sprechen, und zwar so bald als möglich. Sagen Sie ihm die ganze Wahrheit über diesen Abend und auch über Adrian Reber. Ich wünsche Ihnen, dass Sie damit Ihre Ehe retten können.«

»Danke, Herr Kiermeier!«

Zum Schluss fiel Mandy noch eine wichtige Sache ein. »Frau Auer, weil Sie ebenfalls auf der zweiten Empore waren, brauchen wir Ihre Fingerabdrücke.«

»Kein Problem. Das können wir gerne machen. Ich hab nichts mehr zu verbergen.«

»Was gibt's, Karl?«, fragte Thomas, nachdem er einen Anruf von seinem Kollegen erhalten hatte.

»Ich glaub, ich hab da was. Komm rüber zu mir. Ich steh auf der Straße, du kannst mich nicht verfehlen.«

»Ich komme!«

Ein paar Minuten später trafen sich die beiden niederbayerischen Polizisten vor einem Hauseingang mit sechs Türschildern und ebenso vielen Briefkästen.

»Da schau her, Thomas. Auf der Klingel und auf dem Briefkasten steht M. L. Das könnt doch unser Maik Lange sein, oder?«

»Stimmt. Alle anderen Namen sind ausg'schrieben, nur der ned. Dann probieren wir's mal.«

Thomas betätigte mit erhöhtem Puls die Türklingel.

Nichts.

Nach einiger Zeit versuchte er es noch mal. Wieder keine Reaktion.

Nach ein paar Minuten kam ein älterer, ergrauter Herr um die 70 aus der Haustür und bemerkte die beiden Beamten. »Zu wem wollen Sie denn?«

»Wir wollen zu Maik, zu Maik Lange«, stammelte Thomas.

»Zu Maik? Ich glaub, der ist nicht da.«

Jetzt wussten die Polizisten zumindest, dass sie an der richtigen Haustür waren. »Wann können wir ihn denn antreffen?«, fragte Thomas auf Hochdeutsch.

»Das kann ich Ihnen nicht sagen. Der ist oft auswärts unterwegs und nur sehr unregelmäßig hier.«

»Das ist aber blöd. Wir sind zufällig in der Gegend und wollten unseren Freund überraschen. Und jetzt ist er nicht da«, gab Thomas vor.

»Soll ich ihm was ausrichten, falls ich ihn sehe?«

»Nein, nein, das ist nicht nötig. Wo arbeitet der Maik denn?«

»Das weiß ich nicht, so gut kenne ich ihn auch wieder nicht.«

»Dann haben Sie auch seine Handynummer nicht, oder?«

»Nein. Wie gesagt, ich kenne ihn nur flüchtig«, antwortete der ältere Herr und ging seines Weges.

Thomas und Karl beobachteten in sicherer Entfernung noch eine gute Stunde den Hauseingang ihrer Zielperson. Als sich dann noch immer nichts getan hatte, gingen die beiden zum Hotel zurück.

Wenigstens wissen wir jetzt, wo sich seine Wohnung befindet, sprach Thomas sich selbst Mut zu.

Obwohl er nach diesem anstrengend langen Tag hundemüde war, holte er in seinem Hotelzimmer das Handy aus der Jackentasche und wählte Mandys Nummer. »Hallo, Schatz, bist schon im Bett?«

»Schön, dass du noch anrufst«, antwortete Mandy schläfrig. »Wie ist es dir in meiner Heimatstadt ergangen?«

»Geht so. Maiks Wohnung in der Sorge haben wir zwar ausfindig machen können, aber von ihm fehlt jede Spur.«

»Was habt ihr morgen vor?«

»In aller Früh wollen wir noch mal hinfahren und die Wohnung beobachten. Falls er nicht auftaucht, bitten wir bei den Kollegen aus Gera um Amtshilfe. Außerdem will ich nach Erfurt in dieses Angermuseum, wo der Reber früher g'arbeitet hat. Vielleicht erfahren wir dort was über die Verbindung zwischen Reber und Lange.«

»Sehr gute Idee, Thomas.«

»Und was habt ihr heut von Sabine erfahren?«

Mandy berichtete sehr ausführlich über die Vernehmung von Sabine Auer.

»Habt ihr das Thema Vaterschaft ang'sprochen?«, wollte Thomas am Ende ihrer Ausführungen wissen.

»Nein«, antwortete Mandy beruhigend.

»Gott sei Dank! Ich glaub, der Karl ahnt nichts von unserem Verdacht, und so soll es auch bleiben. Außerdem ist da eh noch nichts bewiesen.«

»Aber ich fürchte, wir müssen von Karls Handy ein Bewegungsprofil erstellen.«

»Wie kommst du auf diese Idee?«, entrüstete sich Thomas.

»Nachdem Sabine die Kirche verlassen hat, hat sie Karl auf dem Handy angerufen. Wenn er schon früher in Tann war und die beiden beobachtet hat, dann hat er ein astreines Motiv«, behauptete Mandy.

»Du spinnst doch!«

DREIUNDZWANZIG

Am Ticketschalter des Angermuseums zückte Thomas seinen Dienstausweis und bat um ein Gespräch mit der Museumsverwaltung.

Die ältere Dame mit schwarzer Hornbrille hinter dem Tresen ließ sich Zeit. Zuerst betrachtete sie die beiden unangemeldeten Besucher von Kopf bis Fuß, als wolle sie eine mögliche Bewaffnung mit ihren Blicken ertasten. Dann durchblätterte sie mehrere eng beschriebenen Listen und murmelte Unverständliches vor sich hin. Nach einer Weile schien es so, als habe sie die anfängliche Aufforderung der vor ihr stehenden Polizisten völlig vergessen und sei in ihre eigene Welt abgedriftet.

Thomas wandte sich Karl zu und verdrehte die Augen. Doch noch bevor er seinen Unmut kundtun konnte, hatte die Verwaltungskraft endlich eine Antwort parat. »Laut Dienstplan müsste Herr Direktor Kunz im Hause sein. Er leitet das Angermuseum. Wollen Sie mit ihm sprechen?«

»Ja, bitte. Herr Kunz, sagten Sie?«

»Genau. Dann werde ich versuchen, ihn in seinem Büro zu erreichen, und Sie ankündigen.« Damit griff sie zum Telefon und wählte drei Ziffern, die sie umständlich von der Liste ablas. Man durfte annehmen, dass sie eher selten telefonisch mit ihrem Chef kommunizierte. Nach einem kurzen Wortwechsel am Hörer richtete sie sich wieder an Thomas. »Herr Direktor Kunz wird Sie empfangen. Nehmen Sie bitte den Aufzug hinten links und fahren Sie in den zweiten Stock. Der Direktor wird Sie vor dem Lift abholen.«

Als sich im besagten Stock die Tür des Aufzugs öffnete, stand der Museumsleiter bereits davor. Der untersetzte Herr mit breiten Schultern wirkte in seiner verbeulten Kordhose und dem schon etwas abgetragenen Tweed-Sakko auf die beiden Polizisten nicht wie ein Verwaltungsbeamter in höherer Laufbahn.

Nachdem Thomas sich und Karl kurz vorgestellt hatte, führte der Direktor die beiden durch mehrere Glastüren und über lange schmale Gänge hinweg zu seinem Büro.

»Meine Herren, Sie hätten nicht zu zweit anrücken müssen, ich gebe den Diebstahl freiwillig zu. Es war einfach zu verlockend, und ich konnte nicht widerstehen.«

Thomas und Karl sahen sich entgeistert an. Das verschmitzte Grinsen des Museumsleiters verwirrte sie zusätzlich.

»Wissen Sie, diese Schokoladentörtchen in unserer Kantine sind eigentlich für den Nachmittag reserviert. Aber mir wird im Wissen darum der Vormittag zu lang. Hier steht noch der Teller, und auch auf der Kuchengabel werden Sie eindeutige Spuren finden, falls Sie einen DNA-Abgleich machen wollen. Hahahaha.« Heribert Kunz schüttelte sich vor Lachen ob seines Witzes und der offensichtlichen Verlegenheit seiner Gäste.

»Hahaha … Tut mir leid. Es ist das erste Mal, dass die Polizei in meinem Büro vorstellig wird. Was führt Sie zu mir?«

Thomas musste sich erst räuspern und rutschte unbehaglich auf seinem niedrigen Stuhl vor dem Schreibtisch des Direktors hin und her. »Der Grund unserer Nachforschungen ist Adrian Reber. Falls wir richtig informiert sind, war Herr Reber Ihr Vorgänger als Leiter des Angermuseums?«

Der Angesprochene wurde sichtlich zurückhaltender und sachlich. »Herr Reber bekleidete vor mir den Direktionsposten unserer Einrichtung, das stimmt.«

»Können Sie uns etwas über die Arbeit des Herrn Reber hier im Haus erzählen und weshalb er diesen Job aufgegeben hat, um nach Niederbayern zurückzukehren? Ich meine, es ist doch ungewöhnlich, wenn man so eine, ich sag mal, gut dotierte und renommierte Position verlässt, um alte Kirchen zu inventarisieren.«

»Da mögen Sie recht haben. Allerdings sind Sie bei mir an die falsche Person geraten. Ich hatte mich von Berlin aus für diese Stelle beworben. Bei meinem Antritt hatte Herr Reber das Museum bereits verlassen. Ich kenne ihn nur vom Hörensagen. Außerdem würde ich mich nur sehr ungern über einen Kollegen äußern, dessen Nachfolger ich geworden bin. Ich hoffe, Sie haben dafür Verständnis.« Herr Kunz hielt inne und musterte die beiden Ermittler nachdenklich. Dann schien er einen Gedanken zu haben. »Aber ich glaube, ich kann Sie dennoch zufrieden ziehen lassen. Ich tätige kurz einen Anruf, dann sehen wir, ob sich das arrangieren lässt.« Mit einem Blick auf seine Armbanduhr ergriff er den Hörer seines Telefons und wählte eine Nummer, die er auswendig kannte.

»Hallo, Andrea, ich habe hier zwei Herren von der bayerischen Polizei, die etwas über Adrian Reber in Erfahrung bringen wollen. Kannst du … ja … Ich denke, in 15 Minuten … Fantastisch! Und wir sehen uns am Freitagabend beim Empfang, ich freu mich!« Der Direktor legte auf und wandte sich wieder Thomas und Karl zu. »Sie haben in einer Viertelstunde einen Termin bei Frau Andrea Knoll, der Vorsitzenden des Erfurter Kunstvereins. Bevor Herr Reber an das Angermuseum berufen wurde, hat er lange

Jahre unter Frau Knoll beim Kunstverein gearbeitet. Sie wird Ihnen bestimmt fundierte Auskünfte über Adrian Reber erteilen. Machen Sie sich also gleich auf den Weg.«

»Wie kommt man …?«

»Das ist furchtbar einfach«, unterbrach ihn der Direktor, bevor Thomas zu Ende gesprochen hatte. »Der Anger vor unserem Museumsgebäude ist faktisch der zentrale Verkehrsknotenpunkt der Erfurter Trambahnen. Nehmen Sie die nächste ankommende Tram der Linie 1, 2 oder 3 zum Fischmarkt. Das ist nur eine Station. Die Kunsthalle, in der Sie Frau Knoll erwartet, befindet sich genau gegenüber dem Rathaus. Sie können das Gebäude unmöglich verfehlen.« Mit seiner Linken wies der Direktor die sich erhebenden Polizisten zur Tür. »Das Corpus Delicti wollen Sie also nicht mitnehmen?« Dabei schielte er auf den mit Schokoladenresten behafteten Kuchenteller. »Da bin ich wohl noch einmal davongekommen, hahahaha.«

Die beiden Niederbayern fanden schnell die richtige Haltestelle, und eine Tram der Linie 2 erwartete sie dort bereits.

»Karl, langsam bezweifle ich, dass wir hier in Erfurt vorankommen.« Thomas war sichtlich frustriert über die wenigen Erkenntnisse, die sie auf ihrer Tour de Force durch Thüringen bisher hatten gewinnen können. Gut, sie wussten jetzt, wo Maik Lange sein Domizil hatte. Solange der aber dort nicht greifbar war, nutzte dieses Wissen wenig. Die Hoffnung, in diesem Kunstverein wertvolle Informationen zu erhalten, war auf ein Minimum gesunken, als sie am Fischmarkt das große Eingangstor zur Kunsthalle durchschritten.

Auch hier wurden sie am Ticketschalter in den zweiten Stock verwiesen. Diesmal empfing die beiden Polizisten eine schmale, fast zarte Person mit grauer Bubikopf-Frisur und markanter grauer Brille, die farblich auf ihre Haare und den dazu ausgewählten Hosenanzug abgestimmt war.

»Guten Tag, meine Herren, ich wurde von Herrn Kunz unterrichtet, dass Sie sich über Adrian Reber erkundigen wollen. Folgen Sie mir bitte.« Andrea Knoll mochte eine zerbrechlich wirkende Figur haben, ihr Ton dagegen war bestimmt und duldete wenig Widerspruch.

»Darf ich über Ihren Grund zu den Nachfragen bezüglich Herrn Reber Bescheid wissen?«, eröffnete Frau Knoll das Gespräch, nachdem die drei in ihrem Büro Platz genommen hatten.

»Herr Reber ist in einer Kirche tot aufgefunden worden. Wir gehen von einem Gewaltverbrechen aus.« Thomas wollte an der Berechtigung seiner Fragen keine Zweifel aufkommen lassen.

»O mein Gott! Was überbringen Sie da für furchtbare Nachrichten? Herr Reber war lange in unserem Umfeld tätig. Er hatte hier einige Freunde.«

»Können Sie uns das bitte genauer schildern?«

»Herr Reber kam vor ungefähr 20 Jahren zu uns«, begann die Vereinsvorsitzende. »Falls Sie das genau Datum wissen wollen, kann ich Ihnen im Anschluss die Akten dazu zur Einsicht vorlegen. Unser Kunstverein wurde 1990 neu gegründet, obwohl es ihn schon seit 1886 gibt. Die wertvollen Sammlungen der deutschen Moderne im Besitz unserer Institution gefielen den Nazis nicht. Für sie war das eine ›entartete‹ Kunst. Als ob Kunst nur aus einer einzigen Geisteshaltung heraus möglich wäre. Aber auch die Kommunisten später konnten mit unseren Gemälden und Drucken wenig anfangen. In dieser Zeit regierte der Sozialistische Realismus mit seinem künstlichen Pathos.

Erst nach der Wende fanden unsere Sammlungen wieder die Aufmerksamkeit, die sie verdienen. Herr Reber wurde kurz nach der Wiedereinsetzung des Vereins beauftragt, die Bestände zu katalogisieren und zu erforschen. Es war nicht so, dass es bei uns im Osten keine fähigen Kunsthistoriker gegeben hätte, die für die Aufgabe geeignet gewesen wären. Aber damals hatte jeder, der aus dem Westen kam, bessere Aussichten auf die guten Posten. Zumindest schien es so.« Das klang nicht nur vorwurfsvoll, sondern war auch so gemeint. »Bei der Besetzung des Direktorenpostens im Angermuseum lief es auch nicht anders. Ich will Herrn Reber nichts am Zeug flicken, dennoch gab es auch viele qualifizierte Leute von hier, die sich damit abfinden mussten, nicht zum Zug gekommen zu sein. Manche können damit besser umgehen, andere weniger.«

»Wollen Sie damit sagen, Adrian Reber war in seinem Museum nicht besonders beliebt und hatte Feinde?« Thomas war froh, dass er endlich einen Ansatz hatte, um das Gespräch in die ihm wichtige Richtung zu lenken.

»Feinde ist ein hartes Wort. Sehen Sie, nach dem Mauerfall mussten hier viele Leute schwierige Umbrüche in ihrem Leben überstehen, beruflich und oft auch privat. Da stößt es einem schon auf, wenn jemand aus dem Westen kommt und immer als Erster über die Ziellinie läuft. So einer steht dann unter besonderer Beobachtung.«

»Wenn Herr Reber so einen hervorragenden Posten hatte, wie Sie sagen, wieso hat er ihn dann gekündigt und sich um kleine Dorfkirchen gekümmert?«

»Die Inventarisierung von kirchlichem Kunstgut ist durchaus eine verantwortungsvolle Aufgabe und hat ihre eigenen Reize. Sind Sie über Adrian Rebers Geschichte gar nicht informiert?«

»Welche Geschichte?« Thomas war verwirrt und blickte hilfesuchend zu Karl, als ob dieser etwas zu dem geheimnisvollen Vorleben ihres Mordopfers beitragen könnte.

»Vor zirka einem halben Jahr wurden aus dem Museum wertvolle Zeichnungen deutscher Expressionisten entwendet. Und zwar nicht aus den Ausstellungsräumen, sondern aus dem Depot. Das ist ungewöhnlich, denn ein Dieb muss sehr gut über die interne Ordnung und Systematik Bescheid wissen, um aus dem Depot etwas zu entwenden. Gleichzeitig deutete die Auswahl der gestohlenen Blätter auf fundiertes fachliches Wissen hin. Herr Reber war einer der wenigen, die alle Umstände, die einen solchen Diebstahl ermöglichen, bestens kannte.«

»In seiner Stellung ist das kein Zufall, sondern eine Pflicht.« Thomas hatte den unwillkürlichen Drang, seinen Landesgenossen zu verteidigen.

»Da haben Sie natürlich recht, Herr Huber.«

Das klang sehr nach einem Aber, fand Thomas.

Und schon folgte es. »Aber ohne auf die Details einzugehen, war es auch seine Nachlässigkeit, die den Diebstahl erst möglich gemacht hatte. Und als die Langfinger oder deren Hehler die Kunstwerke wieder an das Museum zurückverkaufen wollten, wandten sie sich an Adrian Reber. Er sollte den Vermittler bei der Rückgabe spielen. Sie müssen wissen, dass sich Räuber von Kunstgegenständen häufig direkt an die geschädigte Institution wenden, denn so hochklassige und weltweit bekannte Werke sind nahezu unverkäuflich. Die bestohlene Institution will selbstverständlich ihre Meisterwerke zurückhaben, bevor sie unwiederbringlich verloren gehen.«

»Wenn dem so ist, dass Diebe ihre Beute gerne über das Museum zu Geld machen wollen, aus dem die Sachen gestohlen wurden, dann ist es ebenfalls kein Zufall, wenn sie sich dabei an den Direktor halten.«

»Mag sein, aber erst begünstigt eine Unbedachtsamkeit des Herrn Reber einen ansonsten kaum vorstellbaren Kunstraub, und dann können die geraubten Werke dank Adrian Reber wiederbeschafft werden. Häufen sich da die Zufälle nicht sehr? Wie dem auch sei, das Angermuseum kam schließlich heil aus der Angelegenheit heraus. Denn für die Schadenssumme, wir sprechen hier von 1,6 Millionen, musste letztlich die Versicherung geradestehen. Herrn Reber konnte nichts nachgewiesen werden, das Museum musste ihm jedoch den Rücktritt nahelegen. Der Ruf des Hauses durfte nicht beschädigt werden. Verstehen Sie mich also bitte nicht falsch«, die Vereinsvorsitzende lehnte sich in ihrem Stuhl zurück und breitete wie ein Prediger die Arme aus, »ich will ihn um Gottes willen nicht auf die Anklagebank setzen.«

»Hm ... Sie sagten, eine Versicherung kam für die Schadenssumme auf?«

»Ja, die Ars Segura Assekuranz überwies die von den Dieben geforderte Summe auf ein dubioses Offshore-Konto, von dem die Gelder schnell in unbekannte Kanäle weiterflossen. Gott allein weiß, wer letzten Endes davon profitiert hat.«

»Und die Kunstwerke wurden zurückgegeben?«

»Die kamen eine Woche später in einem Paket aus Spanien hier an. Hatten wohl Urlaub an der Costa Brava gemacht.«

»Können Sie mir die Adresse dieser Versicherung mitteilen?«

»Selbstverständlich.« Frau Knoll zog eine Schublade ihres Schreibtisches auf und entnahm daraus zielsicher eine Visitenkarte. »Das Stammhaus der Ars Segura befindet sich in Berlin. Sie unterhält allerdings hier in Erfurt ein Büro. Sie können das Kärtchen gerne behalten.«

Kurz darauf standen Thomas und Karl wieder draußen auf dem Fischmarkt im Zentrum Erfurts.

»Unser Herr Reber hat also doch keine so reine Weste«, murmelte Thomas mehr zu sich selbst. »Wenn unser Mordopfer bei dem Kunstraub unter Verdacht stand, hat sich die Versicherung mit den ergebnislosen Ermittlungen der thüringischen Kollegen vielleicht ned zufrieden'geben und auf eigene Faust Nachforschungen ang'stellt. Das wär jedenfalls eine Erklärung für die Anwesenheit von Maik Lange. Wir sollten jetzt schleunigst herausfinden, ob dieser Maik im Auftrag der Ars Segura unterwegs war.«

»Du, Thomas?«

»Ja?«

»Ich hab einen Mordshunger!« Wie zur Bestätigung ließ Karl Auer die Zunge heraushängen.

Thomas sah kurz auf die Uhr und musste feststellen, dass die Mittagszeit bereits hinter ihnen lag.

VIERUNDZWANZIG

Mittwoch

Am Mittwochvormittag saß Mandy alleine in ihrem Büro und grübelte. Sie dachte über die Reaktion von Thomas nach, als sie gestern am Telefon Karl als Verdächtigen ins Spiel gebracht hatte, und über den Song, den Adrian Reber kurz vor seinem Tod um Mitternacht auf der Orgel der Tanner Kirche gespielt hatte, »Nights In White Satin«.

Während dieser Gedanken schneite ihr Kollege Stefan Wegerer in ihr Büro. »Servus, Mandy. Gibt's was Neues?«

»Guten Morgen, Stefan. Unsere Außendienstler haben zumindest die Wohnung von Maik Lange in Gera ausfindig gemacht. Ihn haben sie aber nicht angetroffen.«

»Immerhin. Und was steht bei uns heut an?«

»Ich hätte eine Bitte an dich. Fährst du zu Mutter Reber und checkst die Kontobewegungen ihres Sohnes? Sie hat, soweit ich von Karl weiß, die Kontoauszüge aus seiner Wohnung mit zu sich nach Hause genommen. Vielleicht findest du da Hinweise, die uns weiterhelfen können.«

»Alles klar, Mandy, mach ich«, sagte Stefan und verschwand.

Mandy googelte im Internet das besagte Lied und hielt Ausschau nach der deutschen Übersetzung. Sie wurde gleich fündig.

Nächte in weißem Satin,
niemals das Ende erreichend.
Briefe, die ich geschrieben habe

und niemals abschicken wollte.
Schönheit, die ich immer vermisst habe,
mit diesen Augen zuvor.
Was genau die Wahrheit ist,
kann ich nicht mehr sagen,
weil ich dich liebe.
Ja, ich liebe dich.
Oh, wie ich dich liebe!

Das reichte ihr. Die Botschaft, die Adrian Reber mit diesem Song seiner ehemaligen Freundin hinterhergeschickt hatte, als diese gegangen war, war mehr als eindeutig. Der Reber war sehr romantisch gewesen, dachte Mandy. Und wenn Karl tatsächlich in Tann gewesen war und seine Frau mit Reber beobachtet hatte? Und dann dieses Lied gehört hatte? Sie traute sich nicht, diesen Gedanken zu Ende zu spinnen, sondern beschloss, die Theorie auf Eis zu legen und ohne ihren Kollegen und Freund diesbezüglich nichts zu unternehmen. Auch Kiermeier gegenüber würde sie sich darüber nicht äußern, nahm sie sich vor.

Anschließend ging Mandy ins Büro des Chefs und berichtete ihm von dem Gespräch mit Thomas.

Die ausfindig gemachte Wohnung des Gesuchten stimmte Kiermeier optimistisch. Er schlug vor, dass Thomas bei den Kollegen in Gera ein Ermittlungsersuchen beantragen sollte. Mandy sagte, dass Thomas gerade dabei war, Amtshilfe zu beantragen, und stellte ihren Chef damit mehr als zufrieden. Der Polizeioberrat begrüßte auch Thomas' Vorhaben, den früheren Arbeitsplatz von Adrian Reber aufsuchen zu wollen. Zum Schluss ordnete er an, dass er morgen um 8 Uhr eine Lagebesprechung anberaume, und zwar mit Thomas Huber, aber ohne Karl Auer, der, solange der Mordfall nicht aufgeklärt war, beurlaubt bleibe.

Stefan Wegerer stand schon vor ihrem Büro und wollte gerade eintreten, als Mandy zu ihrem Arbeitsplatz zurückkehrte. »Und, Stefan? Warst du erfolgreich?«

»Wie man's nimmt. Frau Reber war zu Hause und wir konnten uns die Kontoauszüge anschauen. Aber leider ist uns nichts Unregelmäßiges oder B'sonderes aufgefallen. Alles ganz normal«, berichtete Stefan mit einem Achselzucken. »Ich habe die Kontoauszüge dabei. Willst du einen Blick d'rauf werfen?«

»Nein, ich glaube es dir auch so ... Schade«, kommentierte Mandy enttäuscht. »Ich habe eine Idee, Stefan. Wir beide machen einen Ausflug nach Tann. Ruf bitte den Mesner, den Herrn Lederer, an und sag ihm, dass wir ihn in einer Stunde vor der Tanner Kirche treffen wollen. Der hat den Schlüssel zur zweiten Empore, und als Rentner müsste er eigentlich Zeit haben.«

Als Mandy eine Stunde später den Dienstwagen am fast menschenleeren Tanner Marktplatz abstellte, wunderte sie sich, warum auf diesem wunderschönen historischen Platz so wenig los war. Ein Café oder eine Eisdiele mit vorgelagerter Terrasse würde diesem zentralen Ort wieder mehr Leben einhauchen. Für sie persönlich war dieser Platz jedenfalls von großer Bedeutung. Denn genau hier hatten sie und Thomas sich im letzten Jahr zum ersten Mal geküsst.

Jetzt war allerdings nicht Thomas an ihrer Seite, sondern Stefan Wegerer, mit dem sie gleichfalls sehr gerne zusammenarbeitete.

In der Kirchgasse näherten sich die beiden dem Gotteshaus, vor dem der Mesner bereits auf sie wartete. »Grüßt eich. Habts den Mörder immer noch ned?«, begrüßte Josef Lederer in seiner typischen Art die Pfarrkirchner Beamten.

»Nein, Herr Lederer, noch nicht ganz. Aber wir sind dabei. Und jetzt brauchen wir Ihre Mithilfe«, entgegnete Mandy.

»Was? Ich soll eich helfen?«, wunderte sich der Rentner.

»Ganz genau. Können Sie Orgel spielen?«

»Überhaupt ned. Wia kemmts denn dadrauf?«

»Das macht nichts«, bemerkte Mandy und erklärte dem 65-Jährigen seine Aufgabe. »Sie gehen bitte auf die zweite Empore hinauf und warten, bis wir Sie am Handy anrufen. Dann bedienen Sie wahllos die Tasten der Orgel. Wir wollen nur mal prüfen, ob man die Orgel außerhalb der Kirche hört«, erläuterte sie.

Nachdem Stefan die Handynummer des Mesners in seinem Smartphone gespeichert hatte, verschwand Josef Lederer kopfschüttelnd im Innern des Gotteshauses. Mandy erinnerte sich an Sabine Auers Worte, dass sie beim Verlassen der Kirche um Mitternacht die Kirchentür zugemacht habe. Deshalb schloss sie die Tür jetzt auch.

Anschließend gingen Mandy und Stefan zum Grainerbräu.

»Ich will sichergehen, ob und wo man die Orgel außerhalb der Kirche hört. Ich wünschte, wir fänden jemanden, der sich an die Orgeltöne zur Tatzeit erinnern kann. Dann wäre Sabine Auer zumindest teilweise entlastet«, erklärte die Polizeioberkommissarin.

»Glaubst du wirklich, dass Sabine mit dem Mord was zu tun hat?«, fragte der Polizeiobermeister und blickte Mandy entgeistert an.

»Nein, das glaube ich nicht«, sagte Mandy eindringlich.

Stefan Wegerer verzichtete auf weitere Nachfragen. Überzeugt schien er jedoch nicht zu sein. Vor dem Gasthof zückte er sein Handy, wählte Josef Lederers Nummer und bat ihn, jetzt die Orgeltasten zu betätigen.

Mandy und Stefan horchten angestrengt, konnten aber nichts hören.

Nach etwa einer Minute gingen sie zurück in Richtung des Gotteshauses. Doch auch nachdem sie die Treppe, die sich auf ihrem Weg befand, hochgegangen waren, vernahmen sie zunächst keinerlei Laute aus der Kirche.

Erst ungefähr 50 Meter vor dem Kirchenportal meldete sich Mandy zu Wort. »Jetzt höre ich etwas.«

»Ich auch«, bestätigte Stefan. »Das klingt ja furchtbar!«

»›Nights In White Satin‹ war bestimmt schöner«, grinste Mandy.

»Schlechter ist jedenfalls unmöglich«, stimmte Stefan zu.

»Heute weht kein Wind. Wenn ich mich recht erinnere, war es am Samstagabend auch windstill, oder?«

Stefan nickte unsicher.

»Dann können wir davon ausgehen, dass in diesen Häusern bei offenen Fenstern die Orgel zu hören war.« Mandy deutete auf die Häuserreihe links und rechts der Kirchgasse, in der sich auch der Pfarrhof befand. »Also, fassen wir unsere Erkenntnisse zusammen. Die rauchende Gruppe vor dem Grainerbräu kann unmöglich die Orgel gehört haben. Den beiden muss jemand bis hierher gefolgt sein«, vermutete Mandy.

»Das könnt zum Beispiel dieser Maik Lange gewesen sein«, schlug Stefan vor.

»Möglich, oder jemand anderer«, warf Mandy ein, ohne den Namen ihres Kollegen Karl Auer zu nennen.

»Oder es war jemand zufällig in der Nähe.«

»Das können wir auch nicht ausschließen, ist aber zu diesem Zeitpunkt eher unwahrscheinlich.«

»Oder es hat einer von den Anwohnern mit'kriagt, dass in der Kirch jemand Orgel spielt.«

»Richtig, und deshalb befragen wir jetzt die Anwohner.«

»Das haben Karl und ich schon am Sonntagvormittag g'macht«, gab Stefan zu bedenken.

»Aber ihr habt nicht nach der Orgel gefragt, oder?«

»Nein, das ned.«

»Siehst du. Dann fang du auf der rechten Seite an«, bat Mandy.

»Was machst du in der Zwischenzeit?

»Ich gehe noch mal ins Pfarrhaus.«

»Kann ich bitte mit Herrn Pfarrer Grundner sprechen?«, fragte Mandy die Angestellte im Pfarrbüro, nachdem sie sich als Polizistin vorgestellt und ausgewiesen hatte. Im Hintergrund hörte sie immer noch dumpf die schrägen Orgeltöne des Mesners.

»Der Herr Pfarrer ist gerade in Passau bei der Diözese. Soll ich ihm was ausrichten?«

»Nein, das ist nicht nötig«, wiegelte Mandy ab.

»Sagen S' mal, Frau Kommissarin. Was ist denn in der Kirche heut los? Mir ist, als würde dort jemand Orgel spielen.«

»Ja, das habe ich auch gehört. Ich glaube, auf der Orgel übt jemand. Ein Profi ist das bestimmt nicht. Das hört sich schrecklich an«, spekulierte Mandy und verabschiedete sich von der Frau. Sie war froh, dass nicht nur sie selbst, sondern auch die Dame die Orgeltöne im Pfarrhof gehört hatte.

Anschließend eilte sie in die Kirche und bedankte sich beim Mesner für seine Mithilfe.

Die Befragung der Anwohner durch Stefan Wegerer hatte keine neuen Erkenntnisse erbracht.

FÜNFUNDZWANZIG

Mithilfe des Stadtplans von Andrea Knoll hatten die beiden Polizisten die Tramlinie 4 als einfachste Verbindung vom Fischmarkt zur Zweigstelle der Ars Segura am Gamstädter Weg ausfindig gemacht. Da die Straßenbahnen im 10-Minuten-Takt fuhren, blieb ihnen auch diesmal eine längere Wartezeit erspart. Als ihre Tram langsam an die Haltestelle Domplatz Süd heranrollte, zog Thomas seinen Kollegen am Ärmel zur Tür und schob ihn sachte hinaus, nachdem die Bahn angehalten hatte.

»Da vorne steht ein Kiosk, Karl. Ich kanns mir nicht leisten, dass du mir hier in Thüringen verhungerst. Das würd mir Sabine nie verzeihen.«

Statt einer Antwort signalisierte Karl seine uneingeschränkte Zustimmung mit dem hochgereckten Daumen.

Bald standen die beiden Niederbayern an einem runden Holztisch und kauten an ihren überlangen gegrillten Rostbratwürsten.

»Woaßt, Thomas«, brachte Karl zwischen zwei Bissen hervor und ließ dabei seinen Blick über den breiten Platz und die markante Silhouette des Erfurter Doms schweifen, »so a größere Stadt hat scho ihre Reize, aber ich würd es ned lang aushalten. Ich brauch jeden Tag die freie Sicht in die Natur, sonst bin ich ned g'sund. Des meine ist der Wald. Wennst nix anders hörst als nur des Blätterrauschen und deinen Fuß auf des weiche Moos setzt, da komm ich zur Ruh, Thomas, da geht mir mein Herz auf. Die Sabine versteht des ned immer. ›Was rumpelst jetzt schon wieder raus?‹, fragt sie mich dann, weil sie lieber mit mir in der Passauer Fußgängerzone unterwegs wär zum Läden- anschauen. Was finden die Frauen daran bloß Schönes? Irgendwann bau ich mir eine Hüttn im Wald, des wär mein Paradies. So einen Schuppen, wie der Meiler einen g'habt hat.« Die zwei erinnerten sich an ihren letzten Mordfall. Damals war der Jäger Richard Meiler vor seiner Jagdhütte umgebracht worden.

»Ich hab gar nicht g'wusst, dass du so ein leidenschaft- licher Waldkauz bist, Karl. Aber jetzt sind wir in der Zivi- lisation unterwegs und haben eine Aufgabe zu erledigen. Schling deine Wurst runter und dann auf zur Ars Segura!«

Das Büro der Versicherungsgesellschaft am Gamstädter Weg war kleiner, als es sich die beiden Ermittler vorgestellt hatten. Vielleicht kam es ihnen auch nur so vor im Ver- gleich zu den großen Hallen und verschlungenen Gängen der Musentempel, die sie zuvor betreten hatten. Jeden- falls arbeiteten wenig Menschen hinter den Glastüren, die von einem zentralen Mittelgang aus zu beiden Seiten in die Diensträume führten. Außerdem schien man nicht auf einen großen Besucheransturm eingerichtet zu sein. Es gab keinerlei Empfangstresen oder Rezeption. Wie von Zauberhand war das Eingangsportal elektrisch geöffnet worden, als sie am Knopf mit der Beschilderung »AS Ver- sicherung« geklingelt hatten.

An der ersten Glastür, hinter der sie eine Bewegung wahrnahmen, klopften sie an. Eine jugendliche Ange- stellte mit schwarzem Sakko und weißer Bluse öffnete. Sichtlich überrascht erkundigte sie sich bei Thomas und Karl nach dem Anlass für den unangemeldeten Besuch. Der Verweis auf polizeiliche Ermittlungen im Mordfall Adrian Reber machte die misstrauische Bürokraft nicht zugänglicher. Nach längerem Zögern, verbunden mit unbestimmten Aussagen, entschied sie sich endlich, ihren Chef zu konsultieren. Dafür begab sie sich an das Ende des Mittelgangs und trat dort in einen weiteren Büroraum.

Nach einer halben Ewigkeit kam sie wieder zum Vorschein, begleitet von einem schlanken Mittvierziger in hellblauem Anzug, weißem Hemd und mit einer rot-weiß gestreiften Krawatte. Der schmale Oberlippenbart erinnerte Thomas an einen Schauspieler aus der goldenen Zeit Hollywoods, an dessen Namen er sich aber im Moment nicht erinnern konnte.

Er bat sie in sein Arbeitszimmer. Nachdem sie Platz genommen hatten, fragte er: »Adrian Reber ist also ermordet worden?«, und stellte sich als Günther Kuhnert vor.

Die vermeintliche Schreibkraft blieb noch eine geraume Weile hinter den beiden Polizisten an der Tür stehen, bis sie nach einem kurzen Zunicken ihres Vorgesetzten den Raum wortlos verließ.

»Ja, er kam in Niederbayern ums Leben. Frau Andrea Knoll vom Kunstverein hat uns darüber aufgeklärt, dass in der Zeit, während Adrian Reber Leiter des Angermuseums war, ein Kunstraub stattgefunden hat«, begann Thomas.

»Und kein geringer! Das ist richtig.«

»Ihre Versicherung musste für den Schaden aufkommen.«

»Wir sind darauf spezialisiert, die Risiken von Museen, Galerien, aber auch von privaten Kunstliebhabern abzudecken. Bei uns werden Kunstgegenstände gegen Beschädigung, Verlust und den extremen Fall eines Raubes versichert.«

»Beim Angermuseum haben Sie den Rückkauf des Diebesgutes ermöglicht. Mit einer Summe von 1,6 Millionen, ist uns gesagt worden.«

Der Versicherungsagent lehnte sich zurück und spreizte beide Hände an den Fingerkuppen gegeneinander. »Das ist die Grundlage unserer unternehmerischen Tätigkeit: Wir kalkulieren die kollektiven Risiken, ermitteln unsere Prämien und versuchen eine moderate Marge zu erwirtschaften. Würde es keine Diebstähle geben, wäre niemand daran interessiert, eine Versicherung abzuschließen. So einfach ist das.«

Thomas drängte sich der Verdacht auf, die Vorgehensweise, stets vom konkreten Fall abzulenken, indem man auf nichtssagende Gemeinplätze auswich, hatte man hier zur präzisen Methode entwickelt. »Sie wollen doch damit aber nicht andeuten, so ein Vorfall wie beim Erfurter Museum komme bei Ihnen tagtäglich vor.«

»Nun, täglich wäre etwas übertrieben. Dass wir gestohlene Kunstwerke für unsere Kunden zurückkaufen, ist jedoch durchaus nichts Ungewöhnliches. Dort, wo es sich um vernünftige Ganoven handelt, wenn man das gegenüber der Polizei so formulieren darf, und eine reelle Summe für die entwendeten Kunstwerke gefordert wird, die natürlich weit unter dem tatsächlichen Wert der Gegenstände liegen muss, birgt es zweifellos Vorteile sowohl für den Kunden als auch für die Versicherung. Wir müssen oft nur einen Bruchteil der wirklichen Schadenssumme bereitstellen, und der Versicherungsnehmer erhält seine Schätze vollständig und zeitnah zurück. Andernfalls taucht die Beute häufig erst nach Jahrzehnten oder nie wieder auf.«

Der Schnauzbart Günther Kuhnerts zog sich zu einem zufriedenen Lächeln in die Breite.

»Damit fördern Sie doch eindeutig eine gewisse Verbrechensstrategie und vereinfachen den Dieben die Arbeit.«

»Die Statistiken sprechen dagegen. Diese Art der Vorgehensweise beim Kunstraub hat nicht zugenommen.«

Was denn nun, ärgerte sich Thomas, kam so etwas häufiger vor oder nicht? Er wurde aus den Erklärungen des Versicherungsmenschen nicht schlau. »Adrian Reber soll durch fahrlässiges Verhalten den Diebstahl erst ermöglicht haben und dann beim Rückkauf eine tragende Rolle gespielt haben. Kam Ihnen das nicht verdächtig vor?«

»Die Polizei hat bei ihren Ermittlungen keine besonderen Verdachtsmomente festgestellt.«

»Die Träger des Museums waren davon nicht überzeugt und haben Herrn Reber entlassen.«

»Die Entscheidungen der Museumsverwaltung sind für uns nicht maßgebend. Wir müssen uns an den Ergebnissen der polizeilichen Untersuchungen orientieren.«

»Sie wollen mir doch nicht weismachen, Sie hätten bei einem Versicherungsfall von 1,6 Millionen keine eigenen Nachforschungen angestellt und sich ganz auf unsere thüringischen Kollegen verlassen?«

»Doch, so ist es!« Es war unglaublich, wie breit das Grinsen im Gesicht von Günther Kuhnert wurde.

Thomas reichte es bis an die Hutoberkante und er spielte seine Trumpfkarte ohne Vorwarnung aus. »Dann haben Sie also Maik Lange zum Erholungsurlaub nach Pfarrkirchen geschickt?«

Das Grinsen war augenblicklich verschwunden. Der vollkommen kalt erwischte Versicherungsagent starrte lange auf den niederbayrischen Kommissar, und man sah deutlich, wie es in seinem frontalen Cortex ratterte und brummte. Endlich schien Kuhnert eine halbwegs glaubwürdige Antwort eingefallen zu sein. Jedenfalls rückte er die Krawatte zurecht und schob sich mit dem edlen Bürosessel näher an seinen Schreibtisch heran. »Ich weiß nicht, ob ich dazu verpflichtet bin, Interna unserer Arbeit preiszugeben. Aber bitte! Herr Lange sollte nur einige formale Angelegenheiten mit Herrn Reber besprechen, nichts von Bedeutung.«

»Doch immerhin so wichtig, dass Sie diese ›formalen Angelegenheiten‹, wie Sie es nennen, nicht telefonisch oder schriftlich hätten erledigen können?« Thomas hatte nicht die Absicht, sein Gegenüber schnell wieder aus dem Schwitzkasten zu entlassen.

»Ein so großer Schadensfall erfordert eine solide und stichhaltige Dokumentation, deren Ergebnisse auch in unsere Statistiken einfließen. Das sind wir schließlich unseren Aktionären schuldig.«

Jetzt wären wir also wieder bei der Flucht in Gemeinplätze, schmunzelte Thomas und schob den nächsten Angriffspunkt hinterher. »Und weil Herr Reber keine Lust oder keine Zeit für Ihre ›formalen Angelegenheiten‹ hatte, haben Sie Maik Lange in dessen Wohnung einbrechen lassen?«

Der Schnurrbart in dem sich rötenden Gesicht begann plötzlich zu zucken.

»Man könnte sogar vermuten, dass der Wissensdurst Ihrer Versicherung so stark war, dass Maik Lange, nachdem er in der Wohnung von Reber das Gewünschte nicht vorgefunden hatte, diesen persönlich anging. Was für einen der beiden tödlich endete.«

Nun war es mit der Contenance Kuhnerts vorbei. »Es gibt keinen Grund, warum ich mir Ihre unverschämten Anschuldigungen länger anhören sollte. Ich bitte Sie, unser Büro zu verlassen, sonst … sonst …«

»Sonst rufen Sie die Polizei? Wollten Sie das sagen? Geben Sie mir die Handynummer von Maik Lange. Oder wollen Sie, dass ich Sie wegen Behinderung der Ermittlungen im Zusammenhang mit einem Mordfall anzeige?«

Missmutig schrieb Kuhnert die Nummer auf einen Zettel und schob ihn Thomas hinüber.

Thomas nahm den Zettel an sich, klopfte Karl Auer auf die Schulter und erhob sich. Es war klar, dass sie hier keine weiteren Auskünfte mehr erhalten würden. An der Tür drehte er sich noch einmal um. »Man sieht sich immer zweimal im Leben, Herr Kuhnert. Bereiten Sie sich darauf.«

Kaum hatten die niederbayrischen Ermittler die Räume der Versicherung verlassen, griff Kuhnert zum Telefon. Er hätte es sich von Anfang an denken können. Dieser Maik Lange war für solche Aufträge vollkommen ungeeignet. Auf welchen Blödmann hatte er sich da eingelassen? Man arbeitete in einer Grauzone, das war schon richtig, aber bei diesem Maik wurden die Grauzonen immer rabenschwarz. Sollte er tatsächlich …? Nein, das konnte, das durfte nicht wahr sein!

Niemand meldete sich auf seinen Anruf.

»Es gibt ned viele Versicherungsfritzen, die mir sympathisch sind. Der Kuhnert ist garantiert einer der allerunsympathischsten«, bemerkte Karl Auer auf dem Weg zur Straßenbahn.

»Der Kuhnert ist ein aalglatter Bursche, der sei Großmutter verkaufen würd, wenn's sein muss«, kommentierte Thomas zustimmend.

Während der Wartezeit auf die nächste Tram fingerte Thomas sein Handy aus der Jackentasche und wählte

Stefan Wegerers Nummer. »Servus, Stefan, ich habe Spezialaufträge für dich. Wir haben die Handynummer vom Lange, ich schick sie dir gleich. Bitte kümmere dich so schnell, wie es geht, um die Ortung. Vielleicht haben wir Glück und wir können ihn so ausfindig machen. Falls ned, dann hau bitte die Fahndung raus!«

»Alles klar, Thomas, wird gemacht.«

»So, Karl. Das haben wir erledigt. Und jetzt fahren wir noch kurz zu unseren Kollegen nach Gera. Wär doch g'lacht, wenn wir des Bürscherl ned erwischen.«

Nicht einmal eineinhalb Stunden später betraten Thomas und Karl das Gebäude der Kriminalinspektion Gera in der Amthorstraße. Sie hatten Glück, denn der dortige Leiter, Jens Schreiber, hatte Zeit für die niederbayerischen Polizisten. Thomas erläuterte ihm den Fall »Maik Lange« ausführlich und berichtete, dass gegen den Geraner ein dringender Tatverdacht für ein Einbruchsdelikt und eventuell sogar für einen Mord vorliege. Jens Schreiber versprach den beiden, dass er mehrmals täglich eine Polizeistreife bei der Wohnadresse des Gesuchten vorbeischicken würde. Thomas hatte ein gutes Gefühl, denn der Polizeioberrat Schreiber machte einen sehr zuvorkommenden und kompetenten Eindruck auf ihn.

SECHSUNDZWANZIG

Das Netz war ausgelegt. Jetzt war es nur noch eine Frage der Zeit, wann der Fisch darin zappeln würde, hoffte Thomas. Zufrieden mit dem Erreichten traten er und Karl am Nachmittag die Heimreise von Thüringen nach Pfarrkirchen an. Am liebsten hätten sie Maik Lange in Handschellen im Fond des Dienstwagens dabeigehabt. Doch dass dieses Ziel nicht einfach zu erreichen war, war ihnen von vornherein klar gewesen. Aber umsonst waren sie nicht nach Thüringen gefahren. Sie hatten die Wohnung des Gesuchten und seine Handynummer ausfindig gemacht. Die Handyortung war auf den Weg gebracht, und falls diese nicht zum Erfolg führte, würde die Fahndung eingeleitet werden. Darüber hinaus hatten sie herausbekommen, dass Adrian Reber im Erfurter Museum anscheinend in krumme Geschäfte verwickelt gewesen war. Ob das auch bei seiner Tätigkeit in Niederbayern der Fall war, galt es in den nächsten Tagen herauszufinden.

Jetzt freute sich Thomas auf seine Mandy und auf einen gemütlichen Abend mit ihr im Sacherl. Fast hätte er vergessen, dass sie Gäste zu Hause hatten. Mit diesem Gedanken schwanden seine Hoffnungen auf einen ruhigen Feierabend.

Sein Beifahrer Karl Auer würde aller Wahrscheinlichkeit nach ebenfalls keinen gemütlichen Abend erleben, das war Thomas klar. Was würde Karl empfinden, wenn er aus dem Mund seiner Frau erfuhr, dass sie sich mit dem Mordopfer auf einem Teppich auf der zweiten Empore der Tanner Kirche gewälzt hatte? Thomas erinnerte sich an jenen Tag vor ungefähr zwei Jahren, an dem ihm seine damalige Frau eröffnet hatte, dass sie ihn mit einem anderen Mann betrog. Zufällig war dieser Mann der Hauptverdächtige in dem Mordfall an der Trabrennbahn gewesen. Erschwerend war hinzugekommen, dass seine Kollegin und sein Vorgesetzter vor ihm über den Seitensprung seiner Frau Bescheid gewusst hatten. Erstaunliche Parallelen zu damals, dachte Thomas. Der Unterschied war, dass Karls Frau bestritt, mit Adrian Reber geschlafen zu haben. Thomas hoffte, dass sie in diesem Punkt die Wahrheit gesagt hatte und vor allem, dass Karl ihr glaubte. Er überlegte, wie er seinem langjährigen Kollegen in dieser Situation helfen könnte. Ihm fiel keine Möglichkeit ein.

Das Klingeln seines Handys riss ihn aus den Gedanken. Sie befanden sich ungefähr auf halber Strecke. Es meldete sich Stefan Wegerer, der keine guten Nachrichten hatte. Er informierte Thomas, dass eine Ortung von Maik Langes Handy nicht durchgeführt werden konnte. Stefan vermutete, dass das Handy ausgeschaltet war. Die Fahndung nach Maik Lange war somit eingeleitet.

Nach weiteren zwei Stunden Fahrt erreichten die beiden am frühen Abend ihre heimischen Gefilde. Zunächst steuerte Thomas das Wohnhaus seines Kollegen in Triftern an.

»Danke, Thomas, dass du mich mitgenommen hast. Die zwei Tage mit dir haben mir richtig gut'tan.«

»Ich sag danke. Es hat mich g'freut, dass du mich ned allein hast fahren lassen.«

»Ich vertrau jetzt einfach darauf, dass sich bei uns daheim alles einrenken wird«, beteuerte Karl und stieg aus dem Wagen.

»Das wünsch ich dir«, sagte Thomas zum Abschied, wohl wissend, dass sich heute im Hause Auer bestimmt nichts einrenken würde.

Als Nächstes lenkte Thomas seinen Dienstwagen zur Polizeiinspektion in Pfarrkirchen. Dort wartete Mandy schon sehnsüchtig auf ihn.

»Na, wie war's in der DDR?«, begrüßte sie ihren Liebsten grinsend und drückte ihm einen Kuss auf den Mund.

»Ich war nicht in der DDR, ich war in Thüringen«, stellte Thomas richtig und umarmte seinen Schatz. Anschließend berichtete er ihr über den anstrengenden Tag in ihrer alten Heimat, bevor sie beide nach einem langen Arbeitstag nach Hause aufbrachen.

Am Hof des Sacherls angekommen, nahm Thomas mit Genugtuung wahr, dass alles einen friedsamen Anblick bot. Keine Grillpartys, keine Anzeichen von Überraschungsgästen und auch keine sonstigen ins Auge fallenden Veränderungen. Ein entspannter Abend täte seinem in den letzten Tagen etwas überstrapazierten Nervenkostüm sicher gut.

Im Haus schien sich die Ruhe breitgemacht zu haben. Sie trafen Stella auf dem Sofa liegend an, vertieft in ein buntes Heft der Klatschpresse.

»Ralf hat sich ein wenig hingelegt«, war ihr schlichter Kommentar an die Ankommenden, dann widmete sie sich wieder einer offensichtlich spannenden Promi-Affäre.

»Habt ihr schon zu Abend gegessen?«, wollte Mandy wissen.

»Nö!« Stella war nicht gewillt, auch nur ein Detail der jüngsten Gerüchteküche zu verpassen.

»Dann werden Thomas und ich uns mal ans Werk machen und etwas auf den Tisch zaubern.«

Thomas hätte es an diesem Abend gereicht, ohne lange Vorbereitungen eine Halbe Bier und ein Geräuchertes mit einem Kanten Schwarzbrot aufzutischen. Aber die Gastfreundschaft und Mandys entschiedener Blick ließen ihm keine Wahl. Er machte sich mit ihr auf in die Küche, um ein anständiges Abendessen zuzubereiten, welches auch unter dem Aspekt Reichhaltigkeit zu überzeugen vermochte.

Nachdem schließlich mehrere Kalte Platten, verschiedene Salate und ein gut gefüllter Brotkorb die räumlichen Grenzen des rustikalen Esstisches ausloteten, wurde Mandys Vater geweckt, und die vier nahmen vor ihren Tellern Platz. Thomas war immer wieder erstaunt, wie Mandy es schaffte, mit wenigen Deko-Gegenständen in kürzester Zeit eine festliche Tafel zu kreieren. Gleichzeitig mit der Thüringerin hatte der regelmäßige Gebrauch von Servietten Einzug in das Sacherl gehalten.

Gerade als die Schüssel Kartoffelsalat herumgereicht wurde, klingelte es an der Haustür. Ein Schreck jagte durch Thomas' Glieder, und sein strafender Blick richtete sich sofort auf Stella in der Vermutung, sie habe erneut wildfremde Leute für den Abend eingeladen. Da deren Mienenspiel jedoch auf Unwissenheit hindeutete, machte er sich auf den Weg, um zu erfahren, wer es sich erlaubte, das kaum begonnene Abendessen zu stören.

Es war seine Mutter.

»Habt ihr überlegt, ob ihr mich reinlassen wollts?«, kommentierte die resolute 68-Jährige die längere Wartezeit, die sie vor der Haustür hatte verbringen müssen.

»Mama, was machst du um diese Zeit hier?« Thomas wusste bereits, während er den Satz beendete, dass dies nicht die glücklichste Begrüßungsformel war.

»Was werd ich schon wollen? Die Mutter meines künftigen Enkels endlich kennenlernen. Bei euch kann man ja warten, bis man schwarz wird. Ihr würdigts euch ja ned herab zu einem Besuch bei mir. Wenn der Prophet nicht zum Berg kommt, dann muss halt …«

»Ist gut, komm rein. Wir hätten uns schon noch bei dir gemeldet. Aber wir stecken momentan in einer komplizierten Mordermittlung und außerdem …«

»So weit kommt's noch, dass ich immer abwarten muss, bis irgendein Mörder g'fasst ist, bis ich meinen Buben und seine Kindsmutter sehen kann.«

Mittlerweile hatten die beiden das Esszimmer erreicht. In dieser Situation war es für Thomas doppelt peinlich, den angereisten Schwiegervater samt Anhang vorstellen zu müssen. Ralf und Stella hatten sich bereits von ihren Plätzen erhoben, aber Thomas präsentierte zuerst Mandy.

»Frau Huber, das ist eine schöne Überraschung! Ich bringe Ihnen gleich noch einen Teller. Das sind mein Vater Ralf aus Gera und … und Stella.«

Während Mandy in die Küche eilte, holte Thomas einen weiteren Stuhl für seine Mutter und stellte ihn zwischen sich und Ralf Hanke. Gewissermaßen war nun zum ersten Mal die ganze Familie um einen Tisch versammelt.

»Eine Schand ist es schon«, ließ Frau Huber nicht locker und beugte sich zu Ralf hinüber, »dass selbst die Auswärtigen schneller über den Enkel Bescheid wissen als unsereins.«

Der Thüringer war gewillt, kein frisches Öl ins Feuer zu gießen. »Da kann ich Sie wirklich beruhigen, Frau Huber. Wir haben auch erst bei unserer Ankunft vor ein paar Tagen vom bevorstehenden Nachwuchs erfahren.«

»Wir waren dienstlich gezwungen, unser Verhältnis so lang wie möglich geheim zu halten«, rang Mandy um Verständnis. »Für die Aufklärung des Mordfalls haben wir zurzeit eine Sondererlaubnis. Danach wird es mit unserer gemeinsamen Polizeiarbeit mit Sicherheit vorbei sein.«

»Nach der Geburt musst dich sowieso um dein Kind kümmern. Weiß man schon, was es wird?«

»Mama! Die Mandy ist erst im vierten Monat!«

»Na und? Das ist doch heutzutag kein Problem mehr. Manche arbeiten dran, dass man schon vor der Schwangerschaft erfährt, was später rauskommt.«

Mandy legte ihre Hand auf Thomas' Arm. »Wir beide wollen es gar nicht wissen. Wir glauben, dass die Ungewissheit bis zum Schluss einfach eine doppelte Freude auslöst, wenn der Moment gekommen ist.« Das war keinesfalls abgesprochen. Damit der Kindsvater die Reihen auch geschlossen hielt, übte ihre Hand einen sanften, aber bestimmten Druck aus.

»Na ja, wenn das Kind so schön wird wia seine Mutter, dann können wir auf jeden Fall zufrieden sein«, stimmte Elfriede Huber zu guter Letzt versöhnlichere Töne an. »Und was haben Sie von unserem Rottal schon alles kenneng'lernt?«, fragte sie an Ralf gewandt.

»Noch nicht allzu viel«, schaltete sich Stella dazwischen, bevor Ralf antworten konnte. »In der letzten Zeit macht mein alter Herr ziemlich schlapp.«

»Mag sein, aber wir haben ja kein Pflichtprogramm, das erledigt werden muss. So ein nachmittägliches Nickerchen ist einfach ein Stück Lebensqualität.«

»Ich weiß schon«, ergänzte Stella, »weshalb die Ostdeutschen ständig müde sind.« Ihr Blick wanderte mit verschmitztem Lächeln von einem zum anderen. »Weil es in der DDR 40 Jahre immer nur bergauf ging!«

Die Tischrunde brach in schallendes Gelächter aus, dem sich nur Mandy weitgehend enthielt, zu sehr nervten sie die oftmals idiotischen Witze über ihre Landsleute. Andererseits war sie froh, dass der Bann gebrochen war und die anfänglich frostige Stimmung am Ende doch noch eine harmonische Richtung einschlug. Das änderte sich auch im weiteren Verlauf des Abends nicht mehr. Dazu trugen auch die zahllosen Ossi-Witze bei, die Stella mit wachsender Begeisterung zum Besten gab.

Zu fortgeschrittener Stunde erhob sich Elfriede Huber und kündigte ihre Heimfahrt an. Mandy und Thomas begleiteten sie bis zur Tür.

»Ich setz jetzt einfach voraus, dass ihr bei nächster Gelegenheit zu mir kommts und mir erzählts, wie des bei euch weitergehen soll.« Der strenge Blick auf ihren Sohn ließ keine Widerrede zu. Und zu Mandy gewandt: »Mich freut des ehrlich, dass mein Sohn so einen guten Geschmack an den Tag gelegt hat. Mandy, wennst was brauchst, und sei's nur ein guter Rat von einer alten Mutter, dann rufst mich kurzerhand an. Wir Frauen müssen zusammenhalten. Lass dich drücken.«

Thomas blieb die brechende Stimme bei den letzten Worten nicht verborgen. Er legte seiner Mutter die Hand auf die Schulter, als diese Mandy aus ihrer Umarmung entließ.

Elfriede Huber war bereits zwei Schritte auf ihren Wagen zugegangen, als ihr noch etwas einfiel. »Dein Vater ist sehr nett, das kannst ihm gerne sagen. Und deine Schwester, Mandy, die kann ein ganzes Wirtshaus unterhalten. Selten hab ich so ein lustiges Mädel erlebt.«

»Lassen wir sie in diesem Glauben«, flüsterte Thomas Mandy zu, bevor diese die Situation richtigstellen konnte.

SIEBENUNDZWANZIG

Donnerstag

»Das klingt ja interessant, was Sie uns da erzählen, Herr Huber«, freute sich der Pfarrkirchner Polizeichef Josef Kiermeier während der Lagebesprechung am Donnerstagmorgen.

Als Erster hatte Thomas über die Erkenntnisse berichtet, die er und Karl Auer in den letzten beiden Tagen in Thüringen gewonnen hatten. Letzterer war bei dieser Besprechung allerdings nicht dabei, denn er war offiziell immer noch beurlaubt. Am ovalen Besprechungstisch saßen auch Mandy, Stefan Wegerer und der Leiter der Kriminaltechnik, Hartmut Rieger.

»Dann wird die Gemengelage langsam zu einem stimmigen Bild. Unser Opfer war in Erfurt in krumme Geschäfte verwickelt, und der Lange sollte im Auftrag der Versicherung Beweise bringen, dass Reber den Diebstahl begangen hat, damit die sich das Geld wiederholen kann.«

»Was unserem Kunsthistoriker allerdings nicht nachgewiesen werden kann«, schränkte Thomas ein.

»Was meinen Sie?«, fragte Kiermeier verwundert nach.

»Dass nicht nachgewiesen ist, ob Reber an diesem Diebstahl beteiligt war«, erklärte Thomas.

»Dann war er halt ziemlich clever, der Reber. Jetzt möchte ich den Tathergang noch mal rekapitulieren. Unterbrechen Sie mich, wenn ich etwas Falsches sage«, forderte der Polizeioberrat seine Untergebenen auf. »Es ist unzweifelhaft, dass dieser Maik Lange unser Opfer beschattet hat. Er wurde in der Nähe der Wohnung von Adrian Reber gesehen und war auch bei dem Klassentreffen. Übrigens haben wir es der Freundin Ihres Vaters zu verdanken, dass wir seinen richtigen Namen kennen, oder, Frau Hanke?«

Mandy nickte stumm und war peinlich berührt über so viel Lob für ihre Schwiegermutter in spe. Auch Thomas rollte mit den Augen.

»Gegen 23.30 Uhr hat unser Opfer zusammen mit Frau Auer den Gasthof beziehungsweise das Klassentreffen verlassen und ist in die Kirche auf die zweite Empore gegangen. Reber hat Frau Auer geküsst, sie lagen wohl kurz am Boden. Sie stand auf, verließ die Kirche, und Reber begann Orgel zu spielen, wenn wir den Ausführungen von Frau Auer glauben. Aber was geschah dann?«

»Meine Vermutung ist, dass Maik Lange den beiden gefolgt ist«, antwortete Thomas. »Als er sah, dass Sabine die Kirche verließ, und hörte, dass Reber Orgel spielt, hat er die Gelegenheit beim Schopf 'packt und ist zu ihm rauf. Dort hat er ihn zur Rede g'stellt, es kam zum Handgemenge und er hat ihn über die Balustrade g'stoßen. Ein Alibi hat er bestimmt keins.«

»So könnt es gewesen sein«, stimmte Kiermeier grübelnd zu. »Und wie passt der Einbruch in Ihre Theorie?«, hakte er nach.

»Der Lange ist beim Reber ein'brochen, um nach Spuren für dessen Tatbeteiligung in Erfurt zu suchen. Mithilfe des DNA-Profils, das Hartmut durch die gefundenen Haare erstellt hat, werden wir ihn sicher überführen können. Letztlich ist nur unklar, ob Lange vor oder nach dem Mord den Einbruch verübt hat.«

»Übrigens hat der DNA-Abgleich mit unserer Vorbestraften-Datei keine Übereinstimmung gebracht«, berichtete Hartmut Rieger in diesem Zusammenhang.

»Das hab ich mir schon 'dacht, dass dieses zwielichtige Bürschchen noch nicht aktenkundig ist«, bemerkte Thomas.

»Haben Sie die Fahndung nach Maik Lange eingeleitet?«, wollte Kiermeier wissen.

»Natürlich. Wir haben auch die Geraer Polizei um Mithilfe gebeten.«

»Sehr schön, Herr Huber. Aber wir werden jetzt nicht den Fehler machen, unsere Hände in den Schoß zu legen und auf einen Anruf aus Gera zu warten. Bei dem Einbruch gebe ich Ihnen recht, Herr Huber, doch bei dem Mord könnte es auch andere Szenarien geben. Der Reber hat um Mitternacht Orgel gespielt. Das könnte der ein oder andere Anwohner oder Passant mitbekommen haben. Oder jemand vom Klassentreffen ist Reber und Frau Auer gefolgt.«

Nun berichtete Mandy von dem gestrigen Einsatz in Tann mit Stefan Wegerer. »Der einzige Anwohner, der mit Reber in Verbindung stand, ist der Pfarrer. Der könnte theoretisch die Orgel um Mitternacht gehört haben«, erläuterte Mandy.

Kiermeier räusperte sich, bevor er weiterredete. »Auch Geistliche sollen schon die eine oder andere Straftat begangen haben. Das können wir nicht ausschließen. Vielleicht war der Reber auch in Niederbayern mit krummen Touren unterwegs. Die alten Kunstgegenstände in den Kirchen stellen doch einen Wert dar, oder? Der Pfarrer könnte ihm auf die Schliche gekommen sein. Es kam zum Streit, was weiß ich. Sprechen Sie mit ihm und fragen Sie ihn, ob irgendwas fehlt in der Kirche und so weiter.«

»Das haben wir uns für heute vorgenommen, Herr Kiermeier«, stellte Mandy in Aussicht.

»Sehr schön, Frau Hanke.«

Thomas wollte aufstehen, weil er annahm, die Besprechung wäre hiermit zu Ende.

»Wir sind noch nicht fertig, Herr Huber. Wer könnte für den Mord außerdem ein Motiv haben?«

Unangenehme Stille breitete sich im Büro aus. Kiermeier blickte seinen Mitarbeitern tief in die Augen. Thomas, Mandy, Stefan und Hartmut Rieger sahen sich gegenseitig an und zuckten mit den Achseln. Thomas ahnte, was jetzt kommen würde.

Nach einer gefühlten Ewigkeit war es Kiermeier, der die Stille durchbrach. »Wie so oft könnte auch Eifersucht im Spiel gewesen sein.«

Thomas hatte es vorausgesehen.

»Ich kann es mir auch nicht vorstellen, meine Herrschaften, das gebe ich zu. Aber wir dürfen nicht auf einem Auge blind sein. Stellen Sie sich vor, es kommt heraus, dass wir nur einseitig ermitteln und unsere eigenen Leute schützen, dann sind wir alle geliefert«, polterte Kiermeier.

»Aber Chef …«, begann Thomas.

»Lassen Sie es, Herr Huber. Es ehrt Sie, wenn Sie sich für Ihren Kollegen einsetzen wollen, aber das hilft nichts. Was, wenn Herr Auer schon früher nach Tann gefahren ist? Vielleicht weil er neugierig war, vielleicht weil er seine Frau überraschen wollte. Und dann hat er zufällig beobachtet, wie seine Frau mit einem ihm unbekannten Mann den Gasthof verlassen hat. Wenn das meine Frau gewesen wäre, ich wäre ihnen gefolgt. Er könnte sich in der Kirche versteckt und gelauscht haben, was die beiden zu besprechen hatten. In einer Kirche ist es sehr hellhörig. Und als sie das Weite gesucht hat, stellte er Reber zur Rede und dann geschah das Unglück. Es war sicher kein geplanter Mord.«

»Ich kann das beim besten Willen ned nachvollziehen, Herr Kiermeier«, traute sich der sonst so zurückhaltende Stefan Wegerer zu sagen.

»Ich auch nicht, Herr Wegerer. Aber wir dürfen diese Möglichkeit nicht ausschließen. Vorgestern hat Frau Auer auf Nachfrage von Frau Hanke ausgesagt, dass sie ihren Mann um Mitternacht nicht auf dem Festnetz, sondern auf dem Handy angerufen hat.«

Mandy hatte gehofft, dass ihr Chef daraus keine Schlussfolgerung ziehen würde. Sie hatte ihn unterschätzt.

»Und deswegen werden wir von Karl Auers Handy ein Bewegungsprofil erstellen. So könnten wir eine Tatbeteiligung von ihm ausschließen, falls sein Handy um Mitternacht in Triftern und nicht in Tann eingeloggt war. Herr Rieger, bitte veranlassen Sie das. In dieser Angelegenheit bitte ich um absolute Diskretion. Ist das klar, meine Herrschaften?«

Thomas brodelte innerlich, während Mandy insgeheim froh war, dass ihr Vorgesetzter und nicht sie diese Maßnahme angestoßen hatte, denn ihr Partner und Lebensgefährte wäre sehr gekränkt gewesen.

»Es wird aber ein, zwei Tage dauern, bis wir das Ergebnis haben«, prophezeite Hartmut Rieger.

»As soon as possible, Herr Rieger. Was gibt's sonst noch Neues von Ihrer Abteilung?«

»Den Laptop haben wir jetzt untersucht. Das war enttäuschend. Der war ziemlich neu. Den hat er augenscheinlich erst vor ein paar Monaten gekauft. Wir haben eine Unmenge Fotos von sakralen Gegenständen gefunden. Der Ordner enthielt, soweit es sich überblicken ließ, mehrere Unterordner mit allen Bildwerken und Figuren der Kirchen, in denen er zugange war, auch Kelche, Monstranzen, Weihwasserkessel und sonstigen Kleinkram. Selbst liturgische Gewänder waren mit zugehörigen Detailaufnahmen vertreten. In einem gesonderten Ordner fanden sich Textdateien mit genauen Beschreibungen der fotografierten Objekte. Letztlich steht alles in Bezug zu Rebers Arbeit als Inventarisierer. Ich konnte keine Auffälligkeiten feststellen und glaube nicht, dass uns diese Dateien weiterbringen. Auch seine E-Mails haben wir gecheckt. Völlig harmlos, um nicht zu sagen belanglos. Ihr könnt euch alles gerne anschauen.«

»Im Moment haben wir dafür keine Zeit, später vielleicht. Wie steht's mit den Fingerabdrücken?«, wollte Thomas wissen.

»Das ist wie ein Puzzlespiel. Inzwischen haben wir Vergleichsabdrücke von neun Chormitgliedern und die Abdrücke vom Opfer und von Sabine Auer zuordnen können.«

»Zwei fehlen noch. Die sind auf Dienstreise. Ich hoffe, ich erreiche die beiden spätestens morgen«, erklärte Stefan Wegerer.

»Wenn wir die beiden haben und zuordnen können, hoffe ich, dass noch Abdrücke übrig bleiben. Die stammen dann mit großer Wahrscheinlichkeit vom Mörder.«

»Das sind keine schlechten Aussichten. Danke, meine Herrschaften. Ich wünsche noch einen erfolgreichen

Arbeitstag«, schloss Kiermeier die morgendliche Besprechung.

Thomas stand abrupt auf, verließ kommentarlos den Raum und eilte zu seinem Arbeitsplatz.

ACHTUNDZWANZIG

»Hast du ihm das eing'flüstert?«, bellte Thomas Mandy an, als sie kurz nach ihm in ihr Büro kam.

»Ich weiß nicht, was du meinst«, stellte Mandy sich ahnungslos.

»Du weißt ganz genau, dass ich das Bewegungsprofil mein!«

»Nein, Thomas, ich habe Kiermeier kein Sterbenswörtchen gesagt. Ich wusste ja, dass du das nicht gutheißen würdest.«

»Aber du hast bei der Vernehmung nachgefragt, ob Sabine ihn am Festnetz oder am Handy angerufen hat.«

»Ja, das stimmt. Das musste ich machen. Wenn sie ihn am Festnetz angerufen hätte, wäre Karl außen vor gewesen. Das wollte ich klären.«

»Und jetzt ist er einer unserer Hauptverdächtigen«, erregte Thomas sich immer mehr.

»Du wirst sehen, das Bewegungsprofil wird ergeben, dass Karl um Mitternacht in Triftern war. Und dann ist alles gut«, versuchte Mandy ihren Liebsten zu beruhigen. Doch es gelang ihr nicht.

Thomas setzte noch einen drauf. »Das sind Methoden wie bei der Stasi! Da sind auch Kollegen bespitzelt worden«, brüllte er. Doch im gleichen Moment bereute er diesen Vergleich.

»Jetzt reicht es aber, Thomas! Willst du mir mit dieser Unterstellung meine Herkunft vorwerfen? Ich kann nichts dafür, dass ich in der ehemaligen DDR geboren wurde. Aber die Stasi-Zeit habe ich Gott sei Dank nicht mehr erlebt. Das müsstest du wissen. Und jetzt kommst du daher und wirfst mir das an den Kopf? Du bist ein Scheusal!«, ätzte Mandy. Dabei liefen ihr Tränen über die Wangen.

Thomas hätte es wissen müssen. Mandy reagierte auf DDR-Vergleiche immer allergisch. Und jetzt war ihm in seiner Erregung so ein Satz herausgerutscht. Einen Streit mit Mandy war das Letzte, was er wollte. Er ging zu ihr hinüber und berührte sie an der Schulter.

»Fass mich nicht an!«, zischte sie.

»Das hab ich doch so gar nicht g'meint. Ich wollt nur sagen, dass mir die Bespitzelung meines Kollegen nicht g'fällt, mehr ned«, stammelte er in seiner Verzweiflung.

»Und vorher hast du darauf hingewiesen, dass ich dem Kiermeier das eingeredet habe, oder etwa nicht? Und dann hast du auch noch die Stasi ins Spiel gebracht!« Jetzt weinte sie noch heftiger als vorher.

»Ich glaub dir ja, dass du das nicht gemacht hast. Beruhig dich wieder, Mandy«, stotterte Thomas, der hilflos hinter seiner Liebsten stand und nicht wusste, wie er seinen Fauxpas rückgängig machen könnte. Was hatte er nur angerichtet?

»Ihr niederbayerischen Männer seid doch alle gleich! Lass mich in Ruhe«, stieß Mandy wütend hervor.

Es ist wohl besser, gar nichts mehr zu sagen, dachte Thomas und setzte sich zurück auf seinen Bürostuhl.

Es dauerte bestimmt 20 Minuten, bis Mandy sich beruhigt hatte und die beiden endlich in Richtung Tann aufbrechen konnten. Während der Fahrt herrschte jedoch eisiges Schweigen im Auto.

»Gelobt sei Jesus Christus«, empfing Pfarrer Grundner die Beamten in seinem Pfarrhof.

»In Ewigkeit Amen«, entgegnete Thomas, der seine Hausaufgaben gemacht hatte und den priesterlichen Gruß entsprechend erwiderte.

Mandy dagegen beließ es bei einem einfachen »Guten Tag, Herr Pfarrer«.

Der Geistliche bat die Gäste in sein Besprechungszimmer, welches mit christlichen Bildern und Symbolen üppig dekoriert war.

»Ich hab gehört, dass Sie gestern schon mal da waren. Gibt's was Neues über dieses unsägliche Unglück?«

»Wir wissen jetzt, dass es kein Unglück, sondern Mord war.«

»Das hab ich in der Zeitung gelesen, und deswegen musste ich gestern unserer Exzellenz Rede und Antwort stehen. Aber ich habe nicht viel sagen können, weil Sie mich nicht auf dem Laufenden gehalten haben«, warf der Geistliche den Kripobeamten vor.

»Wie Sie schon sagten, wir wollten gestern schon zu Ihnen«, konterte Mandy schlagfertig.

»Wie auch immer. Was können Sie mir zum Mord in meiner Kirche berichten?«

»Wir haben erfahren, dass Herr Reber kurz vor seinem Tod in Ihrer Kirche auf der Orgel gespielt hat«, begann Thomas.

»Das sieht ihm gleich«, fiel der Pfarrer ihm ins Wort. »Er hat gerne auf unserer Orgel gespielt, leider bevorzugte er weltliche Lieder. Aber was, um Gottes willen, hat er um diese Zeit in der Kirche gemacht?«

»Das müssen wir noch herausfinden«, gab Mandy vor. Sie wollte ihm nicht auf die Nase binden, dass der Inventarisierer sich mit der Frau ihres Kollegen in der Kirche herumtrieb.

»Ich weiß, dass wir Sie schon mal gefragt haben, ob Sie in der besagten Nacht was g'hört haben. Ist das Orgelspiel von Herrn Reber wirklich nicht zu Ihnen durch'drungen?«, fragte Thomas vorsichtig.

»Guter Mann, wenn dem so gewesen wäre, wär ich gleich in die Kirche rüber, um nachzuschauen, was da los ist«, belehrte ihn der Geistliche.

Mandy sah ein, dass ein weiteres Nachhaken in dieser Angelegenheit nichts mehr bringen würde. Deshalb kam sie auf das nächste Thema zu sprechen, das sie sich vorgenommen hatten. »In Ihrer schönen Wallfahrtskirche gibt es doch bestimmt viele Wertgegenstände, oder?«

»Wir haben kostbare Bilder und Skulpturen bekannter spätbarocker Künstler in unserem Gotteshaus. Auch die zahlreichen Votivtafeln bilden einen großen Schatz tief empfundener Volksfrömmigkeit. Das wissen wir«, erklärte der Pfarrer, der über Mandys Frage verwundert schien.

»Sind in letzter Zeit solche wertvollen Gegenstände abhandengekommen?«

»Wie kommen Sie denn dadrauf?«, fragte der Pfarrer irritiert.

»Weil auch dies ein mögliches Motiv für den Mord begründen könnte«, erklärte Mandy.

»Ich versteh nicht recht.«

Jetzt schaltete sich Thomas wieder ein. »Es könnte doch sein, dass Adrian Reber einen Dieb auf frischer Tat ertappt und dieser ihn dann ins Jenseits befördert hat, zum Beispiel.« Den Umstand, dass Reber in Erfurt in kriminelle Machenschaften verstrickt gewesen sein könnte, sprach Thomas nicht an.

Anscheinend überforderte diese Theorie den Pfarrer, denn er blieb zunächst stumm.

»Herr Pfarrer, sind irgendwelche Gegenstände in der Kirche entwendet worden?«, kam Mandy auf die ursprüngliche Frage zurück.

»Aufgefallen ist mir nichts, aber sicher bin ich mir auch nicht. Ehrlich g'sagt, bin ich kunstgeschichtlich kein Experte und habe auch keinen Überblick über die genaue Ausstattung der Kirche. Da wäre unsere Kirchenpflegerin die bessere Ansprechpartnerin, die kümmert sich um das Vermögen der Pfarrei und ist kunstgeschichtlich besser bewandert als ich. Frau Beck wohnt gleich da drüben«, sagte Pfarrer Grundner und zeigte in Richtung der Kirche.

»Ich dachte, die wohnt in der Bräuhausgasse?«, wunderte sich Thomas, der sich an die Visitenkarte erinnerte, die ihm Maria Beck am Sonntag in die Hand gedrückt hatte.

»Da hinter der Kirche ist ja die Bräuhausgasse.«

»Ach so, ich hab diese Gasse in der Nähe der Brauerei vermutet.«

»Könnte man meinen. Wie diese Gasse zu ihrem Namen gekommen ist, kann ich Ihnen beim besten Willen nicht sagen. Ich bin kein gebürtiger Tanner«, offenbarte der Geistliche.

Thomas und Mandy wollten gerade aufstehen, als Hochwürden noch eine Bitte äußerte. »Ich hoffe, wir dürfen Ihren Nachwuchs bald in unserer Glaubensgemeinschaft begrüßen, Frau Hanke?«

Mandy und Thomas waren so perplex, dass sie zunächst keine Worte fanden.

»Sie sind doch in freudiger Erwartung, Frau Kommissarin, oder?«, legte Hochwürden nach und blickte auf Mandys Bäuchlein.

»Ich bin in Thüringen geboren und aufgewachsen, und dort sind die meisten Menschen evangelisch. Deshalb wird auch mein Kind evangelisch getauft werden«, verkündete Mandy spontan, ohne es mit Thomas abgesprochen zu haben.

Thomas bekam einen hochroten Kopf, wollte sich aber nicht als Vater des Kindes outen.

»Kommt der Vater auch aus Thüringen?«

»Nein, der kommt aus Niederbayern.«

»Dann hoffe ich, dass die Entscheidung noch nicht endgültig gefällt ist und er ein gewichtiges Wort mitsprechen wird.«

»In dieser Angelegenheit nicht«, bestimmte Mandy, drehte sich um und verließ den Pfarrhof.

Thomas trottete ihr hinterher.

NEUNUNDZWANZIG

Erst als Thomas sicher war, dass er sich in ausreichendem Abstand zum Pfarrhof befand, blieb er stehen und stellte Mandy zur Rede. »Das war jetzt nicht dein Ernst, oder?«

»Und ob es mein Ernst war!«, keilte Mandy zurück.

»Hier im Rottal sind fast alle katholisch, da bist du als Evangelischer quasi ein Außenseiter, verstehst?«

»Das ist mir völlig egal! Ich werde mein Kind ganz bestimmt nicht katholisch taufen lassen.«

»Warum ned?«

»Weil in der katholischen Kirche ein paar alte Männer nach Gutsherrenart regieren und die Frauen komplett außen vor gelassen werden. Außer wenn sich kein Mann findet, dann darf auch mal eine Frau die Arbeit machen, wie hier in Tann die Kirchenpflegerin. Wenn ihr in eurer Kirche Priestermangel habt, werden Geistliche aus anderen Ländern geholt oder Pfarreien zusammengelegt, anstatt auf die Idee zu kommen, das Zölibat abzuschaffen oder Frauen als Geistliche zu akzeptieren!« Mandy redete sich in Rage.

»Aber …«, versuchte Thomas dagegenzuhalten.

»Keine Chance, Thomas. In eurer Kirche sind Frauen Menschen zweiter Klasse, und deswegen wird mein Kind sich dieser Religion nicht anschließen. Ich habe außerdem keine Lust, mitten auf der Straße solche Themen mit dir zu diskutieren. Ich bin ziemlich angefressen, und du weißt ganz genau, warum«, herrschte Mandy ihren Lebensgefährten an.

Thomas erinnerte sich ungern an den Stasi-Vergleich, den er heute früh unglücklicherweise bemüht hatte. Klar, dass sie ihm diesen verbalen Ausrutscher nicht gleich verzeihen konnte. Allerdings gaben ihre Worte dem ehemaligen katholischen Oberministranten sehr zu denken. Im Grundsatz hatte sie recht, musste er sich eingestehen. In der Gesellschaft stand das Thema »Diversity« aktuell ganz oben. Nur in der katholischen Kirche nicht. Dass sich Frauen nicht gleichberechtigt fühlten, konnte er nachvollziehen.

Mit diesen Gedanken im Kopf bog er mit Mandy im Schlepptau in die Bräuhausgasse ein, die nach etwa 50 Metern einen Knick machte und parallel zur Kirche verlief.

»Ah, die Herrschaften von der Polizei«, begrüßte die Kirchenpflegerin Maria Beck das Pfarrkirchner Ermittlerduo.

»Guten Tag, Frau Beck. Wir hätten noch ein paar Fragen an Sie. Können wir eintreten?«, fragte Mandy an der Haustür.

Im Wohnzimmer des bescheidenen Einfamilienhauses sahen sie einen Mann mit apathischem Gesichtsausdruck im Rollstuhl sitzen.

»Mein Mann hatte vor einem Jahr einen Schlaganfall. Er kann nicht sprechen, aber bekommt vieles mit. Gott sei Dank kann ich von zu Haus aus arbeiten und mich um ihn kümmern«, erklärte die Kirchenpflegerin.

Sowohl Thomas als auch Mandy wussten nicht recht, wie sie mit dieser Situation umgehen und welche Worte sie dafür finden sollten.

»Sie wohnen ja ganz in der Nähe der Kirch. Ich bin davon ausgegangen, dass sich die Bräuhausgasse bei der Weideneder Brauerei befindet«, begann Thomas das Gespräch, nachdem sie sich auf dem Sofa niedergelassen hatten.

Herr Beck war vor dem Fenster positioniert und starrte auf die Straße.

»Ich glaub, es gab hier früher auch mal eine Brauerei, aber genau weiß ich das ned. Als Kirchenpflegerin ist es von Vorteil, wenn ich nicht weit zur Kirch hab.«

»Dann bekommen Sie vieles mit, was in der Kirch vor sich geht?«

»Die Kirchenglocken hör ich sehr gut, manchmal so gut, dass ich nicht mehr schlafen kann.«

»Hören Sie auch die Orgel?«

»Die Orgel? Warum?«

»Der Herr Reber soll kurz vor seinem Tod in der Kirch auf der Orgel g'spielt haben, und deswegen würd uns interessieren, ob Sie das in der besagten Nacht g'hört haben.«

»Jeder Tag ist für mich ziemlich anstrengend. Ich muss mich um meinen Mann kümmern, und außerdem hab ich einen Haupt- und einen Nebenjob, die mich stark fordern. Da bin ich froh, wenn ich um zehne, halbe elfe ins Bett gehen kann. Dann hör ich des ned, wenn da drüben jemand Orgel spielt«, antwortete Frau Beck genervt.

»Und wenn S' ned schlafen, dann hören S' die Orgel?«, bohrte Thomas nach.

»Normalerweise ned, nur wenn der Organist ganz laut spielt und nur, wenn das Fenster offen ist.«

Demnach konnte auch die Kirchenpflegerin die Version von Sabine Auers Aussage nicht bestätigen, obwohl sie so nahe am Kirchengebäude wohnte. Kein Mensch wollte die Orgel um Mitternacht gehört haben. Oder sagte nur niemand was? Aber warum sollten uns alle anlügen, fragte sich Mandy.

Thomas stellte die nächste Frage. »Vorher waren wir beim Pfarrer, und der hat uns zu Ihnen g'schickt. Er hat g'meint, dass Sie sich kunstgeschichtlich besser auskennen und einen besseren Überblick über die Wertgegenstände in der Kirche haben als er. Ist in letzter Zeit etwas aus der Kirche g'stohlen worden?«

»G'stohlen? Nicht dass ich wüsst«, gab Frau Beck verwundert zurück.

»Wir müssen halt in alle Richtungen ermitteln und nach möglichen Motiven für die Tat suchen. In der Kirche sind doch bestimmt viele Wertgegenstände.«

»Des schon. Aber mir ist nicht aufg'fallen, dass was fehlt. Ich geh zwar ned jeden Tag rüber und schau nach, doch wenn was nimmer an seinem Platz steht, hätten wir des g'merkt, der Pfarrer, der Mesner oder ich. Schauen wir einfach nach, des lässt mir sonst keine Ruh«, schlug Maria Beck vor und wandte sich ihrem Mann zu. »Robert, wir gehen kurz in die Kirch. Ich bin gleich wieder da«, sagte sie laut und langsam.

Er blinzelte nur mit den Augen. Anscheinend signalisierte er ihr damit, dass er sie verstanden hatte.

Wenige Minuten später betraten die drei die Wallfahrtskirche. Im Gegensatz zum Sonntagmorgen hatten die beiden Polizeibeamten jetzt Zeit, die Schönheit des Gotteshauses zu betrachten.

Obwohl die Kirche im ausgehenden 18. Jahrhundert neu erbaut worden und somit in der Blütezeit des Klassizismus entstanden war, war der Innenraum mit seiner prächtigen Dekoration dennoch vom Rokoko geprägt. Dazu gehörte auch die üppige Ausstattung der Altäre mit Skulpturen und Bildnissen. Dies erschwerte es, eine genaue

Übersicht über den Bestand an Kunstwerken in der Kirche zu bewahren.

»Mir fällt auf den ersten Blick nicht auf, dass da was fehlen würd. Alles steht an seinem Platz«, stellte die Kirchenpflegerin fest.

»Sind Sie sicher?«, wollte Mandy sich vergewissern.

»Kommen S' mit. Dann schauen wir uns das Ganze genauer an!«

Maria Beck schritt zusammen mit Thomas und Mandy den linken Seitengang entlang. Ihr Blick war auf die Wände der Kirche gerichtet, an denen sich die Seitenaltäre befanden. Anschließend überprüfte sie den Altarraum. Die Kirchenpflegerin zeigte den Gästen stolz das Bild vom Herrgott von Tann, welches zentral am Hauptaltar platziert war. Anschließend gingen die drei am rechten Seitengang zur Eingangstür zurück. Sogar die Votivtafeln im hinteren Teil der Kirche schienen vollständig zu sein.

»Also ich glaub, da fehlt nichts. Gott sei Dank ist alles noch an Ort und Stelle. Sie haben mir einen gehörigen Schreck eing'jagt.«

Schade, dann scheint diese Spur auch nicht erfolgversprechend, überlegte Thomas. »Wer hat eigentlich einen Schlüssel für die Kirche?«

»Der Pfarrer, der Mesner und ich. Und der Herr Reber hat einen g'habt.«

»Und von wann bis wann ist die Kirche geöffnet?«

»Täglich von 8 bis 18 Uhr. Wir befinden uns in einer Wallfahrtskirche, da kommen tagsüber oft Gläubige für ein stilles Gebet«, erklärte die Kirchenpflegerin.

Ganz schön unvorsichtig, so viele kostbare Gegenstände ohne Sicherheitsvorkehrungen im öffentlich zugänglichen Raum auszustellen, befand Thomas aus der Perspektive des besorgten Polizisten. »Sagen S' mal, Frau Beck, welche Kunstgegenstände sind hier am wertvollsten?«

»Das kann ich Ihnen ned so genau sagen. Die Engel am Hochaltar sind bestimmt alle wertvoll, aber welche Kunstwerke beim Verkauf am meisten Geld einbringen würden, weiß ich ned. Ich bin schließlich keine Auktionatorin«, entgegnete Maria Beck.

»Bevor der Herr Reber die Kirche hier in Tann inventarisiert hat, war er in Schildthurn tätig, oder?«

»Ja, das hat er mir so erzählt, der Adrian«, bestätigte Maria Beck.

»An wen könnten wir uns wenden, wenn wir Fragen zu seiner Arbeit dort haben?«

»An den Mesner in Schildthurn. Der wohnt gleich im Hof neben der Kirche.«

DREISSIG

»Anscheinend fehlt wirklich nichts in der Kirche«, bemerkte Thomas zu Mandy auf dem Weg zum Auto.

»Sieht so aus. Ich würde aber trotzdem gerne noch den Mesner in Schildthurn befragen, ob ihm damals bei der dortigen Inventarisierung etwas aufgefallen ist«, erwiderte Mandy.

»Okay, das machen wir gleich. Schildthurn ist nur drei Kilometer weg.«

»Ich weiß«, erwiderte Mandy leise.

»Stimmt, du hast ja letztes Jahr dort mit Helmut deinen Geburtstag gefeiert.«

»Sag jetzt nur nichts Falsches! Du weißt, dass ich heute nicht sonderlich gut gelaunt bin, und außerdem war das vor unserer Zeit«, belehrte Mandy ihn und erinnerte sich mit gemischten Gefühlen an ihren letzten Geburtstag. Denn es war Thomas' bester Freund Helmut gewesen, der sie während einer gemeinsamen Fahrradtour in der Schildthurner Kirche mit einem Ständchen, dargeboten von einem Gospelchor, und einem darauffolgenden Imbiss überrascht hatte. An diesem Tag war ihr klar geworden, dass Helmut große Gefühle ihr gegenüber hegte und sie diese nicht erwidern konnte. Sie hatte ihren guten Freund Helmut, mit dem sie während ihrer Anfangszeit in Niederbayern viele schöne Ausflüge unternommen hatte, tief enttäuscht. Auch heute noch hatte sie ihm gegenüber Schuldgefühle, zumal sie sich kurze Zeit später ausgerechnet mit Thomas, seinem besten Freund, eingelassen hatte.

Während der kurzen Fahrt nach Schildthurn hielt sich Thomas an Mandys Rat. Er sagte lieber nichts mehr. Erst als sie an der dortigen Wallfahrtskirche mit dem überdimensionalen Turm angekommen waren, schlug er ihr vor, zunächst in das Gotteshaus zu gehen.

»Wir haben doch wunderschöne katholische Kirchen in Niederbayern, oder?«, flüsterte er, als sie den barocken Altar betrachteten.

»Da gebe ich dir recht, Thomas. Die Hardware ist wunderschön bei den Katholiken, aber die Software ist komplett veraltet, und die zuständigen Manager sind nicht bereit, ein Update zu starten.«

Thomas war angesichts der Schlagfertigkeit seiner Partnerin wieder einmal überrascht. Der Gedanke, dass sein Kind evangelisch getauft werden sollte, beschäftigte ihn zunehmend. »Und du meinst wirklich, dass unser Kind in Niederbayern in der evangelischen Kirche besser aufgehoben ist?«

»Ja, klar«, sagte sie kurz und bündig.

»Daran muss ich mich erst gewöhnen«, gestand der werdende Vater.

»Lass dir Zeit, es sind ja noch einige Monate bis zur Geburt und noch weitere bis zur Taufe.«

So lange würde ihnen ihr Vorgesetzter sicher nicht Zeit für die Aufklärung des Mordfalls geben. Deshalb beschlossen sie, den Faden der Ermittlungen wieder aufzunehmen und den Mesner aufzusuchen, um ihn zu befragen. Sie hofften, dass sie ihn auch antreffen würden. Gemäß der Beschreibung der Tanner Kirchenpflegerin musste er im nahen Bauernhof wohnen, der etwas unterhalb der Wallfahrtskirche angesiedelt war.

»Grüß Gott. Wir sind von der Kripo Pfarrkirchen und suchen den hiesigen Mesner«, sagte Thomas zu dem etwa

70-jährigen kleinen, ergrauten Mann, der ihnen in der Haustür des Wohnhauses gegenüberstand.

»Des bin ich. Ich bin der Nirschl Alois und seit über 30 Jahr der Mesner von Schildthurn.«

»Wir ermitteln im Mordfall Adrian Reber und hätten ein paar Fragen an Sie.«

»Des hab ich in der Zeitung g'lesen, dass den Adrian um'bracht haben. Ich hab das gar ned recht glauben können.«

»Leider ist das die Wahrheit.«

»Sollen wir in die Stuben reingehen?«

»Nein, Herr Nirschl, wir würden gerne mit Ihnen zur Kirche und Ihnen dort unsere Fragen stellen.«

»Des ist mir aa recht«, erwiderte der Rentner. Er schloss die Haustür hinter sich zu und schlenderte mit den beiden Beamten zur Kirche.

»Der Herr Reber hat kürzlich Ihre Kirche inventarisiert, oder?«, fragte Thomas unterwegs.

»Ja, drei Wochen lang war er jeden Tag da und hat sich mit den alten Sachen in der Kirch beschäftigt. Der Adrian war ein ganz feiner Mann. Ich hab mich gern mit ihm unterhalten. Ein paar Mal hab ich ihm auch eine Brotzeit vorbei'bracht, und dann haben wir über die Antiquitäten g'sprochen. Mich interessieren die fei aa, und der hat sich richtig gut aus'kennt«, offenbarte Alois Nirschl.

In der Kirche angelangt, sprach ihm Thomas sofort ein Kompliment aus. »Ihr habts hier in Schildthurn eine wunderschöne Kirche.«

Mit diesen Worten traf er genau den Nerv des Mesners, der daraufhin stolz über sein Gotteshaus informierte. »Des dürfts glauben. Unser Kirch fehlt in keinem Rottal-Führer. Die ist im 13. Jahrhundert 'baut worden und immer schon eine bedeutende Wallfahrtskirch zu mehreren Heiligen g'wesen, die besonders bei Unfruchtbarkeit und Kinderwunsch aufg'sucht worden ist.«

Dann brauche ich diese Heiligen nicht mehr anzubeten, erkannte der werdende Vater.

Mandy war gedanklich auf der gleichen Schiene unterwegs. Sie erinnerte sich an Helmuts Kommentare vom letzten Jahr, als er ihr ausführlich über die Wallfahrtskirche berichtet hatte. Ob ihre Anwesenheit damals dafür gesorgt hatte, dass sie jetzt schwanger war? Ein heimliches Grinsen konnte sie bei dieser Vorstellung nicht vermeiden.

»Sagen S' mal, Herr Nirschl. Die alten Sachen, wie Sie's g'nannt haben, sind doch bestimmt wertvoll. Ist bei Ihnen in der Kirch in letzter Zeit was g'stohlen worden?«, kam Thomas auf den Punkt.

»G'stohlen?«Alois Nirschl blickte die Polizisten entgeistert an. »Ned dass ich wüsst. Bei uns am Land gibt's Gott sei Dank ned so viel Kriminelle«, erklärte der Mesner.

»Ist wirklich alles auf seinem Platz?«, hakte Mandy nach und blickte sich in der Kirche um.

»Wenn da herin irgendwas fehlt, dann tat mir des gleich auffallen. Des ist so sicher wie das Amen in der Kirch.«

Wieder keine neuen Erkenntnisse. Anscheinend hatte Reber sich in seiner Heimat nichts zuschulden kommen lassen wollen, oder sie waren mit ihren Vermutungen komplett auf dem Holzweg, überlegte Thomas.

»Hat Herr Reber in seiner Zeit hier Besuch von jemandem aus der Diözese Passau bekommen?«, wollte Mandy wissen.

»Ja, freili, des hab ich mit'kriagt. Gleich in der ersten Woche, wo er da war, ist ein ganz Hoher aus Passau 'kommen. Ich glaub, des war sein Chef. Der hat sich aa bei mir vorg'stellt. Eisgruber hat er g'heißen, des weiß ich noch. Der war noch ned so alt, Mitte 40 vielleicht. Aber was der für einen Posten in Passau hat, das weiß ich ned«, erläuterte der Mesner.

Thomas' Handy klingelte. Er fingerte es aus seiner Hosentasche, sah auf das Display und nahm das Gespräch entgegen. »Servus, Stefan, was gibt's?« Thomas verließ die Kirche, während Mandy sich weiter mit dem Mesner unterhielt.

Kurze Zeit später kehrte er mit hochrotem Kopf zurück. Mandy merkte ihm sofort an, dass etwas nicht stimmte.

»Thomas, was ist passiert?«

»Der Supergau!«

EINUNDDREISSIG

Selbst Mandy verschlug es die Sprache, als Thomas ihr mitteilte, was ihm Stefan Wegerer vor wenigen Minuten am Telefon berichtet hatte. Ohne auf die Verkehrsregeln zu achten, raste Thomas von Schildthurn nach Triftern in nicht einmal 20 Minuten.

Der sonst so souveränen und vor Lebensfreude strotzenden Sabine Auer stand der Schreck ins Gesicht geschrieben. Sie hatte rot unterlaufene Augen und war leichenblass. Für ihre üblicherweise perfekt aufgetragene Schminke hatte sie heute keine Zeit gefunden. Meistens begrüßte sie Thomas mit einem gewinnbringenden Lächeln und netten Worten. Nicht so an diesem Nachmittag.

»Gott sei Dank, dass ihr so schnell kommen konntet«, sagte sie, ohne irgendein Lächeln anzudeuten.

»Was ist genau passiert, Sabine?«

»Ihr müsst mir helfen. Kommt rein, ich erzähl euch alles.«

Wenig später saßen die drei im Esszimmer des Auerschen Einfamilienhauses. »Als Karl gestern Abend aus Thüringen nach Hause gekommen ist, hab ich mit ihm g'red't. Genau wie Sie es mir vorgestern dringend g'raten haben«, begann Sabine mit einem vorwurfsvollen Blick zu Mandy, die ihr zusammen mit Kiermeier eine offene Aussprache mit ihrem Gatten empfohlen hatte.

Mandy reagierte nicht darauf.

Sabine Auer fuhr fort: »Ich hab ihm gestern erzählt, dass ich beim Klassentreffen mit Adrian um Mitternacht in die Kirche 'gangen bin. Und ich habe ihm auch g'sagt, dass Sie Faserspuren von meinem Kleid auf dem Teppich da oben gefunden haben«, schluchzte die 44-Jährige den Tränen nahe.

»Und dann?«, fragte Thomas ungeduldig nach.

»Er hat mir natürlich ned 'glaubt, dass zwischen dem Adrian und mir nichts war. Er hat g'sagt, er kann mir gar nichts mehr glauben.« Inzwischen kullerten erste Tränen über ihr hübsches Gesicht.

Thomas berührte sie an der Schulter und wollte sie trösten, doch Sabine ließ es nicht zu. »Es ist alles meine Schuld, ich hätte gar nicht zu diesem Klassentreffen gehen dürfen«, stieß sie hervor und ließ ihren Tränen freien Lauf.

Thomas und Mandy gaben ihr die Zeit, die sie brauchte.

Nach einigen Minuten fuhr Thomas mit der Befragung fort. »Sabine, du musst uns jetzt genau sagen, was gestern los war. Nur so können wir dir helfen.«

»Wisst ihr, wie er dann reagiert hat?« Sabine schaute sowohl Thomas als auch Mandy mit großen, verweinten Augen an.

Beide schüttelten stumm den Kopf.

»Er ist aufg'standen und ist aus dem Zimmer 'gangen. Er hat kein Wort mehr g'sagt. Die ganze Nacht hat er in unserem Gästezimmer g'schlafen.«

»Und was war heut früh?«

»Heut in der Früh wollt ich gleich zu ihm. Er hat sich eing'sperrt und rausg'schrien, dass er sei Ruh haben will.«

»Und dann?«

»Dann hab ich eine Patientin g'habt. Und wie ich nachher wieder zu ihm rauf bin, war er verschwunden und ist bis jetzt nimmer auf'taucht. Er hat nicht einmal sein Handy mitg'nommen. Ich hab so Angst, dass er sich was antut«, wimmerte die Frau des Polizeihauptmeisters und fing erneut hemmungslos zu weinen an.

»Das macht der Karl bestimmt ned. Der ist gar ned der Typ dazu«, versuchte Thomas sie zu beruhigen.

Mandy wollte Thomas bei seinen Bemühungen unterstützen. »Wir werden alles daransetzen, dass wir Karl finden, das versprechen wir Ihnen, Frau Auer.«

»Denk mal nach, Sabine. Wo könnt er sein?«

»Das weiß ich nicht. Ein paar von seinen besten Spezln hab ich schon ang'rufen. Keiner hat eine Ahnung, wo er ist. Auch der Michael nicht. Der ist gerade mit dem Auto weg, um ihn zu suchen. Der hat es daheim nimmer ausg'halten.«

»Schreib uns bitte alle seine Freunde auf und mach bei denen ein Kreuz dahinter, die du schon ang'rufen hast«, bat Thomas.

Mit betretenen Mienen verließen Thomas und Mandy anschließend das Haus der Auers und gingen zum Auto. Vor allem Thomas fühlte mit der Frau seines Kollegen.

»Die Suche nach Karl hat jetzt oberste Priorität. Unser Mordfall muss warten«, verkündete er im Auto.

»Dann glaubst du also, dass Karls Verschwinden und unser Mordfall nicht zusammenhängen?«, fragte Mandy vorsichtig.

»Hä?«, entfuhr es Thomas. Er schaute seine Partnerin mit großen Augen an.

Mandy verzog die Mundwinkel, sagte aber nichts.

»Natürlich nicht! Der Karl ist wegen seiner Beziehungskrise geflüchtet. Das liegt doch auf der Hand.«

»Das könnte sein«, brachte Mandy kryptisch hervor und wiegte dabei skeptisch den Kopf.

»Du glaubst es ned?«

»Ich hoffe es, mein Lieber. Aber stell dir vor, Karl hat mitbekommen, dass wir von seinem Handy ein Bewegungsprofil erstellen.«

»Wie soll er das erfahren haben?«

»Kannst du dich erinnern, als ich am Montagmorgen in unserer Besprechungsrunde meine Schwangerschaft verkündet habe und Kiermeier um Verschwiegenheit bat? Am Abend desselben Tages hat dir deine Mutter eine Szene am Telefon gemacht.«

»Das kannst du doch ned vergleichen! Aber wenn ich dich richtig verstanden hab, dann glaubst du nach wie vor, dass Karl mit dem Mord was zu tun hat.«

Mandy zuckte mit den Schultern.

Mittlerweile konnte Thomas ihre Gedanken lesen. »Mandy, vergiss es einfach!«

Doch sie ließ nicht locker. »Stell dir vor, er hat etwas mit der Sache zu tun und erfährt, dass von seinem Handy ein Bewegungsprofil erstellt wird. Das wäre doch auch ein nachvollziehbarer Grund für eine Flucht, oder?«

Auf der Landstraße kurz vor Pfarrkirchen steuerte Thomas den Dienstwagen an den Straßenrand. Er schaltete den Motor aus und drehte sich zu Mandy. »Ich hab es dir schon einmal g'sagt: Für Karl leg ich meine Hand ins Feuer! Bitte hör auf, in diese Richtung zu denken«, forderte Thomas unmissverständlich.

»Thomas, ich habe es dir auch schon einmal gesagt. Ich halte es ebenso für äußerst unwahrscheinlich, aber wir dürfen diese Möglichkeit nicht vollständig verwerfen. Denk nur an unseren ersten gemeinsamen Mordfall an der Trabrennbahn. Damals hatte wirklich keiner den wahren Mörder auf dem Schirm, und vermutlich hättest du vorher deine Hand auch für ihn ins Feuer gelegt.«

Darauf fiel Thomas nichts mehr ein. Mandy argumentierte mit Logik und brachte Erfahrungswerte ins Spiel. Er musste gegen seine berufliche und private Partnerin zurückstecken. Gegen ihre Argumentation hatte er keinen Einwand parat. Also startete er den Motor des Dienstwagens und fuhr weiter zur Polizeiinspektion.

ZWEIUNDDREISSIG

Kiermeier lud spontan zum Krisengipfel in sein Büro, nachdem Thomas und Mandy in der Polizeiinspektion eingetroffen waren. »Das ist eine regelrechte Katastrophe, meine Herrschaften! Wir müssen so schnell wie möglich den Kollegen Auer finden, allerdings können wir es uns nicht leisten, dabei viel Staub aufzuwirbeln. Deswegen würde ich ihn zum jetzigen Zeitpunkt nicht zur Fahndung ausschreiben. Wie ist der aktuelle Stand?«

»Wir wissen, dass Karl heute gegen 9 Uhr sein Haus in Triftern nach einem Streit mit seiner Ehefrau verlassen hat. Sein Handy hat er nicht mitgenommen, und er ist mit seinem silberfarbenen VW Passat unterwegs«, ergriff Mandy das Wort. Die subtile Unterstellung von Sabine Auer, welche in ihrer Verzweiflung indirekt Kiermeier und sie selbst für sein Verschwinden verantwortlich gemacht hatte, verschwieg sie. Das, so dachte Mandy, wird uns in der Sache auch nicht voranbringen.

»Dann können wir eine Handyortung also auch vergessen«, schlussfolgerte Kiermeier enttäuscht.

»Stimmt«, bestätigte Thomas. »Sabine Auer hat uns eine Liste seiner Freunde mit'geben. Allerdings hat sie einige schon selbst erfolglos ang'rufen, aber noch nicht alle.«

»Bitte kontaktieren Sie gleich alle übrigen, die als Unterschlupf infrage kommen könnten. Und denken Sie nach, Sie kennen den Kollegen Auer doch auch sehr gut. Wo könnte er sich in seinem aufgewühlten Zustand aufhalten?«

»Ich war schon im Schützenheim in Triftern, aber leider war er nicht dort«, schaltete Stefan Wegerer sich ein. Er wusste, dass Karl als zweiter Vorsitzender des Schützenvereins einen Schlüssel für das Vereinsheim hatte.

»Schade! Suchen Sie auch sämtliche Gasthäuser in Pfarrkirchen, Triftern und Umgebung ab. Vielleicht will er seinen Frust mit Alkohol bewältigen«, vermutete Kiermeier.

»Seine Frau hat eine ganz andere Befürchtung«, offenbarte Mandy, die lange überlegt hatte, ob sie die Worte von Sabine Auer hier wiedergeben sollte.

»Reden Sie, Frau Hanke«, forderte Kiermeier.

»Sie hat Angst, dass er sich etwas antut.«

»Um Himmels willen! Malen Sie den Teufel nicht an die Wand! Ich darf gar nicht daran denken! Jetzt sind genug Worte gewechselt. Machen Sie sich an die Arbeit! Sie können gerne die Kollegen von der Schicht einspannen, gar kein Problem. Sagen Sie mir sofort Bescheid, wenn Sie ein Lebenszeichen von ihm haben. Wir befinden uns in einer Ausnahmesituation. Das heißt, Arbeitszeitregelungen sind heute außer Kraft. Bitte finden Sie ihn, und zwar lebend«, appellierte der Polizeioberrat verzweifelt.

Schnell war die Aufgabenverteilung zwischen Thomas, Mandy und Stefan erledigt. Während der Polizeiobermeister zusammen mit den Kollegen vom Schichtdienst die Überprüfung der gastronomischen Einrichtungen übernahm, klemmten Thomas und Mandy sich ans Telefon und riefen Karls Freunde an.

Nach den ersten Anrufen stellten sie fest, dass diese sich schon vernetzt hatten. Diejenigen, die von Karls Frau bereits angerufen worden waren, hatten wiederum andere Bekannte kontaktiert und auf eigene Faust nach Karls Verbleiben geforscht. Trotzdem wollten Thomas und Mandy alle Kontaktpersonen abtelefonieren, die von Sabine Auer aufgeschrieben worden waren. Von Anruf zu Anruf wurden der Frust und die Enttäuschung bei den Pfarrkirchner Ermittlern größer. Keiner seiner Freunde war in der Lage, einen konkreten Hinweis zu geben. Niemand wusste, wo Karl sich aufhalten könnte.

Als Thomas mit seinem Teil auf der Liste durch war, beschloss er, Herrn Eisgruber von der Diözese Passau anzurufen. Nach zweimaligem Klingeln hatte er den Vorgesetzten von Adrian Reber an der Leitung. »Grüß Gott, Herr Eisgruber, mein Name ist Thomas Huber von der Kripo Pfarrkirchen. Ich ermittle im Mordfall Adrian Reber.«

»Wir sind alle ganz entsetzt über diese grausige Tat.«

»Haben Sie einen Verdacht, wer dieses Verbrechen begangen haben könnte?«

»Nein. Ich hab Herrn Reber zwar erst vor einigen Monaten kennengelernt, aber in dieser Zeit nahm ich ihn als sehr kompetenten, loyalen und zuverlässigen Mitarbeiter wahr.«

»Hat es, sagen wir, Unregelmäßigkeiten bei seiner Arbeit gegeben?«, fragte Thomas.

»Nein, es gab überhaupt keine Probleme mit ihm. Ich war mit seiner Arbeit sehr zufrieden. Er hat mir einmal pro Woche seine Ergebnisse zugeschickt, und die waren sehr überzeugend.«

»Wie weit war er mit der Tanner Kirche?«

»Ich würde sagen, er war zu 70 Prozent fertig. Morgen Vormittag kommt ein anderer Mitarbeiter von mir, Herr Fuchs, nach Tann und wird Rebers Arbeit fertigstellen«, kündigte Eisgruber an.

Thomas bedankte sich bei dem Mann und bat ihn, sich bei ihm zu melden, sollte ihm noch etwas einfallen.

In der Zwischenzeit hatte auch Mandy ihren Teil der Liste abgearbeitet.

»Ich hab g'rad mit dem Eisgruber von der Diözese g'sprochen. Er hat Reber in höchsten Tönen g'lobt. Morgen Vormittag kommt ein anderer Kunsthistoriker nach Tann und macht in der Kirche weiter.«

»Dann besuchen wir den morgen, aber jetzt müssen wir zuerst Karl finden. Das geht vor. Du kennst ihn am längsten, Thomas, und außerdem warst du diese Woche zwei Tage mit ihm unterwegs. Denk noch mal scharf nach! Hat er von einem Lieblingsort oder so etwas Ähnlichem gesprochen?«, fragte Mandy.

Thomas legte seine Stirn in Falten. Nach ein paar Sekunden hellte seine Miene sich auf. »Was hat Karl zu Sabine zuletzt g'sagt?«

»Ich glaube, er hat gesagt, dass er seine Ruhe haben will.«

»Ganz genau. Mandy, komm, ich glaub, ich hab eine Idee, wo er sein könnte.« Thomas sprang von seinem Schreibtischstuhl auf und verließ zusammen mit der überraschten Mandy das Büro.

Auf der Passauer Straße steuerte er den Dienstwagen stadtauswärts. Beim Kreisverkehr nahm er die dritte Ausfahrt und bog auf der Höhe von Oberham nach links in ein Waldstück ab. Jetzt hatte auch Mandy eine Ahnung, wohin Thomas wollte. Als er auf den kiesigen Untergrund traf, fuhr er mit reduzierter Geschwindigkeit weiter. Nach ungefähr 500 Metern bog er rechts ab. Von Weitem schon sahen sie ein silberfarbenes Auto zwischen den Nadelbäumen durchschimmern.

»Thomas, du bist genial«, lobte Mandy ihren Liebsten und drückte ihm einen Kuss auf die Wange.

»Manchmal findet ein blindes Huhn auch ein Korn«, scherzte Thomas. »Ich bin auf Meilers Jagdhütte 'kommen, weil Karl gestern von ihr g'sprochen hat.«

»Hoffen wir, dass er sich nichts angetan hat«, stieß Mandy hervor.

Thomas stellte den Wagen hinter Karls Passat. Mit erhöhtem Puls stiegen sie aus dem Auto und näherten sich der Jagdhütte. Sie lugten durch das Fenster und sahen Karl am Tisch sitzen. Ihnen fiel ein tonnenschwerer Stein vom Herzen. Sie hatten Karl gefunden, vielleicht nicht in seinem besten Zustand, aber lebend.

»Was wollt ihr scho wieder von mir? Nirgends hat ma sei Ruh«, lallte Karl und trank den letzten Rest einer Wodka-Flasche aus. So betrunken hatte Thomas seinen Kollegen noch nie erlebt. »Karl, wir haben uns große Sorgen um dich g'macht«, sagte Thomas fürsorglich.

»Um mich braucht sich keiner Sorgen machen. Ihr, ihr habts mich alle betrogen«, schrie Karl Auer und fuchtelte mit seinen Armen fahrig umher.

»Keiner hat dich betrogen, Karl«, versuchte Mandy ihn zu besänftigen.

»Doch, mei Frau hat mich betrogen, und ihr habts des alles g'wusst! Und außerdem hast du mich auch verarscht, Thomas«, brüllte Karl und fing zu weinen an. Er ließ seinen Oberkörper auf die Tischplatte gleiten und versteckte das Gesicht in seinen Armen.

Thomas ging auf seinen Kollegen zu. Er berührte ihn sanft an der Schulter. »Ich ... dich ... verarscht? Wie kommst denn dadrauf?«

Karl fuhr empört hoch. »Du hast mich nur nach Thüringen mitg'nommen, damit Mandy und der Kiermeier in aller Ruh mei Frau verhören können!«

Im Prinzip hat er recht, dachte Thomas, schwieg jedoch, weil ihm spontan keine passende Antwort einfiel.

Dafür sprang Mandy in die Bresche. »Karl, wir zweifeln nicht an der Aussage deiner Frau, dass zwischen ihr und dem Reber nichts war, und haben ihr deshalb empfohlen, mit dir zu reden. Das ist doch eine Sache, die ihr zwischen euch klären müsst, und deswegen haben wir dir nichts gesagt«, versuchte Mandy ihm zu erklären. Ob Karl ihre Worte in seiner Verfassung verstand, wusste sie nicht. Auf jeden Fall erwiderte er nichts.

»Komm, Karl, wir fahren dich jetzt heim«, schlug Thomas vor und berührte erneut seine Schulter.

Thomas' Vorschlag kam bei Karl alles andere als gut an. Er sprang auf und schubste Thomas beiseite. »Ich will ned heim! Ich will mei Ruh und schlafen«, lallte er.

»Wo willst du dich denn hier hinlegen, Karl? Du hast kein Bett und auch keine Decke dabei. Komm mit, wir fahren zu uns aufs Sacherl. Wir machen dir ein Bett fertig, da kannst du in Ruhe schlafen«, schlug Mandy vor, ohne sich vorher mit Thomas abgesprochen zu haben.

Doch Thomas nickte zustimmend und signalisierte ihr, dass er damit einverstanden war. Mandy wusste, dass das Gästezimmer belegt war, aber eine Matratze würde sich schon noch finden lassen, dachte sie.

Weil von Karl kein Widerspruch kam, begleiteten die beiden Ermittler ihren krisengeplagten Kollegen zum Auto. Er legte sich in den Fond des Dienstwagens und versank unmittelbar in einen Tiefschlaf.

Mandy und Thomas zückten ihre Mobiltelefone. Während Thomas die Ehefrau des Gebeutelten anrief, gab

Mandy die frohe Botschaft an Kiermeier weiter. Die Steine, die beiden vom Herzen fielen, waren durch das Telefon zu hören.

DREIUNDDREISSIG

Freitag

Pünktlich um 6 Uhr klingelte der Wecker im Schlafzimmer des Ermittlerduos Huber-Hanke. Thomas wollte es nicht wahrhaben, dass die Nachtruhe schon vorbei sein sollte. Er war erst nach Mitternacht ins Bett gekommen. Eigentlich hatte er nach dem anstrengenden Arbeitstag viel früher schlafen gehen wollen, aber seine Gäste, allen voran Stella, hatten dies nicht zugelassen. Sie war auf die glorreiche Idee gekommen, »Activity« zu spielen. Thomas hasste dieses Gesellschaftsspiel, das er vor Jahren von seiner Mutter geschenkt bekommen hatte. Selbst Mandy, die von seiner Abneigung gegenüber diesem Spiel wusste, war ihm in den Rücken gefallen. Also hatte er sich seinem Schicksal gefügt und gute Miene zum bösen Spiel gemacht. Er hatte weder Talent zum Zeichnen noch für pantomimische Darbietungen. Wie hätte er den Begriff »Drachentöter« ausschließlich mit Körpereinsatz darstellen sollen? Natürlich hatte sein Team am Ende verloren. Die anderen drei Mitspieler hatten sich köstlich amüsiert, während Thomas es kaum hatte erwarten können, ins Bett zu schlüpfen.

Der dritte Gast am Sacherl, Polizeihauptmeister Karl Auer, war gestern freilich nicht mehr in der Lage gewesen, an »Activity« teilzunehmen. Gleich nachdem Thomas und Mandy ihm ein provisorisches Nachtlager im Büro eingerichtet hatten, war Karl nicht mehr gesichtet worden.

Als Thomas und Mandy den torkelnden Karl angeschleppt hatten, hatte Stella sich einen Kommentar nicht verkneifen können und grinsend gefragt, ob sich die Ausnüchterungszelle der Pfarrkirchner Polizei am Sacherl befände. Thomas und Mandy hatten ihren Gästen verschwiegen, dass es sich bei dem betrunkenen Karl um einen Polizeihauptmeister handelte, der eine handfeste Ehekrise zu bewältigen hatte.

Nach einer kurzen Morgentoilette ging Thomas nun in die Küche, um das Frühstück für seine Lebensgefährtin, die sich am Morgen immer länger im Badezimmer aufhielt, und seinen Kollegen Karl Auer zuzubereiten. Ralf und Stella hingegen waren um diese Zeit noch nicht für eine Stärkung zu haben. Sie pflegten für gewöhnlich erst kurz vor Mittag ihr Bett zu verlassen.

»Hast du auch für Karl aufgedeckt?« Mandy betrat die Küche.

»Ja, klar. Der soll wieder zu Kräften kommen.«

»Ich bin mir nicht sicher, ob er heute so früh schon Appetit hat.«

»Das werden wir gleich herausfinden.« Thomas öffnete vorsichtig die Bürotür und lugte hinein. Er sah Karl Auer mit offenen Augen auf der Matratze liegen. »Guten Morgen, Karl.«

»Mir geht's ned gut, Thomas. Was ist denn genau passiert?«

»Das erklär ich dir beim Frühstück. Komm mit in die Küch!«

»Ich kann nichts essen. Hast vielleicht eine Aspirin oder besser drei?«

Wenig später saß Karl mit Thomas und Mandy am Frühstückstisch. Während der Polizeihauptmeister ein Glas

Wasser, in dem sich die gewünschte Tablette auflöste, vor sich stehen hatte, ließ sich das Ermittlerduo einen frisch aufgebrühten Kaffee und einen Schinken-Käse-Toast schmecken.

Thomas versuchte Karls Erinnerungslücken zu füllen, indem er ihm schilderte, was gestern vorgefallen war.

»Dann hast du mich gefunden, weil ich vorgestern in Thüringen dem Meiler seine Hütte erwähnt hab?«

»Richtig«, bestätigte Thomas.

»Du bist einfach ein guter Polizist«, lobte Karl und leerte sein Wasserglas samt aufgelöster Tablette in einem Zug.

»Das bist du auch, Karl«, versuchte Mandy ihren geschundenen Kollegen wieder aufzurichten.

»Nein, Mandy, das bin ich ned. Ich bin kein guter Polizist und außerdem bin ich ein betrogener Ehemann«, jammerte Karl.

»Nein, das stimmt nicht. Wir haben keinen Grund, deiner Frau nicht zu glauben. Der Reber hat sie überrumpelt, und dann ist sie geflüchtet. So wird es gewesen sein«, behauptete Mandy.

»Ganz meine Meinung. Schau, Karl, die Sabine ist eine vernünftige Frau, die nicht einfach so ihre Ehe aufs Spiel setzt. Sie hat dich ned betrogen, auf keinen Fall! Wir fahren dich jetzt hoam, und dann redest du in aller Ruhe mit ihr.«

»Ich weiß ned, ob des so eine gute Idee ist.«

»Doch, Karl, das machst du jetzt. Du liebst doch deine Frau und kannst dir ein Leben ohne sie gar nicht vorstellen, oder?«

»Vielleicht habt ihr recht«, zeigte Karl sich einsichtig.

»Sehr gut, dann wird sich alles wieder einrenken.«

»Schön wär's, wenn alles wie früher werden würd.«

»Logisch, Karl. Du wirst sehen, in ein paar Tagen bist zurück bei uns in der Inspektion und alles ist gut.«

»Wie geht's euch überhaupt mit dem Fall? Gibt's was Neues?«

»Na ja. Gestern haben wir mit dem Pfarrer, der Kirchenpflegerin und auch mit dem Mesner von Schildthurn g'sprochen. Bisher haben wir keine Hinweise, dass der Reber krumme Geschäfte in Niederbayern g'macht hat. Ich hoffe immer noch schwer, dass die Kollegen in Thüringen den Maik Lange bald fassen. Dann wird sich der Fall schnell auflösen«, sagte Thomas zuversichtlich.

»Kann ich noch bei euch duschen? So braucht mich mei Frau ned sehen.«

Keine halbe Stunde später waren die drei unterwegs nach Triftern. Wegen des bestimmt noch vorhandenen Restalkohols saß nicht Karl am Steuer seines Autos, sondern Mandy. Karl hatte auf dem Beifahrersitz in Thomas' BMW Platz genommen.

Mandy stellte Karls Fahrzeug vor seiner Garage in der Pfarrer-Venus-Straße ab und gesellte sich zu den beiden, die inzwischen ebenfalls aus dem Auto ausgestiegen waren.

»Bitte schön, Karl, dein Autoschlüssel«, sagte Mandy.

»Vielen Dank für alles. Das werd ich euch so schnell ned vergessen.«

»Passt schon, Karl. Jetzt schau, dass du mit deiner Frau wieder klarkommst«, gab Thomas ihm mit auf den Weg.

»Mach so etwas nie mehr, Karl«, belehrte ihn Mandy. »Und halt dich zu unserer Verfügung, falls wir noch Fragen haben«, rutschte es ihr heraus.

Karl blickte Mandy fragend an. »Welche Fragen?«

Mandy zuckte mit den Achseln.

»Jetzt geht mir ein Licht auf. Ihr verdächtigt mich!«, empörte sich Karl.

Mandy begriff, was sie angerichtet hatte.

»Na, überhaupt ned, Karl«, wollte Thomas beschwichtigen.

»Doch, ihr verdächtigt mich. Ihr glaubt, dass ich aus Eifersucht den Reber um'bracht hab. Ganz klar.«

»Na, Karl. Das glauben wir ned«, setzte Thomas einen weiteren Versuch an, um die Wogen zu glätten.

»Thomas, hör auf! Ich bin lang g'nug bei der Polizei. Ihr glaubt, dass ich schon früher in Tann war und dass ich mei Frau mit dem Reber g'sehen hab. Dann bin ich eana g'folgt und hab den Kerl aus Eifersucht um'bracht. Genau das glaubt ihr!«

»Du und Sabine … ihr habt mit dem Mord nichts zu tun, das ist für mich sonnenklar«, stammelte Thomas, der, kaum hatte er es ausgesprochen, die zwei Wörter »für mich« bereute.

»Für dich vielleicht, Thomas, aber bestimmt ned für alle in der Polizei. Pass auf, richt bitte dem Kiermeier aus, dass er jederzeit von meinem Handy ein Bewegungsprofil machen lassen kann. Dann werdet ihr schnell feststellen, dass ich dahoam war, wie mich die Sabine auf meinem Handy ang'rufen hat. Und dann hab ich a Alibi«, brüllte Karl gekränkt, wandte sich von den beiden ab und ging in Richtung Haustür. »Ich hätt nie 'glaubt, dass ich einmal a Alibi brauch«, stieß er wütend beim Aufsperren der Tür hervor.

Thomas und Mandy standen da wie zwei begossene Pudel.

VIERUNDDREISSIG

»Hat das jetzt sein müssen?«, ging Thomas seine Partnerin im Auto frontal an.

»Thomas, das ist mir so rausgerutscht, das war nicht meine Absicht. Du musst mir glauben«, rechtfertigte Mandy sich verzweifelt.

»Dir ist noch nie was rausgerutscht. Du überlegst immer ganz genau, was du sagst.«

»Es tut mir leid. Ich habe nicht nachgedacht. Es ist so ein Automatismus von mir, dass ich nach einem Gespräch darauf hinweise, dass sich der- oder diejenige zu unserer Verfügung halten soll.«

»Da hast du was Schönes ang'richt. Hast du g'sehen, wie der Karl reagiert hat?«

»Ja, klar habe ich das. Es tut mir auch wirklich leid, aber ich kann es nicht mehr rückgängig machen.«

»Ich bin gespannt, ob uns das der Karl jemals verzeihen wird. Wenn er jetzt noch erfährt, dass wir, beziehungsweise Kiermeier und du, schon längst ein Bewegungsprofil in Auftrag gegeben haben, wird es mit der guten Zusammenarbeit wohl vorbei sein.«

Die Sätze von Thomas trafen Mandy mitten ins Herz, sodass ihr erste Tränen übers Gesicht kullerten.

Auch das noch, dachte Thomas. Er war in der Bredouille. Natürlich wollte er seine schwangere Lebensgefährtin nicht verletzen, aber der Ärger mit seinem langjährigen Kollegen Karl Auer belastete ihn so schwer, dass er seinem Unmut hatte Luft verschaffen müssen.

Er startete den Motor und fuhr mit der weinenden Mandy auf dem Beifahrersitz nicht in die Polizeiinspektion, sondern nach Tann. Thomas wusste, dass Kiermeier mit ihnen sprechen wollte, doch jetzt, wo sie schon mal unterwegs waren, steuerte er zunächst den Tatort an.

Das Klingeln seines Handys unterbrach die beklemmende Stille im Auto. Thomas betätigte den Knopf der Freisprechanlage.

Es meldete sich Stefan Wegerer. »Servus, Thomas, der Kiermeier erwartet euch zur Besprechung. Wo seid ihr?«

»Genau, was ich befürchtet habe«, haderte Thomas. »Wir haben g'rad den Karl hoamg'fahren und sind jetzt auf dem Weg nach Tann.«

»Wie geht's dem Karl?«

»Geht so«, antwortete Thomas, der dem Polizeiobermeister nichts von Mandys verbalem Fauxpas und der daraus resultierten Kränkung von Karl Auer berichten wollte.

»Wann könnt ihr zur Besprechung kommen?«

»Ich denke, in einer Stunde. Wir sind auf dem Weg nach Tann, um mit Rebers Nachfolger zu sprechen.«

»Okay, dann richt ich es dem Kiermeier aus.«

Über die Lichtenegger Straße näherte sich Thomas dem Kirchengelände und hielt schließlich wenige Meter vor dem mächtigen klassizistischen Kirchturm von Sankt Peter und Paul.

Als die beiden Ermittler das Kirchenschiff betraten, trafen sie auf die Kirchenpflegerin Maria Beck und den Kunsthistoriker Friedrich Fuchs. Nach einer kurzen Begrüßung im Flüsterton – der festliche Sakralraum verleitete automatisch dazu, die Stimme zu senken –, glaubte Thomas, es wäre auch in Mandys Sinne, wenn er die Befragung vornähme. Zumindest hoffte er es.

»Frau Beck, Sie haben sich mit Herrn Fuchs schon bekannt gemacht?«

»Ja, gerade eben«, entgegnete die Kirchenpflegerin.

Thomas wandte sich dem Kunsthistoriker zu. »Herr Fuchs, Sie waren persönlich bekannt mit Adrian Reber?«

»Ja, selbstverständlich! Die Abteilung der Diözese Passau, die für die Inventarisierung des Kunstgutes in den Kirchen zuständig ist, setzt sich aus wenigen Mitarbeitern zusammen. Allerdings muss ich gleich anfügen, dass Herr Reber noch nicht lange zu unserem Team gehört … gehört hat.«

»Adrian Reber hat zuvor lange Jahre in Erfurt gearbeitet, das wissen wir. Wie schätzen Sie seine Tätigkeit hier vor Ort ein?« Thomas war sich unschlüssig, wie er die Verdachtsmomente gegen das Mordopfer ansprechen sollte. »Ich meine, sind Ihnen Unregelmäßigkeiten aufgefallen?«

»Unregelmäßigkeiten? In welcher Beziehung? Nein. Also, ich bin ja beauftragt, die so tragisch unterbrochene Inventarisierung zeitnah abzuschließen. Dazu habe ich die geleistete Vorarbeit von Adrian durchgesehen. Es ist alles so, wie es sein soll. Natürlich kommen wir bei der Bewertung einzelner Gegenstände auch mal zu unterschiedlichen Befunden. Aber das liegt in den Objekten selbst begründet. Kunstgeschichte ist keine mathematische Wissenschaft. Adrians langjährige Erfahrung im Umgang mit Kunstgegenständen war sicher ein großer Vorteil für seine Taxierungen. Bei ihm kommt noch dazu, dass er selbst künstlerisch sehr begabt war. Ich hab ein paar Skizzen und auch einige Bilder von ihm gesehen, die mich tief beeindruckt haben.«

Letzteres wusste Thomas schon zur Genüge. Er wählte einen anderen Ansatz, um auf seine Verdachtsmomente hinzulenken. »Einzelne Dinge hier in der Kirche haben wahrscheinlich einen großen Wert, oder?«

»Ja und nein. In früheren Jahren war die Nachfrage nach religiösen Kunstwerken bedeutend größer. Heute finden Sie immer weniger Interessierte, die sich einen Heiligen ins Wohnzimmer stellen oder eine Auferstehung an die Wand hängen. Entsprechend tief sind die Preise dafür gefallen. Aber silberne Altarleuchter, barocke Kelche oder hübsche Engelsfiguren lassen sich nach wie vor gut verkaufen.«

»Verstehen Sie es nicht als Aufforderung: Was würden Sie aus dieser Kirche entwenden, wenn Sie etwas zu Geld machen wollten?«

Friedrich Fuchs schmunzelte amüsiert und ließ seinen Blick über die Altäre und Bildwerke schweifen. »Wie gesagt, ich hab mich ein wenig in die Arbeit meines Kollegen eingelesen. In der Sakristei gibt es einige sehr schöne Vasa sacra – ›heilige Geräte‹. So nennen wir die Kelche, Monstranzen und Ziborien. Ansonsten sind die Figuren in Stankt Peter und Paul wohl zu unbedeutend für einen Raubzug. Mit Ausnahme vielleicht von Johannes dem Täufer und Jesus über dem Taufbecken. Die beiden Figuren werden dem Rokokokünstler Ignaz Günther zugeschrieben.« Fuchs schritt in das Presbyterium und deutete auf die angesprochene Taufgruppe. »Die könnten bei Auktionshäusern 100.000 Euro oder mehr einbringen.«

Mandy, der die Geschehnisse von vorhin immer noch im Magen lagen, wollte nicht länger die stumme Begleitung abgeben. »Wäre es da nicht angebracht, eine Sicherungseinrichtung zu installieren? Je mehr Alarmanlagen, desto weniger Diebstähle. Das erleichtert unsere Arbeit.«

»Sie müssen sich nicht um die Finanzierung einer Alarmanlage kümmern. Und sie nicht dauernd an- und abschalten, damit es keinen Fehlalarm gibt«, hielt die Kirchenpflegerin dagegen.

Plötzlich klingelte das Telefon in Thomas' Jackentasche. Die angezeigte Nummer auf seinem Handy war ihm unbekannt. Er nahm das Gespräch entgegen, und es meldete sich der Geraer Polizeichef Jens Schreiber, der mit einem gewissen Stolz in der Stimme die Verhaftung von Maik Lange verkündete. Er sei in Untersuchungshaft genommen worden. Thomas solle sich beeilen, falls er das Verhör persönlich vornehmen wolle, da ein richterlicher Beschluss die Haft schnell beenden könne. Der niederbayerische Polizeioberkommissar bedankte sich und stellte sein umgehendes Erscheinen in Gera in Aussicht.

Thomas brach seine Unterredung mit dem Kunstinventarisierer und der Kirchenpflegerin ab, die während seines Telefongesprächs über die Taufgruppe weiterdebattiert hatten. Er hatte genug erfahren, ohne jedoch weitere Anhaltspunkte für die Auflösung des Mordfalls erhalten zu haben. Gera war im Moment wichtiger.

Im Dienstwagen klärte er Mandy über die Neuigkeiten des thüringischen Kollegen auf. Sie nahm dies schweigend zur Kenntnis. Offensichtlich hatte sie keine Lust, sich an irgendwelchen Überlegungen zu beteiligen.

Thomas bremste das Polizeiauto unvermittelt ab und lenkte es in einen schmalen Feldweg. Dort hielt er an, stieg aus, ging zu einer nahen Böschung und setzte sich auf die Wiese. Er begann dünne Stengel zu zupfen und sie zu Kreisen zusammenzudrehen. Eine geraume Weile verging, bis sich die Beifahrertür öffnete und Mandy den Wagen verließ. Sie näherte sich Thomas, ohne ihn anzublicken, und ließ sich neben ihm nieder.

»Vielleicht …«, begann Thomas und registrierte dabei die vielen kleinen weißen Wölkchen, die in regelmäßigen Abständen das Blau des Himmels mit einem Muster überzogen. »Vielleicht ist es ganz gut, wenn wir jetzt, wo unsere Beziehung überall bekannt wird, nimmer gemeinsam ermitteln. Fast jeden Tag 24 Stunden zusammen zu verbringen, ist auch nicht leicht. Und wenn das Kind kommt und uns beide fordert, dann … dann sind wir schnell überfordert.«

»Du willst mich also loswerden?«

»Sei nicht gleich so tragisch. Ich will dich nicht loswerden. Wir sind ein gutes Team, aber von nun an müssen wir beruflich und privat gleichermaßen gut funktionieren. Ich frag mich, ob das so locker geht. Trotzdem ist die Polizeiarbeit mit dir zam des Schönste, was es gibt.«

»Was ist denn so schön an der Zusammenarbeit mit mir?«

»Mit dir, da … da ist das Gras einfach grüner … und der Himmel blauer!«

Mandy rollte herum, setzte sich auf Thomas' Schoß und drückte seinen Oberkörper auf den Boden. Als dieser sich wehren wollte und die Hände nach ihr ausstreckte, griff sie danach und fixierte sie auf dem Boden über seinem Kopf. »Grüner und blauer also! Das will ich heute Abend schwarz auf weiß von dir haben!« Sie prustete los und senkte dann ihre Lippen auf Thomas' Mund herab.

Sie wären wohl noch länger in dieser Position verharrt, aber als ein vorbeifahrendes Auto die Geschwindigkeit stark verringerte und dabei mehrmals hupte, erhoben sie sich und stiegen wieder in den Wagen.

FÜNFUNDDREISSIG

Thomas und Mandy waren auf Kiermeiers Reaktion gespannt. Zeigte er sich dankbar, dass sie Karl gestern gefunden hatten? Oder war er sauer, weil sie heute nicht zur Frühbesprechung erschienen waren? Thomas konnte sich nicht erinnern, dass sein Vorgesetzter für heute eine Besprechung terminiert hatte. Gut, während eines Mordfalls war eine Absprache am Morgen Usus, aber explizit angeordnet hatte es der Polizeioberrat nicht. Deshalb hoffte Thomas, auf einen gut gelaunten Vorgesetzten zu treffen.

»Mir ist gestern ein richtiger Stein vom Herzen gefallen, als Sie mir berichtet haben, dass Sie den Kollegen Auer wohlauf, oder sagen wir, fast wohlauf, gefunden haben, Frau Hanke«, offenbarte Kiermeier zu Beginn der Besprechung seinen Gemütszustand.

Thomas war froh, dass sich sein Chef trotz der Verspätung in passabler Stimmung zeigte. Seine Laune würde sich noch deutlich bessern, wenn er ihm die Nachricht von der Ergreifung Maik Langes übermittelte. Aber alles der Reihe nach, befand der Kriminaloberkommissar.

»Die Steine habe ich durchs Telefon purzeln gehört, Herr Kiermeier«, antwortete Mandy grinsend.

»Wie geht es dem Kollegen Auer?«

»Wir haben ihn vorher nach Hause 'bracht. Abg'sehen von einem kräftigen Kater geht es ihm gesundheitlich so weit ganz gut. Ich hoffe, dass er sich mit seiner Frau versöhnt«, antwortete Thomas.

»Das hoffe ich auch. Wo wir gerade beim Thema sind – Herr Rieger, haben wir das Bewegungsprofil von Auers Handy schon?«

Beim Stichwort »Bewegungsprofil« rumorte es in Thomas' Magengegend. Er überlegte, ob und wie er Karls Reaktion von heute Morgen ansprechen sollte.

»Bisher nicht. Ich hoffe, dass wir die Auswertung heute Nachmittag bekommen«, antwortete Hartmut Rieger.

Thomas konnte sich nicht zurückhalten. »Übrigens, Karl hat das heute Morgen selbst vorgeschlagen.«

»Was hat Herr Auer vorgeschlagen?«, fragte Kiermeier irritiert.

»Dass wir von seinem Handy ein Bewegungsprofil erstellen sollen, falls irgendjemand in der Polizeiinspektion glaubt, er habe etwas mit dem Mord zu tun«, berichtete Thomas nicht ganz ohne Hintergedanken.

»Das ist nicht wahr«, brachte Kiermeier ungläubig hervor.

»Doch, das stimmt«, bestätigte Mandy.

»Und was haben Sie ihm gesagt?«

»Ich hab ihm g'sagt, dass ich ihn nicht für verdächtig halte«, antwortete Thomas, wobei er das Wort »ich« betonte. Dies war als Seitenhieb an seinen Vorgesetzten und auch an seine Partnerin Mandy gedacht.

»Weiß Herr Auer, dass wir ein Bewegungsprofil schon längst in Auftrag gegeben haben?«

»Nein«, beruhigte Mandy ihn.

»Das soll auch so bleiben«, bestimmte Kiermeier unmissverständlich. Daraufhin wechselte er das peinliche Thema. »Herr Wegerer, Herr Rieger. Was gibt's Neues in Sachen Fingerabdrücke?«

Hartmut Rieger und Stefan Wegerer blickten sich kurz an, bevor der Ältere der beiden das Wort ergriff. »Der Kollege Wegerer hat mir heute früh die Abdrücke der zwei fehlenden Chormitglieder übermittelt. Wir sind gerade dabei, sie auszuwerten, und hoffen, dass danach unbekannte Fingerabdrücke übrig bleiben.«

»Das ist ja schon mal was. Und jetzt zu Ihnen, Frau Hanke, Herr Huber. Haben Sie Anhaltspunkte, dass Herr Reber hier in Niederbayern in krumme Kunstgeschäfte verwickelt war?«

»Nein, bisher leider nicht. Wir waren noch mal beim Pfarrer und bei der Kirchenpflegerin. Sogar mit dem Mesner von Schildthurn haben wir gesprochen. In dieser Kirche war Herr Reber vorher beschäftigt. Außerdem haben wir uns mit seinem Vorgesetzten von der Diözese und seinem Kollegen unterhalten, der die Arbeit Rebers in Tann jetzt fortsetzt. Alle haben den Reber als sympathischen und kompetenten Mann beschrieben. Weder in der Kirche in Tann noch in Schildthurn fehlen Kunstgegenstände«, informierte Mandy.

»Da hätte ich mir angesichts Ihrer Erkenntnisse aus Thüringen mehr erhofft«, gestand der Polizeioberrat enttäuscht.

»Wir uns auch«, pflichtete Mandy ihm bei.

»Apropos Thüringen. Wir haben soeben eine sehr erfreuliche Nachricht von dort erhalten«, begann Thomas vielversprechend.

»Bitte, Herr Huber. Spannen Sie uns nicht auf die Folter.«

»Die Kollegen aus Thüringen, genauer g'sagt aus Gera, haben den Maik Lange festgenommen.«

»Was? Das sagen Sie erst jetzt?«, entfuhr es Kiermeier.

»Erstens haben wir es auch erst vor wenigen Minuten erfahren, zweitens waren die gerade besprochenen Themen genauso wichtig, und drittens war ich noch gar nicht an der Reihe«, rechtfertigte sich Thomas.

»Bei solchen Nachrichten dürfen Sie sich gerne vordrängeln, Herr Huber. Überhaupt kein Problem«, freute sich Kiermeier. »Dann scheinen wir bei diesem Fall auf der Zielgeraden zu sein. Denn wenn ich mich richtig erinnere, halten Sie Lange für den Mörder von Adrian Reber, oder, Herr Huber?«

»Genau, ich glaube immer noch, dass er unser Mann ist.«

»Auf was warten Sie dann noch? Auf nach Thüringen, Herr Huber!«

Thomas und Mandy standen auf und gingen Richtung Tür.

Da pfiff der Chef die beiden zurück. »Moment, meine Herrschaften, Frau Hanke fährt in ihrem Zustand nicht mit nach Gera.«

»Ich fühle mich aber gut«, protestierte Mandy.

»Das mag sein, aber ich will kein Risiko eingehen. Herr Wegerer, wie schaut's bei Ihnen aus?«

»Ich könnte mitfahren«, zeigte sich der junge Polizeiobermeister sofort einverstanden.

Thomas war über Kiermeiers Entscheidung ganz froh, Mandy zu Hause zu lassen. In letzter Zeit war sie oftmals gereizt und gleich gekränkt. Sie legte viele seiner Worte auf die Goldwaage. Er wusste nur nicht, ob dies mit der Schwangerschaft oder mit der Anwesenheit ihres Vaters und dessen Gespielin zusammenhing. Wenn sie zu Hause blieb, konnte sie sich endlich mehr um die Gäste am Sacherl kümmern, dachte Thomas. »Vielleicht hat Kiermeier recht. In deinem Zustand solltest du keine solchen Reisestrapazen auf dich nehmen«, raunte er seiner Lebensgefährtin in ihrem Büro unter vier Augen zu.

»Mir geht's blendend. Du willst mich nur nicht dabeihaben. So sieht's aus, Thomas«, entgegnete Mandy beleidigt.

War er so leicht zu durchschauen, grübelte Thomas. »Natürlich würde ich dich gerne dabeihaben«, schwindelte er. »Das war nicht meine Entscheidung, sondern ganz alleine Kiermeiers Idee.«

»Ist ja gut«, lenkte die werdende Mutter ein. »Ich hoffe nur, dass du recht behältst und Maik gesteht, damit der ganze Spuk um diesen bescheuerten Fall endlich vorbei ist.«

»Das hoffe ich auch, aber so leicht wird's mit dem Bürscherl ned. Der hat's faustdick hinter den Ohren.«

»Und deshalb musst du dich auf die Vernehmung vorbereiten. Und vorsorglich einen Durchsuchungsbeschluss für seine Wohnung organisieren«, schlug Mandy vor.

»Eine sehr gute Idee, Mandy. Könntest du dich drum kümmern und mir den Beschluss zuschicken? Dann verlieren wir keine Zeit.«

»Aye, aye, Sir, wird gemacht«, bestätigte Mandy flapsig. Die Laune der gebürtigen Thüringerin schien sich zu bessern, worüber Thomas sehr erleichtert war.

Im Anschluss rief er den Geraer Polizeichef Jens Schreiber an und ersuchte ihn, die Fingerabdrücke von Maik Lange zu nehmen und diese an den Leiter der Pfarrkirchner Kriminaltechnik, Hartmut Rieger, zu schicken.

Letzterem stattete Thomas nach der Zusage Schreibers vor seiner Abreise einen Besuch in dessen Büro ab. »Hartmut, ich brauche dich noch kurz. Ich habe gerade mit dem Geraer Polizeichef telefoniert. Er wird dir in den nächsten Stunden die Fingerabdrücke von Maik Lange zukommen lassen. Bitte check, ob die mit den übrig gebliebenen Abdrücken auf der Empore übereinstimmen, und dann melde dich sofort auf meinem Handy.«

»Alles klar, Thomas, mach ich.«

»Sehr schön, Hartmut. Ich hoffe, dass ihr einen Treffer landet und wir ihn überführen können.«

»Ich auch.«

»Und noch was. Bitte gib mir die Haare mit, die ihr in Rebers Wohnung gefunden habt. Ich befürchte, dass Lange den Einbruch ned gleich zugibt.«

Hartmut Rieger kramte ein Plastiktütchen mit kaum sichtbarem Inhalt aus seinen Schubladen und übergab es seinem Kollegen. »Viel Glück, Thomas.«

SECHSUNDDREISSIG

An diesem Freitag war der Verkehr auf der Autobahn wesentlich dichter als am Dienstag und Mittwoch. Die Wochenendpendler aus den Ballungszentren Regensburg und Nürnberg machten sich deutlich bemerkbar.

Je näher Thomas seinem Zielort Gera kam, desto heftiger wurde das Kribbeln in seinem Bauch. Es war eine Mischung aus Nervosität und Vorfreude auf das Wiedersehen mit Maik Lange, der ihm am Sacherl bereits einen unsympathischen Eindruck hinterlassen hatte. Wenn es ihm gelänge, den kleinen Thüringer des Mordes zu überführen, dann würde er auch Karl Auer rehabilitieren, der aus seiner Sicht zu Unrecht von seinem Vorgesetzten und seiner Partnerin verdächtigt wurde.

Die Gedanken seines Beifahrers, Stefan Wegerer, der nie an eine Tatbeteiligung Auers geglaubt hatte, dürften ebenfalls bei dem gebeutelten Kollegen gewesen sein, denn er fragte plötzlich aus heiterem Himmel: »Und der Karl hat wirklich von sich aus vorg'schlagen, dass wir ein Bewegungsprofil von seinem Handy machen sollen?«

»Wenn ich's dir sag«, bestätigte Thomas.

Stefan ließ nicht locker. Er wollte die ganze Geschichte hören.

Thomas berichtete ihm ausführlich über die unglückliche Äußerung seiner Partnerin und die darauffolgende Reaktion von Karl.

»Dann hoffe ich nur, dass er nicht nachtragend ist und

wir wieder so gut mit ihm zusammenarbeiten können wie vorher.«

»Das hoff ich auch, Stefan. Aber zuerst müssen wir Maik Lange überführen, und das wird nicht einfach.«

»Was hast du für eine Strategie?«

»Das weiß ich noch nicht genau. Kommt ganz darauf an, wie er sich verhält.«

Weitere Nachfragen verkniff sich Stefan, was Thomas recht war. Er war während der Autofahrt an diesem Freitag nicht unbedingt zum Plaudern aufgelegt. Was würde ihnen Maik Lange gleich auftischen, und wie ging es Karl Auer? Thomas war froh, dass er mit Stefan Wegerer einen Kollegen an der Seite hatte, der nicht gerade als Plaudertasche bekannt war. Er wusste, wann er still sein musste. Thomas schätzte Stefans Zuverlässigkeit, Loyalität und auch seine IT-Kenntnisse, von denen er immer wieder profitierte. Über Stefans Privatleben wusste er wenig, da dieser nicht viel darüber preisgab. Thomas hatte auch keine Lust, über seines zu sprechen. Die in letzter Zeit auftretenden Spannungen zwischen ihm und Mandy behielt er für sich und hoffte, dass sich die Beziehung zu seiner Partnerin wieder verbessern würde, wenn der Fall abgeschlossen und Ruhe am Sacherl eingekehrt war.

Nach knapp fünfstündiger, anstrengender Autofahrt erreichten die beiden das Polizeipräsidium in Gera. Seinen Dienstwagen parkte Thomas vor dem Polizeigebäude an der Amthorstraße. Auf dem Weg zum Haupteingang bekam er eine WhatsApp-Nachricht. Mandy hatte ihm den Durchsuchungsbeschluss geschickt.

Die Kollegen im Empfangsbereich waren über den Besuch der niederbayerischen Beamten vom Geraer Polizeichef bereits informiert worden. Sie meldeten Thomas und Stefan nun beim Chef an.

»Hallo, Herr Huber, willkommen zurück in Gera«, begrüßte der 50-jährige Polizeioberrat Jens Schreiber Thomas Huber, als sie das Büro im zweiten Stock betraten.

»Grüß Gott, Herr Schreiber. Herzlichen Dank, dass Sie uns so großartig unterstützen. Das ist mein Kollege, Polizeiobermeister Stefan Wegerer. Polizeihauptmeister Auer ist heute verhindert«, gab Thomas vor und schüttelte ihm die Hand. Stefan tat es ihm nach. Die Beurlaubung Karl Auers wollte Thomas dem Polizisten nicht auf die Nase binden.

»Wir helfen, wo wir können«, freute sich Schreiber und bot seinen Gästen einen Platz am Besprechungstisch im Büro an.

»Dann hoffe ich, dass wir uns irgendwann bei Ihnen revanchieren können.«

»Übrigens, die Fingerabdrücke von Herrn Lange habe ich schon an Ihren Kriminaltechniker Rieger schicken lassen.«

»Wunderbar, vielleicht können wir ihn damit überführen. Wann und wie haben Sie ihn heute festgenommen?«

»Das war am Morgen um halb acht. Ich habe eine Streife in die Sorge geschickt, und als er seine Wohnung verlassen wollte, haben sie ihn verhaftet.«

»Und wie hat er reagiert?«

»Wie ein Unschuldslamm. Er ist sich keiner Schuld bewusst.«

»Das hab ich befürchtet«, gestand Thomas.

»Wir haben ihn bis jetzt nur mit dem Verdacht auf Wohnungseinbruch konfrontiert. Von Mord haben wir noch nichts gesagt. Das überlassen wir Ihnen. Das Einzige, was er zugibt, ist, dass er letztes Wochenende in Niederbayern war.«

»Sehr gut, Herr Schreiber. Den nehmen wir gleich in die Mangel. Wir haben in besagter Wohnung in Pfarrkirchen ein paar Haare gefunden, die aller Voraussicht nach vom Täter stammen«, begann Thomas und fischte das Plastiktütchen aus seiner Lederjacke. »Falls Lange die Tat weiterhin leugnet, könnten Sie dann in Ihrem Labor einen DNA-Abgleich vornehmen lassen?«

»Gar kein Problem, Herr Huber. Wie können wir Ihnen noch helfen?«

Wenn alle Kollegen so zuvorkommend wären wie er, hätten wir bei der Polizei ein wesentlich schöneres Leben, dachte Thomas. »Können wir Ihren Vernehmungsraum benutzen?«

»Natürlich. Ich werde Hauptkommissar Lengsfeld in den Beobachtungsraum schicken. Sie können gerne auf ihn zugehen, wenn Sie Unterstützung brauchen.«

»Vielen, vielen Dank, Herr Schreiber. Das ist wirklich sehr nett von Ihnen.« Thomas wusste nicht, wie er sich beim Geraer Polizeichef für dessen selbstlose Mitwirkung erkenntlich zeigen sollte.

»Sie brauchen sich nicht zu bedanken, wir helfen Ihnen gerne.« Jens Schreiber rief seinen Mitarbeiter Lengsfeld an und bat ihn, Maik Lange in den Vernehmungsraum zu bringen. »Dann zeige ich Ihnen jetzt den Raum im Untergeschoss, den viele als Unschuldige betreten und als geständige Schwerverbrecher wieder verlassen«, schlug Schreiber vor und stand auf.

Auf dem Weg dorthin überlegte Thomas, wie er vorgehen sollte. Maik Lange würde ihn bestimmt gleich duzen.

Jens Schreiber steuerte den Beobachtungsraum an und stellte seinen Gästen Hauptkommissar Uwe Lengsfeld vor, der schon Platz genommen hatte. Durch das Beobachtungsfenster sahen sie Maik Lange im Vernehmungsraum einsam am Besprechungstisch sitzen. In der Nähe der Ausgangstür hatte sich ein uniformierter Kollege positioniert.

»Bei Herrn Lengsfeld sind Sie in guten Händen. Ich verabschiede mich dann mal«, sagte Jens Schreiber und reichte den beiden die Hand.

»Nochmals vielen Dank, Herr Schreiber. Ich habe selten so eine Hilfsbereitschaft erlebt«, antwortete Thomas verlegen. Er bereute, dass er ihm kein kleines Gastgeschenk mitgebracht hatte. Aber vielleicht kann man das nachholen, dachte er.

»Wenn Sie wollen, können wir uns gerne duzen«, schlug der thüringische Polizeihauptkommissar Uwe Lengsfeld vor, als Schreiber das Zimmer verlassen hatte.

»Gerne, ich bin der Thomas.«

»Und ich der Stefan.«

»Uwe.«

»Wo wir gerade beim Thema sind, Uwe«, ergriff Thomas die Gunst der Stunde. »Ich bin mit dem Verdächtigen ebenfalls per Du. Wir haben uns vergangenes Wochenende auf privater Ebene zufällig in meiner Heimatstadt Pfarrkirchen getroffen. Die Lebensgefährtin meines angehenden Schwiegervaters stammt nämlich auch aus Thüringen und kennt Maik Lange von früher.«

»Okay, Zufälle gibt's, das ist ja unglaublich!«, attestierte Uwe Lengsfeld verwundert.

Wenig später betrat Thomas mit Stefan Wegerer im Schlepptau den Vernehmungsraum.

»Was wollt ihr von mir, Thomas?«, bellte ihn der kleine Thüringer frontal an und stand auf.

»Ich denke, wir sollten den Abend bei mir zu Hause vergessen und auf das förmlichere ›Sie‹ übergehen«, schlug Thomas zu Beginn ihres Wiedersehens vor.

»Wie Sie wünschen, Herr Huber«, konterte Lange trotzig. »Was liegt gegen mich vor, dass ich hier festgehalten werde?«, beschwerte er sich.

»Das werden wir Ihnen gleich erklären.« Thomas und Stefan setzten sich zu dem Verdächtigen, der sich wieder auf seinem Stuhl niederließ. Wegerer betätigte den Knopf des Aufnahmegerätes.

»Es gibt eindeutige Indizien, dass Sie in der Nacht von Samstag auf Sonntag in die Wohnung des Kunsthistorikers Adrian Reber eingebrochen sind«, führte Thomas sachlich aus.

»Was sollen das für Indizien sein?«, keifte Lange zurück.

»Sie wurden unmittelbar vor der Wohnung von Nachbarn eindeutig erkannt«, begann Thomas, wurde jedoch von Maik Lange unterbrochen.

»Sie wissen doch, dass ich in Pfarrkirchen war. Dort bin ich viel spazieren gegangen. Was soll man sonst in diesem Kaff machen? Das sagt doch überhaupt nichts!«

»Ich dachte, Sie waren auf dem Weg zum Gardasee?«, fiel Thomas ein.

»Ich habe es mir anders überlegt und bin zurück nach Hause gefahren. Das ist doch nicht verboten, oder?«

»Nein, das ist nicht verboten. Und am Samstagabend waren Sie zufällig bei einem Klassentreffen in Tann«, fuhr Thomas provozierend fort.

»Das stimmt. Ich habe mir die Gegend im Rottal angeschaut, und als ich durch Tann gefahren bin, habe ich gesehen, dass in diesem Gasthaus was los ist. Das kommt ja nicht allzu oft vor bei euch im Outback. Dann habe ich mich dazugesellt. Ich wusste nicht, dass es sich um ein Klassentreffen handelte. Das ist aber ebenfalls nicht verboten, oder?«

Thomas reagierte erst gar nicht darauf. »Dann frag ich mal andersrum. Haben Sie Adrian Reber gekannt beziehungsweise sagt Ihnen der Name etwas?«

»Nein, ich hab keinen blassen Schimmer, wer dieser Mann ist«, behauptete Maik Lange im Brustton der Überzeugung.

»Jetzt reicht's mir aber! Schluss mit Ihrer Märchenstunde. Wir wissen von Herrn Kuhnert von der Ars Segura, dass er Sie auf Adrian Reber angesetzt hat«, polterte Thomas.

Dem kleinen Thüringer verschlug es die Sprache. Nach einer Weile beugte sich nach vorne, stützte sich mit den Ellenbogen auf dem Tisch ab und raufte sich seine struppigen Haare. »Ich durfte nichts sagen. Ich bin dem Datenschutzgesetz verpflichtet«, murmelte Lange.

Nun wurde es sogar Stefan Wegerer zu bunt, der sich bisher nicht am Verhör beteiligt hatte. »Wenn Sie uns nicht die Wahrheit sagen, können Sie das ganze Datenschutzgesetz in einer Gefängniszelle auswendig lernen.«

Das saß, dachte Thomas. Eine solche Schlagfertigkeit hatte er Stefan gar nicht zugetraut.

»Okay, okay. Ich hatte den Auftrag, den Reber zu überprüfen. Laut Herrn Kuhnert soll er in einen Kunstraub verwickelt gewesen sein«, lenkte Lange ein.

»Und was ergab Ihre Überprüfung?«

»Nichts. Ich habe nichts Belastendes gefunden.«

»Auch nicht in seiner Wohnung?«, hakte Thomas nach.

Maik Lange überlegte kurz, bevor er auf diese Frage antwortete. »Auch nicht in seiner Wohnung. Ich habe nichts entdeckt, was auf eine Tatbeteiligung Rebers hingedeutet hätte. Ich habe mir sogar seine Kontoauszüge angeschaut. Nichts, niente, nada!«

»Dann geben Sie also den Einbruch in seine Wohnung zu?« Thomas wollte auf Nummer sicher gehen, damit das erste Geständnis unter Dach und Fach war.

»Ja, ich war in der Wohnung. Ich habe aber nichts gestohlen.«

Dann können wir uns den DNA-Abgleich sparen, erkannte Thomas. Anschließend kam er auf die zweite, wesentlich schwerwiegendere Tat zu sprechen. »Es liegt ein weiterer Verdacht gegen Sie vor.«

»Noch was?«, bellte Lange und blickte Thomas irritiert an.

»Es geht um Mord.«

»Um Mord?«, schrie Lange, dessen Gesicht schlagartig rot anlief.

»Adrian Reber ist in der Nacht, in der Sie in seine Wohnung eingebrochen sind, um'bracht worden.«

»Nein, nein. Ihr könnt mir keinen Mord in die Schuhe schieben!«, brüllte Maik Lange mit weit aufgerissenen Augen.

»Schauen S', Herr Lange. Sie brechen in eine Wohnung ein, und in derselben Nacht wird der Wohnungsinhaber ermordet. So einen Zufall gibt's doch gar ned! Außerdem haben Sie uns heute schon mehrmals angelogen. Warum sollen wir Ihnen jetzt glauben?«

»Weil ich es nicht war. Reber war ausgeflogen, als ich seine Wohnung überprüft habe.«

»Herr Reber wurde nicht in seiner Wohnung um'bracht, sondern in Tann. Und genau da waren Sie auch.«

»Ich habe doch zugegeben, dass ich in diesem Gasthaus war, aber da hat der Reber noch gelebt.«

»Dann schildern Sie uns bitte, wie der Samstagabend verlief.«

»Reber hat um ungefähr 19.30 Uhr seine Wohnung verlassen. Er stieg ins Auto, fuhr los und ich folgte ihm. Am Marktplatz von Tann hat er sein Fahrzeug geparkt und ist in dieses große Gasthaus gegangen. Sie haben mich ohne Weiteres hineingelassen. Auch als ich mich am Buffet bedient habe, hat keiner etwas gesagt. Reber hat sich dort köstlich amüsiert. Ich war mir sicher, dass er so schnell nicht nach Hause gehen würde. Deshalb habe ich das Gasthaus verlassen.«

»Wann war das genau?«, bohrte Thomas nach.

»Das dürfte kurz nach 22 Uhr gewesen sein.«

»Was haben Sie dann gemacht?«

»Ich bin nach Pfarrkirchen gefahren und habe mich in Rebers Wohnung umgesehen.«

»Und nichts g'funden«, ergänzte Thomas.

»Richtig.«

»Wann haben Sie die Wohnung wieder verlassen?«

»Ich war nicht lange vor Ort. Vielleicht 45 Minuten. Also war es vielleicht kurz nach 23 Uhr, als ich gegangen bin.«

»Und wie ging's weiter?«

»Ich bin in eine Disko nach Eggenfelden gefahren und hab mir dort ein Bier gekauft.«

»Wie heißt die Diskothek?«

Maik Lange dachte nach. »Es war ein kurzer englischer Name. Joy oder so … Nein, Fun hieß die Disko, jetzt fällt's mir ein.«

Thomas kannte den Tanzpalast im Eggenfeldener Gewerbegebiet. Er wusste nur nicht, ob die Geschichte wieder erstunken und erlogen war oder ob Lange diesmal die Wahrheit sagte.

»Von wann bis wann waren Sie im Fun?«

»Ich denke, von 23.30 bis 1 Uhr, so ungefähr.«

»Zeugen werden Sie dafür nicht haben, oder?«

Maik Lange legte seine Stirn in Falten. »Doch, ich habe mich mit dem Barkeeper unterhalten. Es war relativ wenig los, und so kam ich mit ihm ins Gespräch. Er fragte mich, woher ich komme, weil er hierzulande selten einen Dialekt wie den meinen höre. Ich habe ihm geantwortet, dass ich aus Thüringen bin. Ich denke, dass er sich an mich erinnert.«

»Okay, dann machen wir jetzt eine kurze Pause. Sie bleiben hier«, bestimmte Thomas, stand auf und verließ zusammen mit Stefan den Vernehmungsraum.

»Ich fürchte, ein Geständnis für den Mord werdet ihr von dem nicht bekommen«, raunte Uwe Lengsfeld den niederbayerischen Beamten im Beobachtungsraum zu.

»Den Eindruck hab ich auch, Uwe. Wir müssen sein Alibi überprüfen«, befand Thomas.

Als er sein Smartphone aus der Hosentasche zog, signalisierte ihm ein Piepston den Eingang einer WhatsApp-Nachricht. Der Absender war Hartmut Rieger. »Hallo, Thomas. Eine gute und eine schlechte Nachricht. Zuerst die schlechte: Maik Langes Fingerabdrücke waren bei denen in der Kirche definitiv nicht dabei. Wir konnten alle Abdrücke zuordnen, somit bleiben keine mehr offen. Dann die gute: Karls Handy war um Mitternacht in Triftern und nicht in Tann eingeloggt. VG Hartmut.«

Dann war Karl endgültig aus der Schusslinie. Sein Gefühl hatte ihn diesbezüglich nicht im Stich gelassen. Noch besser wäre es allerdings gewesen, wenn Hartmut die Fingerabdrücke von Maik Lange identifiziert hätte. Thomas gab sich jedoch in der Causa Lange noch nicht geschlagen und wandte sich an Lengsfeld. »Ich würde gerne eine Wohnungsdurchsuchung bei unserem Freund in der Sorge machen. Einen Durchsuchungsbeschluss hab ich dabei. Kannst du uns begleiten?«

»Kein Problem, Thomas. Ich helfe euch gerne.«

»In der Zwischenzeit soll meine Kollegin sein Alibi in Eggenfelden überprüfen«, schlug Thomas vor und wählte Mandys Nummer.

SIEBENUNDDREISSIG

»Kann ich jetzt endlich verschwinden?«, raunte Maik Lange Thomas und Stefan zu, als die beiden niederbayerischen Beamten den Vernehmungsraum erneut betraten.

»Meine Kollegen überprüfen gerade Ihr Alibi in Eggenfelden, und in der Zwischenzeit würden wir uns gerne in Ihrer Wohnung umsehen. Dann schauen wir mal«, konterte Thomas und hielt ihm den ausgedruckten Durchsuchungsbeschluss vor die Nase.

»Auch das noch!«, klagte Maik Lange. »Wenn es sein muss, könnt ihr meine Wohnung gerne auseinandernehmen, aber finden werdet ihr nichts, das kann ich euch jetzt schon verklickern. Ich hoffe für euch, dass es nicht so lange dauert! Ihr habt mich mittlerweile seit mehreren Stunden in der Zange. Das geht mir verdammt noch mal auf den Sack! Ich will endlich einen Abgang machen«, forderte der kleine Thüringer in seiner typischen Art.

»Wollen Sie einen neutralen Zeugen, zum Beispiel einen Beamten der Stadtverwaltung, bei der Wohnungsdurchsuchung dabeihaben?«, fragte Thomas, ohne sich provozieren zu lassen.

»Schwachsinn, wozu denn? Wenn ich danebensteh, werdet ihr mir schon nichts klauen.« Lange legte ein breites Grinsen auf. Diese zur Schau gestellte gute Laune störte Thomas vehement.

Als sie sich mit dem Dienstwagen auf den Weg machten und zielgerichtet Maiks Wohnung ansteuerten, war der etwas irritiert. »Wart ihr etwa schon einmal in meiner Bude?«, stöhnte er auf. »Ihr habt bestimmt was darin deponiert, das mich ins Loch bringen soll. Ihr braucht einen Schuldigen. Das könnt ihr mit mir nicht machen! Sehen Sie nicht, was diese Typen vorhaben?«, wandte er sich an den neben ihm sitzenden Kommissar Lengsfeld. »Die wollen mir ans Leder und einen Mord anhängen!«

Bevor er sich noch stärker in Rage reden konnte, schritt Thomas ein. »Komm wieder runter, tief durchatmen. Wenn wir belastendes Material finden, stammt das ausschließlich von dir selbst. So weit ist es also mit dem ruhigen Gewissen doch nicht her, was?« Dass er ihn dabei wieder duzte, spielte in der Abgeschlossenheit des Dienstwagens keine große Rolle. Mit einem kurzen Blick in den Rückspiegel versicherte er sich, dass auch sein thüringischer Kollege die Situation gelassen nahm.

»Macht doch, was ihr wollt. Aber wenn mir etwas faul vorkommt, habt ihr euch mit dem Falschen angelegt, das schwöre ich euch!« Der Spürhund der Ars Segura war nicht gewillt, klein beizugeben.

Als sie endlich vor der Wohnung in der Geraer Einkaufsmeile Sorge standen, schloss Maik die Tür nur widerwillig auf. Ein abgestandener, muffiger Geruch drang ihnen entgegen. Die Räumlichkeiten schienen seit Ewigkeiten nicht gelüftet worden zu sein. Die Einrichtung machte deutlich, dass dem Besitzer so etwas wie Wohnqualität vollkommen abhandengekommen war. Trotz der im Grunde spärlichen Möbel hatte er es geschafft, ein riesiges Chaos entstehen zu lassen. Überall lagen und standen Dinge herum. Keine guten Voraussetzungen für eine Hausdurchsuchung.

Maik schob auf dem niedrigen Sofa mehrere Kleidungsstücke und einen darauf platzierten gebrauchten Teller zur

Seite und ließ sich unaufgefordert nieder. Weit zurückgelehnt und mit einem Bein auf dem verschmutzten Glastisch verfolgte er die Arbeit der Polizisten.

Im Schlafzimmer, in dem auf einen Schrank verzichtet worden war – für die Aufbewahrung der Kleidungsstücke genügte offensichtlich eine Zimmerecke –, lagen kleinere Stapel Zeitschriften neben dem Bett. Darunter auch solche, die das weibliche Geschlecht meist textilfrei präsentierten.

In der primitiven und engen Küche stand ein kleiner Holztisch, auf dem sich neben einem Aschenbecher mit Olivenkernen und einer halb vollen Tasse mit schwarzem Kaffee auch Papiere befanden, die dem Anschein nach mit der zweifelhaften Tätigkeit für die Versicherung zu tun hatten. Thomas blätterte die handschriftlichen Notizen, gedruckten Listen mit Adressen und Zeitungsausschnitte durch, bis er auf eine schlichte Mappe stieß, die wegen ihres Inhalts seine Aufmerksamkeit auf sich zog.

Auf dem runden Hocker neben dem Küchentisch lagen ausgelatschte Schuhe. Da es aber sonst keine Sitzmöglichkeit gab, stieß er die Schuhe vom Hocker, setzte sich mit einem leichten Anflug von Ekel darauf und breitete die Mappe auf seinen Knien aus. Ganz vorne steckten drei Fotos in einer Klarsichthülle, die sein Interesse weckten. Sie zeigten eine barocke Taufgruppe, die ihm bekannt vorkam, aufgenommen aus verschiedenen Perspektiven. Darunterliegende Notizen Adrian Rebers bestätigten seine erste Mutmaßung. Es handelte sich um Johannes den Täufer und Jesus, die Figuren auf dem Tanner Taufbecken. Beigefügt waren auch zahlreiche Kopien in Schwarz-Weiß aus wissenschaftlichen Werken über den Bildhauer Ignaz Günther. Vermerke zu Versteigerungen von Skulpturen des spätbarocken Bildhauergenies lagen ebenfalls bei.

Thomas kehrte zurück in den Raum mit dem Sofa, wo Maik Lange unverändert die betont lässige Pose einnahm, und hielt ihm die Mappe unter die Nase.

»Mit ganz leeren Händen haben Sie die Wohnung des Mordopfers doch nicht verlassen. Können Sie mir sagen, was Sie damit wollten?«

»Ach das, das hatte ich ganz vergessen.« Maik schien nicht sonderlich beunruhigt. »Es lag auf Rebers Schreibtisch. Auf den hinteren Blättern ist von Auktionen die Rede und einige höhere Geldsummen sind handschriftlich angestrichen. Ich dachte, dieses Zeug könnte vielleicht auf eine neue Schurkerei Rebers hinweisen. Aber ich bin aus den Papieren nicht schlau geworden.«

»Deswegen sind Sie noch einmal nach Tann zurückgefahren und haben Adrian Reber mit der Mappe und deren Inhalt konfrontiert.«

»Ihre blühende Fantasie in Ehren, Herr Huber, aber mit den Tatsachen hat sie leider nicht viel zu tun.« Maik ließ sich nicht mehr aus der Reserve locken und machte einen sichtlich entspannten Eindruck. »Was hätte ich Reber denn sagen sollen? Adrian, dieses Zeugs da habe ich in deiner Wohnung gefunden. Du bist anscheinend schon wieder auf der schiefen Bahn unterwegs! Der hätt mir doch voll ins Gesicht gelacht oder gleich die Polizei gerufen. Was weiß ich, ob dieser Papierkram überhaupt eine Bedeutung hat.«

Thomas musterte ihn mit einem Anflug von Resignation. Er musste einsehen, dass die Mappe allein kein Beweisstück war, welches Maik Lange mit dem Mord in Verbindung brachte.

Vielleicht hatten sie selbst bei der Überprüfung von Adrian Rebers Wohnung in Pfarrkirchen etwas Wichtiges übersehen? Etwas, das den Kunsthistoriker und den skrupellosen Schnüffler der Ars Segura in eine tödliche Konfrontation getrieben haben könnte? Hatte Maik dieses Material bereits beseitigt? Möglicherweise nahm er deswegen die Hausdurchsuchung so gelassen hin. Oder lag der Schlüssel dazu immer noch unerkannt in der Kirche in Tann oder in Rebers Wohnung? Sein Instinkt sagte Thomas, dass er etwas Entscheidendem auf der Spur war. Er wusste nur nicht, was es war.

Inzwischen hatten sich auch Wegerer und Lengsfeld von ihrem Streifzug durch die schlichten Räumlichkeiten wieder im Wohnzimmer eingefunden. Den fragenden Blick des Oberkommissars Huber quittierte Stefan mit einem vielsagenden Achselzucken. Die Ausbeute an Belastungsmaterial war mehr als dürftig.

Letztlich fuhren sie ohne Beweise gegen Maik Lange zurück zum Geraer Kommissariat. Es war unvermeidlich, dass Maik Lange dort aus dem Polizeigewahrsam entlassen werden musste, unter Einhaltung bestimmter Auflagen natürlich. Der Einbruch rechtfertigte keine weitere Untersuchungshaft.

Den beiden niederbayerischen Polizisten stand die lange Rückreise nach Pfarrkirchen bevor.

ACHTUNDDREISSIG

Samstag

In dieser Nacht fand Thomas keinen Schlaf, obwohl er sich nach der anstrengenden Heimfahrt spät und hundemüde ins Bett geschlichen hatte. Zu sehr war er mit den Gedanken bei diesem verflixten Mordfall.

Gegen 7.30 Uhr konnte er endlich in die schönen braunen, verschlafenen Augen von Mandy blicken. »Guten Morgen, Schatz«, flüsterte er ihr zu und gab ihr einen Kuss auf die Wange.

»Warum hast du mich gestern nicht aufgeweckt, als du nach Hause gekommen bist?«

»Weil es schon ziemlich spät war und du schon fest g'schlafen hast.«

»Und dann bist du schon wieder wach?«

»Ich hab miserabel bis gar ned g'schlafen.«

»Beschäftigt dich unser Mordfall so sehr?«

»Ja, ich kann ned akzeptieren, dass der Maik Lange entlastet sein soll.«

»Aber Gott sei Dank ist Karl jetzt aus der Schusslinie.«

»Ja, da bin ich froh, dass mich mein Gefühl nicht 'täuscht hat.«

»Ich habe auch nicht wirklich gedacht, dass Karl mit dem Mord etwas zu tun hat, aber ein Motiv hätte er gehabt. Das musst du zugeben.«

»Reden wir nimmer drüber. Der Karl hat ein lupenreines Alibi. Apropos Alibi. Bist du dir sicher, dass der Barkeeper Maik Lange erkannt hat?«

»Ganz sicher. Er hat sich sofort an Maik erinnert. Sogar die Zeit zwischen 23.30 und 1 Uhr hat er bestätigt. Und Maiks Fingerabdrücke waren bei denen in der Kirche auch nicht dabei.«

»Ja, ich weiß. Die Fingerabdrücke können wir komplett vergessen. Der Hartmut hat alle zuordnen können.«

»Dann heißt das, dass der Mörder keine hinterlassen hat oder dass er unter den zugeordneten Personen zu suchen ist.«

»Du denkst doch hoffentlich nicht wieder an Sabine, Mandy?«, schreckte Thomas auf.

»Ich denke an überhaupt niemanden konkret. Ich versuche nur, die Situation neutral zu analysieren. Wir haben noch gar nicht geprüft, ob es zwischen den Chormitgliedern und Adrian Reber eine Verbindung gibt.«

»Das können wir gerne machen, aber vorher erzähle ich dir, was wir gestern in Gera noch herausg'funden haben. Maik Lange hatte in seiner stickigen Bude eine Mappe, die er bei seinem Einbruch in die Wohnung von Adrian Reber mitgehen ließ. Reber interessierte sich offensichtlich für die Figuren über dem Taufbecken der Tanner St.-Peter-und-Paul-Kirche. Anscheinend bewegte ihn nicht nur der spirituelle und künstlerische Wert der Figuren, sondern auch ihr materieller. Wie du dich bestimmt erinnern kannst, hat sie der Kunsthistoriker Fuchs diesem Bildhauer Ignaz Günther zugeschrieben. Er sprach von einem sechsstelligen Betrag.«

»Das könnte heißen, Reber war vielleicht doch in faule Geschäfte verwickelt«, kombinierte Mandy.

»Darauf deutet einiges hin. Das wäre die eine Möglichkeit. Dann könnt es ein Mord im Milieu des illegalen

Kunsthandels gewesen sein. Aber wir sind bei unseren Recherchen auf keinen möglichen Komplizen von Reber gestoßen, oder?«

»Nicht dass ich wüsste. Und was wäre die zweite Möglichkeit?«

»Dass Reber bei uns in Niederbayern auf geraubte oder gefälschte Objekte gestoßen ist und er den Schwindel auffliegen lassen wollte.«

»Und das wollte jemand verhindern.«

»Ganz genau. Diese Theorie halt ich für wahrscheinlicher. Ich glaub nämlich ned, dass der Reber kriminell war.«

»Bevor wir weitere Theorien aufstellen, sollten wir uns stärken«, schlug Mandy vor und schälte sich aus dem Bett. »Ich geh schon mal ins Bad.«

Thomas war wie fast immer für das Frühstück zuständig. Es war noch ruhig in seinem Sacherl, da die Gäste noch schliefen. In diesen Morgenstunden fühlte er sich, im Gegensatz zu den Abendstunden, als Herr in seinem Haus.

»Ich geh davon aus, dass Ralf und Stella uns nicht beim Frühstück beehren werden«, sagte Thomas mit sarkastischem Unterton, als Mandy in die Stube eintrat.

»Bestimmt nicht. Stella hat gestern die Liebe zum Kösslarner Weißbier entdeckt. Ich glaube, die hat vier Flaschen getrunken.«

»Vier Weißbier?«, fragte Thomas kopfschüttelnd nach.

»Ja, und dann ist sie immer lustiger geworden und hat erzählt und erzählt.«

»Bin ich froh, dass ich gestern Abend ned dahoam war! Mandy, ich wär ganz gerne wieder alleine mit dir«, begann Thomas ernst.

»Ich weiß. Aber ich kann meinen Vater nicht nach Hause komplimentieren. Das wirst du doch verstehen.«

»Haben sie denn noch keine Andeutung g'macht, wann sie heimfahren wollen?«, fragte Thomas. Er schlürfte aus der Kaffeetasse, den Blick erwartungsvoll auf Mandy gerichtet.

»Nein, bisher leider nicht. Wir müssen jetzt geduldig sein und das Beste aus der Situation machen. Ich sehne mich auch längst nach trauten Abenden mit dir, da bist du beileibe nicht der Einzige. Du wirst sehen, demnächst reisen sie bestimmt ab.«

»Dein Wort in Gottes Ohr«, entgegnete Thomas.

»Du, ich habe mir über deine Theorie von vorhin Gedanken gemacht. Ich finde, wir sollten diese Spur verfolgen«, sagte Mandy, um endlich von diesem leidigen Thema abzulenken.

»Welche Theorie meinst du?«

»Dass Reber auf dubiose Machenschaften in der Kirche gestoßen ist und diese aufdecken wollte. Aber zuerst müssen wir der Sache auf den Grund gehen. Ich hätte da schon eine Idee.«

»Und die wäre?«

»Du hast doch die Nummer von Fuchs. Der soll sich diese ominöse Taufgruppe noch einmal genauer anschauen.«

NEUNUNDDREISSIG

Als Treffpunkt hatte Thomas mit dem Kunsthistoriker Friedrich Fuchs den Wallfahrtsbrunnen am Tanner Marktplatz in der Nähe des Gasthofs Grainerbräu vereinbart. Thomas und Mandy waren pünktlich um 10 Uhr vor Ort und sahen zu, wie sich das große Schaufelrad im Brunnenbecken drehte, wodurch sich die vielfigurige bronzene Wallfahrtsprozession am oberen Ende der Stele im Kreis bewegte.

Sie mussten nur wenige Minuten warten, bis Friedrich Fuchs seinen Suzuki Jimny direkt neben ihnen parkte. Er stieg sofort aus und kam auf die beiden Kripobeamten zu, die ebenfalls ihr Fahrzeug verlassen hatten. »Entschuldigen Sie die Verspätung, aber ich wurde noch aufgehalten«, sagte der Kunsthistoriker und reichte den beiden die Hand zum Gruß.

»Kein Problem, Herr Fuchs. Wir freuen uns, dass Sie so spontan kommen konnten«, entgegnete Thomas.

»Am Samstagvormittag bin ich meistens zu Hause, und außerdem wohne ich in Rotthalmünster, das ist nicht weit entfernt von Tann. Wenn ich Sie bei der Aufklärung des Mordes an meinem Kollegen unterstützen kann, mach ich das gerne.«

»Des freut uns. Wie schon am Telefon g'sagt, haben wir Grund zur Annahme, dass Adrian Reber einem Kunstraub auf die Schliche gekommen ist. Wir bitten Sie als Experten, die wertvolle Taufgruppe in Augenschein zu nehmen. Wenn Sie zu dem Ergebnis kommen, dass die Figuren in irgendeiner Weise manipuliert worden sind, könnt uns das in den Ermittlungen ein gutes Stück voranbringen.«

»Ich gebe mein Bestes. Allerdings ist es nicht immer leicht, Fälschungen ohne genaue Befunduntersuchungen zu erkennen. Oftmals gibt erst eine chemische Analyse Aufschluss darüber, ob ein Kunstwerk original oder nachgemacht ist. Geschickte Fälscher haben heutzutage eine Fülle von Verfahrensweisen zur Verfügung, um eine Kopie antik und täuschend echt aussehen zu lassen.«

»Versuchen Sie es, Herr Fuchs«, warf Mandy ein. »Im Moment drehen wir uns mit den Nachforschungen im Kreis wie die Wallfahrtsprozession dort oben auf dem Brunnen. Vielleicht haben wir ja Glück.«

Der Diözesanmitarbeiter kehrte zu seinem kleinen Geländewagen zurück und entnahm diesem eine schwarze Ledertasche mit Arbeitsutensilien. Gemeinsam machten sich die drei auf den Weg über die Kirchengasse hinauf zu St. Peter und Paul.

Als Mandy sich kurz vor dem Kirchenportal umdrehte, sah sie gegenüber am Hang, hoch hinter dem Marktplatz, die drei Kreuze Golgathas stehen. Aus der Entfernung wirkte die Szenerie erschreckend echt, als habe man in Tann die Nachfolge Christi etwas zu wörtlich genommen. Mit einem befremdlichen Gefühl folgte die Thüringerin Thomas und Friedrich Fuchs in die Kirche.

Der Kunsthistoriker stellte seine Tasche neben dem Taufbecken ab und holte daraus eine Lupe mit Leuchtfunktion und dünne Metallgeräte hervor, die einem Zahnarztbesteck ähnlich sahen. Dann widmete er sich mit großer Konzentration den kleinen Details der Taufgruppe. Die beiden Kommissare sahen zu, wie er sich insbesondere für die Rückseite Johannes des Täufers interessierte und an verschiedenen Stellen mit seinen Gerätschaften vorsichtig schabte und ritzte. Starke Verrenkungen des Kunstexperten waren nötig, um in den Faltentälern und Körperhöhlungen der Figuren nach verräterischen Indizien zu fahnden.

Friedrich Fuchs richtete sich auf. Ein letztes Mal ließ er den Blick über die biblische Szene am Jordan gleiten. Daraufhin wandte er sich den beiden Ermittlern zu. »Ohne Zweifel eine Fälschung. Nicht einmal eine sehr gute. Die Formgebung, das muss man anerkennen, stimmt exakt überein. Das heißt, vom Original wurde vermutlich ein Silikonabzug genommen, danach wurden die Figuren in Holzmasse nachgegossen. Der Fälscher hat anschließend versucht, das Inkarnat, also die Farbfassung der Figuren, so getreu wie möglich wiederzugeben. Aber gerade auf die wenig sichtbaren Partien am Rücken von Jesus und Johannes hat er keine große Energie verwendet und ist deutlich nachlässiger vorgegangen. Sie können sich gerne selbst überzeugen.« Er wollte die erleuchtete Lupe an den neben ihm stehenden Thomas weiterreichen.

»Ihr fachmännisches Urteil reicht mir«, wehrte der Polizist ab, denn er war sich sicher, dass er auch bei noch so genauer Betrachtung keine Auffälligkeiten erkennen würde. Für ihn sahen alle diese Skulpturen vollkommen gleich aus. »Wenn Sie es mit G'wissheit bezeugen können.«

»Absolut und zweifelsfrei. Die Taufgruppe wurde nicht zur Barockzeit geschnitzt, sondern vor Kurzem gegossen. Ein bisschen früher und wir hätten der Farbe beim Trocknen zusehen können.«

»Wer kommt für eine solche Fälschungsarbeit infrage?«, wollte Mandy wissen.

»Im Grunde jeder gut geschulte Restaurator. Anders verhält es sich meines Erachtens bei der Frage nach dem Wie. Es kann ja nicht jeder einfach in die Kirche gehen und einen Abguss vornehmen. Wer hatte dazu die Gelegenheit? Nur jemand mit einer entsprechend ausgerüsteten Werkstatt. Das bedeutet, die Originalfiguren von Ignaz Günther müssen bewegt worden sein, vom Taufbecken auf den Werkstatttisch und wieder zurück. Und zwar mehrmals und so lange, bis die Fälschung für den Laien nicht mehr zu erkennen war und das Original ersetzen konnte. Die etwa 40 Zentimeter großen Figuren lassen sich zwar von einer Person tragen, man braucht dazu keinen Hebekran. Aber es müsste dennoch aufgefallen sein, weil sie, wie gesagt, mit Sicherheit öfter in die Werkstatt gebracht werden mussten.«

»Sie meinen, der Fälscher hat mit einem Ortskundigen zusammengearbeitet?«

»Es ist kaum vorstellbar, wie es anders hätte gehen können. Die Taufgruppe kann nicht unbemerkt für ein paar Tage oder Wochen verschwinden und dann wieder auftauchen. Das muss jemand organisieren, der die Gepflogenheiten vor Ort genauestens kennt.«

»Und den Schlüssel zur Kirche besitzt«, ergänzte Mandy im selben Atemzug.

»Das ist sicher von großem Vorteil, wenn nicht gar die Voraussetzung«, bestätigte Friedrich Fuchs.

»Sind diese Holzfiguren überhaupt verkäuflich?« Für Thomas ergaben solche Kunstwerke nur im kirchlichen Rahmen Sinn. Er konnte sich nicht vorstellen, so etwas bei sich zu Hause ins Regal zu stellen.

Der Kunsthistoriker schmunzelte. »Ignaz Günther ist der bayerische Bernini der Rokokozeit. 100.000 Euro dürften nicht reichen, wenn Sie so ein Werk auf einer Versteigerung erwerben wollen.«

»Wenn die Figuren im Kunsthandel auftauchen, würde der Raub doch sofort auffliegen«, gab Mandy zu bedenken.

»Da liegen Sie richtig. Aber ein Werk von Ignaz Günther lässt sich immer verkaufen, wenn auch nicht vor aller Welt, sondern auf dem Schwarzmarkt. Deshalb ist es jetzt unabdingbar, dass Sie sofort alle Hebel in Bewegung setzen, damit die Taufgruppe aufgefunden wird, bevor sie unwiederbringlich in dunklen Kanälen verschwindet. Ich werde umgehend meine Dienststelle der Diözese Passau über den Diebstahl informieren.«

»Herr Fuchs, bitte warten Sie damit noch etwas«, forderte Mandy. »Wir haben einen Mordfall aufzuklären. Wir kennen jetzt das vermutliche Motiv, aber noch nicht alle Zusammenhänge. Geben Sie uns etwas Zeit, damit wir diese Erkenntnis, die wir mit Ihrer Hilfe erzielt haben, nutzen können. Ich denke, wir sind der Lösung des Falles sehr nahe gekommen.«

»Wenn Sie meinen. Allerdings kann ich den Raub einer so wertvollen Figurengruppe dem bischöflichen Ordinariat nicht lange verheimlichen.«

Der Kunstexperte verstaute seine Utensilien in der Ledertasche, und alle drei verließen das Kirchengebäude über das Hauptportal. Thomas vergewisserte sich, soweit dies möglich war, dass niemand von der Aktion Notiz genommen hatte. Den Pfarrhof, an dem sie die Kirchengasse hinab zwangsläufig vorbeimussten, behielt er besonders im Auge.

Am Marktplatz angekommen, verabschiedeten sich die Kommissare vom Diözesanmitarbeiter mit der erneuten Bitte um einstweiliges Stillschweigen.

»Wenn die Figurengruppe mehrmals für die Nachbildung zu einem Kunstfälscher gebracht worden ist, kann das nur nachts erfolgt sein oder an Tagen, an denen die Kirche für die Gläubigen geschlossen ist.« Mandy saß auf dem Beifahrersitz des Polizeiwagens und hatte das linke Bein hochgezogen wie bei einem Schneidersitz und sich Thomas zugedreht.

Dieser lehnte über dem Steuer und stierte in die Weite, ob konzentriert oder gedankenverloren, war nicht eindeutig ersichtlich.

»Der Schlüssel zur Kirche ist auch der Schlüssel zu unserem Mordfall«, sagte Mandy. »Der Kunsträuber musste ungehinderten Zugang zu den Figuren gehabt haben. Als Adrian Reber den Schwindel entdeckte, war dies sein Todesurteil. Welche Personen besitzen einen Kirchenschlüssel? Doch nur der Pfarrer, die Kirchenpflegerin und der Mesner. Wenn wir den dreien in Aussicht stellen, dass wir die Taufgruppe offiziell untersuchen lassen, muss einer von ihnen sehr nervös werden.«

»Und wenn eine weitere Person sich einen Nachschlüssel b'sorgt hat?« Da Thomas seine Position nicht veränderte, war unklar, ob die Frage Mandy oder ihm selbst galt.

»Dieses Risiko müssen wir eingehen. Wir haben nichts zu verlieren, aber viel zu gewinnen.« Mandy klatschte kurz in die Hände. »Komm schon, wir schnappen ihn uns!«

Thomas beließ die Arme auf dem Lenkrad, drehte jedoch seinen Kopf zu Mandy. Das war die Frau, die mit seinem Kind schwanger war. Ihre Augen glühten vor Eifer. Seine Gefühle überwältigten ihn. In diesem Moment liebte er sie wie niemals zuvor. Und er konnte sich nicht vorstellen, dass es je anders sein würde.

VIERZIG

»Vielen Dank dafür, dass Sie so kurzfristig kommen konnten«, begrüßte Thomas Pfarrer Alois Grundner, Mesner
Josef Lederer und Kirchenpflegerin Maria Beck am Sams-
tagmittag im Tanner Pfarrbüro. Hochwürden Grundner
hatte seine Räumlichkeiten für diese außerordentliche
Besprechung zur Verfügung gestellt, obwohl ihm die beiden Beamten den Grund der Zusammenkunft im Vorfeld
nicht preisgegeben hatten.

»Um was geht's denn?«, fragte Pfarrer Grundner ungeduldig.

»Das werden wir Ihnen gleich erläutern«, antwortete
Mandy und bat die Herrschaften, am Tisch Platz zu nehmen.

»Wir haben keine guten Nachrichten«, begann Thomas.

Mandy beobachtete die Gesichtsausdrücke der drei ganz
genau, doch bis jetzt war kein Unterschied im Mienenspiel
der Kirchenleute zu erkennen. Sie fuhr fort: »Wir haben
Grund zur Annahme, dass ein Kunstfälscher in Ihrer Kirche sein Unwesen getrieben hat.«

»Was, in unserer Kircha?«, entfuhr es dem Mesner.

»Das glaub ich ned!«, kommentierte die Kirchenpflegerin.

»Um Himmels willen, was passiert denn noch alles in
meiner Kirche? Schon wieder schlechte Nachrichten aus
meiner Pfarrei«, klagte der Geistliche, der sich anscheinend gedanklich bereits auf das nächste Gespräch mit seinem Bischof vorbereitete.

Die drei saßen mit steinernen Mienen ratlos auf ihren Stühlen.

Maria Beck meldete sich zu Wort: »Aber wir haben doch gestern zusammen mit dem neuen Kunsthistoriker festg'stellt, dass alles passt in der Kirch.«

»Wir haben festg'stellt, dass nichts g'stohlen worden ist. Aber eine Echtheitsprüfung hat der Herr Fuchs gestern bei keinem Kunstgegenstand g'macht. In der Wohnung von Herrn Reber haben wir Indizien gefunden, die vermuten lassen, dass einzelne Kunstgegenstände kopiert und ausgetauscht worden sind«, führte Thomas weiter aus. Dass die Mappe in Maik Langes und nicht in Adrian Rebers Wohnung aufgetaucht war, musste er den dreien nicht auf die Nase binden. Bewusst verzichtete er auch darauf, die kopierten Gegenstände zu benennen.

»Ich hab doch immer schon g'sagt, dass wir besser aufpassen müssen auf unser Sach«, polterte Josef Lederer.

»Das haben wir bereits diskutiert. Unsere bescheidenen finanziellen Mittel und die möglichen Fehlalarme haben bisher dagegengesprochen«, bemerkte die Kirchenpflegerin.

»Mein Gott, hätten wir's bloß g'macht. Jetzt ist es zu spät, und wir haben die Polizei in unserm Gotteshaus«, lamentierte der Pfarrer. Unwillkürlich bekreuzigte er sich. »Wissen Sie, um welche Gegenstände es sich handelt, die gefälscht worden sein sollen?«

»Nein, das wissen wir noch nicht. Aber wir haben den Kunsthistoriker Friedrich Fuchs heute für 17 Uhr herbestellt. Er wird die wertvollen Kunstwerke näher untersuchen und bestimmt herausfinden, was gefälscht wurde«, antwortete Mandy.

»Deshalb würden wir Sie bitten, zu diesem Termin

dazuzukommen, damit Sie es aus erster Hand erfahren. Haben Sie heute um 17 Uhr Zeit?«, fuhr Thomas fort.

»Ja, freili hab ich Zeit«, äußerte sich der Mesner.

»Ich komm natürlich auch«, kündigte die Kirchenpflegerin an.

»Selbstverständlich werde ich anwesend sein. Aber was hat dieser Kirchenfrevel mit dem Mord an Herrn Reber zu tun?«

Auf diese Frage hatte das Pfarrkirchner Ermittlerpaar gewartet. Nun konnten sie den Köder auslegen. »Was wir Ihnen jetzt sagen, fällt unter den Mantel der Verschwiegenheit. Eigentlich dürften wir Sie über unsere Erkenntnisse gar nicht informieren. Ich denke jedoch, wir können Ihnen vertrauen, oder?«, fragte Mandy scheinheilig.

»Natürlich!«, behauptete der Geistliche.

»Freilich. Wir sind verschwiegen wie ein Grab, gell, Maria?«, brachte der Mesner hervor.

»Klar«, bestätigte auch die Kirchenpflegerin.

Thomas nickte ebenfalls und signalisierte seiner Partnerin, dass sie weitermachen sollte.

»Wir vermuten einen direkten Zusammenhang zwischen dem Mord und dem Kunstfrevel. Nach unseren Recherchen ist Herr Reber wahrscheinlich im Rahmen seiner Arbeit auf diese kriminellen Machenschaften gestoßen. Er wollte doch einen Termin bei Ihnen, Herr Pfarrer. Wir gehen davon aus, dass er mit Ihnen über den Kunstfrevel reden wollte. Aber bevor er alles aufdecken konnte, wurde er für immer zum Schweigen gebracht.«

Der Pfarrer nickte nachdenklich und fragte dann nach: »Wenn Sie wissen, welches Objekt gefälscht wurde, haben Sie noch lange nicht den Mörder, oder?«

»Doch«, behauptete Thomas überzeugend. »Die Kunst-
fälscherszene ist, sagen wir mal, ziemlich übersichtlich.
Wenn wir wissen, welcher Gegenstand kopiert wurde,
bekommen unsere Spezialisten in Passau schnell heraus,
wer das Teil g'fälscht hat. Ab diesem Zeitpunkt ist es dann
nur mehr eine Frage der Zeit, bis wir erfahren, wer alles
in die Sache verstrickt und letztendlich für den Mord verantwortlich ist«, übertrieb Thomas. So hatte er es zuvor
mit Mandy abgesprochen.

Das saß. Wenn einer der drei dahintersteckte, würde
er oder sie in den nächsten Stunden keine ruhige Minute
haben.

EINUNDVIERZIG

Thomas und Mandy verließen den Pfarrhof und schlenderten die Kirchgasse entlang auf den Marktplatz zu. Dort stiegen sie in ihr Auto und fuhren los. Ihr Weg führte sie allerdings noch nicht zurück nach Pfarrkirchen. Am Ende des Tanner Zentrums bog Thomas rechts ab in die Dr.-Heuwieser-Straße. Nach wenigen Hundert Metern steuerte er seinen Wagen in die Denharter Straße.

»Und du meinst wirklich, dass die Falle zuschnappen wird?«

»Ich hoffe es, Mandy«, antwortete Thomas.

Er stellte sein Fahrzeug am Straßenrand ab. Beim Aussteigen vergewisserten sich die beiden Beamten, dass sie nicht beobachtet wurden. Anschließend betraten sie den Friedhof und schlichen sich entlang der Wallfahrtskirche zum Hauptportal. Dort waren sie besonders vorsichtig, denn vom Pfarrhof aus hatte man eine freie Sicht zum Portal. Im Innern der Kirche stellten die beiden schnell fest, dass sich niemand darin aufhielt. Ihr Blick richtete sich sogleich auf die Figurengruppe über dem Taufbecken, das auf der Evangelienseite vor dem Chorbogen stand.

»Wir gehen auf die erste Empore. Dort sieht uns keiner«, schlug Thomas vor und zeigte nach oben.

»Eine gute Idee«, bestätigte Mandy flüsternd.

Die erste Empore war in der Tanner Kirche im Gegensatz zur zweiten frei zugänglich. Nachdem sie die knarzende Holztreppe bestiegen hatten, setzten sie sich auf die vorderste Bank.

»Von hier können wir den Altarraum zwar gut beobachten, aber nicht den Eingangsbereich«, bemerkte Mandy.

Wie bei fast allen Kirchen befand sich das Hauptportal in Tann unterhalb der zwei Emporen.

»Das macht nichts. Wir hören ja, wenn jemand die Kirche betritt, und dann sind wir ganz leise«, entgegnete Thomas und legte den Zeigefinger an den Mund.

Mandy schaute auf ihre Armbanduhr. »Jetzt ist es kurz vor 13 Uhr. Im schlimmsten Fall müssen wir noch vier Stunden auf dieser harten Bank sitzen. Ich weiß nicht, ob ich das durchstehe.«

»Ich hoffe, die Falle schnappt schon früher zu.«

»Dein Wort in Gottes Ohr«, erwiderte Mandy mit ironischem Unterton. »Und was machen wir, wenn keiner kommt?«

»Dann müssen wir die Taufgruppe genauer untersuchen lassen und hoffen, dass wir den Fälscher und auch den Auftraggeber ausfindig machen können. In der Zwischenzeit werden wir uns um die Chormitglieder kümmern.«

Mandy verkniff sich, den Namen Sabine Auer nochmals zu erwähnen, denn dann würde sich die Stimmung bei ihrem Partner wieder gehörig verschlechtern, befürchtete sie. Aber vergessen würde sie diese Option nicht.

Nach einer halben Stunde des Wartens auf der harten Holzbank hörte man das Quietschen des Kirchentors. Thomas und Mandy waren schlagartig still. Nach wenigen Augenblicken erspähten sie unter sich eine alte Frau um die 80. Sie ging ehrfürchtig in Richtung des Altars, verbeugte sich vor dem Herrgott von Tann und setzte sich auf die linke vordere Kirchenbank.

Das Pfarrkirchner Ermittlerduo duckte sich hinter der Balustrade und äugte vorsichtig zur Greisin.

»Das wär nicht gut, wenn die lange sitzen bleibt«, flüsterte Thomas seiner Partnerin zu.

Doch nach etwa zehn Minuten der Stille stand die Frau auf, verbeugte sich, so gut sie es noch konnte, und verließ das Gotteshaus.

Mandy wusste bald nicht mehr, wie sie ihren Hintern auf der Holzbank platzieren sollte.

Thomas merkte es und versuchte sie abzulenken und in ein Gespräch zu verwickeln. »Schau dir nur diese Pracht an und diese Vielfalt von Heiligen und Märtyrern. Es ist noch nicht so lange her, da konnte jedes Kind jede einzelne Figur an ihren Attributen identifizieren. Heute erkennen die meisten grad noch die Maria.«

Mandy blickte Thomas skeptisch an. »Das stimmt schon, aber unser Kind wird trotzdem nicht katholisch.«

»So hab ich das ned g'meint. Ich hab mich fast damit abg'funden, dass unser Kind evangelisch wird. Aber wenn du die Religion bestimmen darfst, such ich den Vornamen aus.«

»Wie kommst du denn auf diese Schnapsidee?«, entfuhr es Mandy.

»Ich möchte nur vermeiden, dass unser Kind in Niederbayern mit einem typisch ostdeutschen Vornamen wie Falk oder Maik aufwächst.«

»Soso, das fürchtest du. Dann machen wir das ganz einfach. Wenn es ein Junge wird, bestimmst du den Namen, und bei einem Mädchen leg ich ihn fest. Ich hätte da schon eine Idee«, verkündete Mandy grinsend.

»Und die wäre?«

»Stella fänd ich gut.« Mandy fing laut zu lachen an.

»Untersteh dich«, schimpfte Thomas, der den Scherz seiner Lebensgefährtin nicht so lustig fand.

Mandys Lachen endete abrupt, als ein Geräusch am Seiteneingang der Kirche zu hören war. Jemand sperrte die Tür auf. Die beiden versteckten sich wieder hinter der Balustrade. Vorsichtig lugten Thomas und Mandy in das Kirchenschiff. Sie erkannten Pfarrer Alois Grundner, der in die Mitte des Gotteshauses trat, sich ehrfurchtsvoll hinkniete und sich bekreuzigte.

Jetzt wird es spannend, dachte Thomas.

Der Geistliche schritt zur Epistelseite auf den Sebastiansaltar zu, betrachtete eindringlich das Ölbild des heiligen Aloisius und strich zärtlich mit seiner Hand über den vergoldeten Rahmen. Dann schaute er auf zu dem von Pfeilen durchbohrten Märtyrer. Plötzlich wechselte er quer durch die Betstühle zielstrebig auf die Evangelienseite in Richtung der Taufgruppe.

Mandy hielt den Atem an. Sie getraute sich, ihren Kopf gerade so weit über die Emporenbrüstung hinauszuheben, dass ihre Augen die gefälschten Figuren im Blickfeld hatten. Am liebsten hätte sie Thomas an der Jacke hinuntergezogen, der seinen Kopf viel höher über die Holzwand hinausstreckte. Würde der Priester nur kurz zurückblicken, um sich abzusichern, müsste er ihn unweigerlich bemerken, haderte Mandy.

Der Priester wandte sich jedoch bereits dem benachbarten Marienaltar zu. Seine ganze Aufmerksamkeit galt der heiligen Barbara, die am Altar über einem Volutensockel vor dem Chorbogen aufgestellt war. Grundner näherte sich, so weit es ging, und schien die Skulptur einer genauen Prüfung zu unterziehen. Schließlich wanderte er, den Blick stets auf die verschiedenen Altarfiguren gerichtet, wieder zurück zu den Ausgängen. Ein letztes Mal verweilte er neben dem linken Seitenportal vor der großen Barockstatue des heiligen Erasmus, der sein Gedärm, aufgewickelt auf eine Seilwinde, in der Hand hielt. Daraufhin ging er über die Seitentür aus dem Kirchenschiff hinaus auf den Friedhof.

»Der Pfarrer hat mit der falschen Taufgruppe wohl nichts zu tun«, kombinierte Thomas, nachdem der Geistliche die Kirche wieder verlassen hatte.

»Bleiben der Mesner oder die Kirchenpflegerin. Und wenn es von den beiden auch keiner war, müssen wir von ganz vorne anfangen«, stellte Mandy nüchtern fest.

»Wo bleibt denn deine Geduld? Wir haben noch gut drei Stunden bis um 17 Uhr.«

»So lange halt ich das nicht mehr aus. Ich hoffe, du hast an das Catering gedacht«, scherzte Mandy. Sie spielte auf ihren letzten Geburtstag an, als sie von Helmut während einer Fahrradtour nach Schildthurn vor der dortigen Wallfahrtskirche mit einem Imbiss überrascht worden war.

Thomas war sofort klar, auf was Mandy hinauswollte. »O verdammt, das hab ich vergessen. Ich bin halt doch nicht so perfekt wie unser Freund Helmut«, konterte er.

»Dann musst du an dir arbeiten, mein Lieber. Ich würde mich freuen, wenn du mich wieder mal mit etwas Schönem überraschen würdest«, winkte Mandy mit dem berühmten Zaunpfahl.

»Wenn ich abends keine Ruhe am Sacherl hab, bin ich immer so uninspiriert«, drehte Thomas den Spieß um und spielte auf ihre Gäste an, die keine Anstalten machten, nach Thüringen zurückzukehren.

Nach weiteren zwei Stunden des Wartens schepperte es am Kirchenportal. Die beiden gingen in ihre Beobachterposition. Sie hörten Schritte, dann kehrte erneut Stille im Kirchenschiff ein. Nach einigen Augenblicken waren die Schritte wieder zu vernehmen. Thomas lugte nach unten, konnte aber niemanden sehen. Vom Kirchenportal her kam ein Geräusch, als ob jemand die Tür zugesperrt hätte. Nun wurden die Schritte der Person immer lauter, und der Puls von Mandy und Thomas schnellte in die Höhe.

Also wurde die Tür von innen verschlossen, kombinierte Thomas gedanklich.

Mandy traute sich aus ihrer Deckung und erspähte eine Person, die auf dem Weg in den Altarraum war und eine große Tasche bei sich trug.

Sie stupste ihren Partner an und forderte ihn auf, nach unten zu schauen. Nachdem auch Thomas die Person gesehen hatte, setzten sie sich vorsichtig auf den Boden der Empore und lehnten sich an der Balustrade an.

»Jetzt haben wir ihn«, triumphierte Thomas im Flüsterton.

»Nichts überstürzen, Thomas. Wir dürfen nichts falsch machen«, belehrte Mandy ihn so leise, wie es nur ging.

»Er darf uns aber auch nicht entwischen«, konterte Thomas und wollte aufstehen, um sich nach unten zu schleichen.

Da vernahmen sie wieder Schritte.

Thomas und Mandy stockte der Atem, als sie das Knarzen der Holztreppe vernahmen.

»Der kommt zu uns hoch«, flüsterte Mandy aufgeregt.

Sie blieben regungslos sitzen, bis die Person mit der Tasche unter dem Arm die erste Empore erreichte. Kurz darauf erkannten sie sie.

Bewaffnet ist sie wahrscheinlich nicht, überlegte Thomas. Deshalb ließ er seine Pistole im Halfter stecken und stand auf. »Wo wollen S' denn hin, Frau Beck?«

Auch Mandy richtete sich nun hinter der Kirchenbank auf.

Die Kirchenpflegerin erschrak so heftig, dass sie beinahe die Tasche fallen ließ, aus welcher die Köpfe von Jesus und Johannes dem Täufer herauslugten.

»Ich, ich wollte nur …« Mehr brachte Maria Beck in diesem Moment nicht heraus.

»Die Figuren austauschen, damit Herr Fuchs sie heute Nachmittag nicht als Fälschung identifizieren kann«, ergänzte Mandy.

»Ich nehme an, das ist die Kopie, die Sie hier oben verstecken wollten. Das Original haben Sie gerade an den angestammten Platz zurückgebracht«, präzisierte Thomas.

Die Kirchenpflegerin wurde kreideweiß und fand keine Worte.

Im Gegensatz zu Thomas. »Ich denke, wir haben dringenden Redebedarf. Aber nicht hier in der Kirche. Da ist es bei uns in der Polizeiinspektion viel gemütlicher. Das Corpus Delicti können S' gleich mitnehmen. Das brauchen wir als Beweisstück.«

ZWEIUNDVIERZIG

»Es liegt auf der Hand, Frau Beck, dass Sie Johannes den Täufer und Jesus kopieren haben lassen«, warf Thomas Huber ihr im Vernehmungsraum der Pfarrkirchner Polizeiinspektion vor.

Maria Beck reagierte nicht auf Thomas' Worte und starrte regungslos auf den grau melierten Linoleumboden des öden Raumes.

»Wir haben nicht g'sagt, dass genau diese Figuren gefälscht worden sind. Das konnte nur der Täter wissen«, legte Thomas schroff nach.

Wieder keine Reaktion.

Jetzt schaltete Mandy sich in das Gespräch ein. Sie wollte die Verhörstrategie ändern. »Frau Beck, ich kann Sie gut verstehen. Natürlich haben Sie das Recht zu schweigen, aber das macht Ihre Situation nicht besser. Reden kann durchaus befreiend wirken. Sie können gerne einen Rechtsbeistand hinzuziehen.«

»Ich brauch keinen Rechtsverdreher, mit denen hab ich schlechte Erfahrungen g'macht. Und außerdem kann ich mir keinen leisten«, stammelte Maria Beck.

Mandy hatte es geschafft, die Zunge der Kirchenpflegerin zu lösen. Thomas blickte Mandy anerkennend an.

»Und weil Sie in Geldnöten sind, haben Sie die Taufgruppe gestohlen, oder?«, fuhr Mandy ruhig fort.

»Ich hab vor G'richt gegen unsere Krankenkasse verloren. Die wollten die Delphin-Therapie für meinen Mann ned zahlen«, beschwerte sich Frau Beck. Ihr stand eine erste Träne in den Augen.

Mandy hatte Mitleid mit der Verdächtigen, nachdem sie die Beweggründe der Kirchenpflegerin erfahren hatte. Deshalb führte sie das Gespräch so einfühlsam wie möglich fort. »Würde eine solche Therapie Ihrem Mann helfen?«

»Ganz bestimmt. Die Ärzte haben uns da Hoffnung g'macht. Aber die Therapie gibt's nur in den USA und ist ziemlich teuer. Und diese Deppen von der Krankenkasse wollen des natürlich ned zahlen. Das hab ich mir ned g'fallen lassen und bin vors G'richt 'gangen. Mei Rechtsanwalt hat mir g'sagt, dass wir g'winnen werden. Am Schluss haben wir verloren, und dann hat er mir eine teure Rechnung g'schickt, der g'scheide Rechtsverdreher«, klagte Beck verbittert.

»Das hat Ihre finanzielle Situation noch verschlechtert?«

»Ich konnt doch ned zuschauen, wie mei Mann so dahinvegetiert. Die Therapie in Amerika wollt ich ihm unbedingt ermöglichen, des hätt ihm bestimmt g'holfen. In meiner Steuerkanzlei läuft's nimmer so gut, und meine Reserven sind auf'braucht.«

»Und dann sind Sie auf die Idee mit den Kunstwerken in der Kirche gekommen.« Mandy nahm der Kirchenpflegerin die Antwort ab.

Thomas hörte interessiert zu und war begeistert, wie seine Partnerin die anfangs verschlossene Maria Beck aus der Reserve lockte.

»Ich hab meinem Mann immer g'sagt: ›Wirst sehen, der Jesus und der Johannes helfen uns.‹ In zwei Monaten hätten wir in Florida in Key Largo einen Termin g'habt. Die Therapie hätt bei meinem Mann bestimmt ein Wunder vollbracht, und der Kirch hätt des ned weh'tan.«

»Frau Beck, mit wem haben Sie die Kunstfälschung geplant und durchgeführt?« Mandy ahnte, dass sie in diesem Punkt auf die Kooperation und Aussagebereitschaft der Kirchenpflegerin angewiesen waren. Falls Maria Beck sich hier sperrte, würde es schwer werden, denjenigen dingfest zu machen, der mit der Nachbildung den Kunstraub erst ermöglicht hatte.

»Na, so war das ned. Hören S' auf mit dem Schmarrn! Der Robert Rappeneder ist kein Fälscher! Er hat mir die Kopie g'macht, weil ich ihm gesagt hab, wir müssten das Original von Ignaz Günther vom Taufbecken wegnehmen, weil wir keinen Alarm haben und die Gefahr von Diebstahl zu groß ist. Ich hab ihm erzählt, es gäb einen Beschluss von der Kirchenverwaltung. Und als einer der besten Restauratoren der Diözese Passau hat er mir eine erstklassige Nachbildung hing'stellt. Aber der Robert hat ned g'wusst, was ich vorhab. Machen S' da um Gott's will'n keinen Fehler!«

»Wir nehmen das zur Kenntnis, Frau Beck«, entgegnete Mandy ruhig, »aber wir müssen das selbstverständlich konsequent überprüfen.« Dann setzte sie zum nächsten Schritt an. »Alles lief gut, bis Adrian Reber kam und die Figuren als Fälschung erkannte«, schlussfolgerte Mandy.

»Jahrzehnte hat's neamd interessiert, was in der Kirch drinsteht, und genau in dem Moment muss jemand kemma und eine Inventur machen. Blöder hätt's ned sein können!« Ein tiefer Seufzer entwand sich der Kirchenpflegerin und schüttelte ihren Oberkörper durch. Ganz offensichtlich fehlte ihr die Abgebrühtheit einer Schwerkriminellen oder Wiederholungstäterin.

»Für mich stellt sich die Frage, Frau Beck«, warf Thomas ein, »warum S' die zwei Skulpturen ned vor der Inventarisierung wieder aus'tauscht haben. Sie hatten das Original ja noch bei sich zu Hause.«

»Nein, die Taufgruppe hab ich bereits verkauft g'habt, und des kann man ned so einfach rückgängig machen. Außerdem hätt ich nie im Leben 'dacht, dass der Adrian die Fälschung erkennt. Die ist so perfekt g'macht, dass ich schon Schwierigkeiten g'habt hab, die beiden auseinanderzuhalten. Der Adrian hat mich außerdem drauf hing'wiesen, dass er für jeden Gegenstand nur ein paar Minuten hat, weil das ganze Inventar in zwei Wochen fertig sein sollt. Ich hab 'glaubt, ich flieg eher auf, wenn ich in einer Nachtaktion die echten Figuren wieder aufstell, vorausg'setzt, ich hätt sie zurückbekommen. Ich kann mir bis heut nicht erklären, wie der Adrian die Fälschung so schnell erkannt hat.«

»Aber jetzt haben Sie's offensichtlich geschafft, das Original zu besorgen«, schlussfolgerte Thomas.

»Ich hab dem Käufer erklärt, dass wir beide auffliegen, wenn die Figuren als Fälschung erkannt werden. Er hat sie mir gerade eben mitgegeben ...«

»Dann wohnt der Käufer also gar ned weit weg? Sonst hätten Sie das Original ned so schnell beschaffen können.«

Beck senkte den Kopf, ging auf die Frage jedoch nicht ein. »Wieso hat der Adrian die Fälschung bloß erkannt? Das war alles so perfekt! Niemand hätt irgendein Problem g'habt, niemand!«

»Und aus diesem Frust heraus haben S' ihn ermordet?« Thomas wollte die Vernehmung zu einem raschen Ende bringen.

Mandy warf ihrem ungeduldigen Partner einen bösen Blick zu, doch dieser registrierte den nonverbalen Tadel nicht und legte sofort nach.

»Soll ich Ihnen sagen, wie es g'wesen ist?«

Becks Blick war wieder nach unten gerichtet und sie verstummte.

Nicht so Thomas, der zum Leidwesen von Mandy mit lauter Stimme auf die Kirchenpflegerin einredete. »Der Reber wollt zum Pfarrer oder zum Bistum gehen, was weiß ich, und Ihre Machenschaften aufdecken. Und als Sie am Samstag in der Nacht die Orgel g'hört haben, haben Sie sofort g'wusst, dass der Reber in der Kirch ist. Sie sind rüber und haben ihn ermordet.«

Mandy verdrehte die Augen. Ihr war klar, dass Thomas' brachiale Verhörmethode nicht zielführend war. Im Gegenteil. Im Prinzip hatten sie keine klaren Beweise, deshalb war ein Geständnis zur eindeutigen Aufklärung des Falles unbedingt notwendig. »Wahrscheinlich wollten Sie ihn gar nicht umbringen«, warf Mandy beschwichtigend ein.

Sowohl Thomas als auch Frau Beck blickten sie irritiert an.

»Ich vermute, Sie haben sich in der Tatnacht mit ihm gestritten, es kam zum Handgemenge und dann ist er gestürzt. Das war ganz sicher kein geplanter Mord, eventuell ein minder schwerer Fall des Totschlags. Das alles wird das Gericht bei der Urteilsfindung berücksichtigen. Und wenn Sie jetzt ein Geständnis ablegen, wirkt sich das ebenfalls mildernd auf das Urteil aus«, erklärte Mandy, wohl wissend, dass sie keine Richterin, sondern lediglich Kriminalbeamtin war und die Schwere der Schuld vor Gericht gar nicht beurteilen konnte und durfte.

Maria Beck saß da wie ein Häufchen Elend. Sogar Thomas spürte jetzt einen Anflug von Mitleid für die arg gebeutelte Kirchenpflegerin. Nach ein paar Sekunden brachen die Dämme.

»Wie ich die Orgel g'hört hab, war mir klar, dass der Adrian in der Kirch ist. Ich hab mir 'dacht, des wär eine günstige Gelegenheit, um noch mal mit ihm zu reden, damit er nicht zum Pfarrer geht. Ich hab ihn ang'fleht und ihm erklärt, dass ich mich nicht bereichern, sondern nur meinem kranken Mann helfen will«, schluchzte die Kirchenpflegerin mit Tränen in den Augen.

»Wie hat er reagiert?«

»Stur ist er 'blieben. Er hat mir g'sagt, dass er das ned bringen kann. Er wär in Erfurt schon zu Unrecht bei einem Kunstdiebstahl verdächtigt worden. Das hat ihn da oben den Job 'kost, und wenn er des jetzt vertuscht, kriegt er überhaupt koa Arbeit mehr als Kunsthistoriker. Er hat mir g'sagt, wenn i ned die nächsten drei Tag zum Pfarrer geh, dann macht er des. Da hab ich ihn falsch eing'schätzt.«

»Wie meinen S' das?«

»Wie ich g'hört hab, dass die Kirch inventarisiert wird, ist mir ganz schlecht 'worden. Als ich aber erfahren hab, dass der Adrian des macht, hat mich das beruhigt. Schließlich habe ich mich beim Pfarrer für ihn eingesetzt. Ich hab mir 'dacht, mit dem Adrian kann man reden. Wir haben uns früher gut verstanden. Als er den Schwindel g'merkt hat, hab ich immer noch 'dacht, ich kann ihn umstimmen. Das wär doch die nächsten 100 Jahr niemand aufg'fallen, dass die Taufgruppe nicht des Original ist.«

»Da haben S' Eana 'täuscht!«

»Das woaß ich jetzt aa.«

»Wie ist es passiert?«

»Ich hab ihn bedrängt, wir standen nah an der Brüstung, dann hab ich die Nerven verloren.«

»Und ihn über die Balustrade g'stoßen«, ergänzte Thomas.

»Ich wollt des ned, ich wollt des wirklich ned«, jammerte Maria Beck mit zitternder Stimme.

»Wir glauben Ihnen das. Aber trotzdem müssen wir Sie jetzt festnehmen«, bestimmte Mandy.

Thomas begleitete Frau Beck in eine Zelle, während Mandy in ihr Büro ging. Noch nie hatte sie so viel Mitleid bei der Festnahme einer Mörderin oder einem Mörder gespürt wie bei Maria Beck. Das Schicksal ihres Mannes hatte sie sehr berührt. Sie erinnerte sich an Becks Worte: »Die Therapie hätt bestimmt ein Wunder vollbracht, und der Kirch hätt es ned weh'tan.« Wahrscheinlich hatte sie recht, sinnierte Mandy.

»Das war ganz großes Kino, Mandy«, lobte Thomas seine Partnerin, als er ins Büro zurückkehrte.

»Was meinst du?«, fragte die in Gedanken versunkene Mandy.

»Das war die hohe Schule der Kriminalpsychologie, Respekt!«

»Danke, mein Lieber. Man tut was man kann«, entgegnete Mandy grinsend und stolz zugleich.

»Könntest du deine hervorragenden psychologischen Fähigkeiten auch bei deinem Vater anwenden?«

DREIUNDVIERZIG

Montag

Als Mandy und Thomas am Montagmorgen das Büro des Polizeioberrats für die anberaumte Besprechung betraten, waren mehr Stühle als üblich aufgestellt. Neben den Kollegen von der Spurensicherung hatten sich auch Streifendienstler eingefunden, die sonst nicht an Besprechungen teilnahmen. Kiermeier selbst fehlte noch.

Die beiden Kommissare setzten sich auf zwei nebeneinanderliegende freie Plätze. War es Zufall oder galten sie ab jetzt in der Polizeiinspektion als Ermittlerehepaar, auf das entsprechend Rücksicht genommen wurde? Dieser Gedanke hatte für Thomas einen verdammt bitteren Beigeschmack.

Die allgemeine Stimmung dagegen war locker, fast ausgelassen, wie bei einem Schulausflug. Der Mord war aufgeklärt, die Gefahr von Extraschichten und Überstunden bis auf Weiteres gebannt, und die grassierende Nervosität im Zusammenhang mit Karl Auer hatte sich in Wohlgefallen aufgelöst. Kaum war der Name des arg gebeutelten Polizeihauptmeisters im Stimmengewirr immer öfter zu hören, kam dieser unvermittelt durch die Tür, als wäre sein Auftritt von einem Choreografen genau so inszeniert worden. In das spontane Klatschen eines einzelnen Polizisten fielen immer mehr Kollegen ein, bis ein richtiger Beifallssturm losbrach, der ihnen allen aus der Seele sprach und zugleich am besten zum

Ausdruck brachte, was viel schwieriger in Worte zu fassen gewesen wäre.

Karl Auer war dieser Ausbruch an Mitgefühl und Beistand ziemlich peinlich, und mit beschwichtigenden Gesten suchte er einen Platz in den hinteren Reihen. Das gelang ihm allerdings nicht, da Stefan Wegerer von seinem Stuhl aufstand und Karl Auer seinen Platz mit Nachdruck zuwies.

Thomas, an dessen Seite Karl auf diese Weise zu sitzen kam, legte die Hand auf den Oberschenkel des Kollegen und drückte freundschaftlich zu. Auch hier bedurfte es keiner weiteren Worte.

Endlich kam auch Kiermeier, und sofort kehrte Ruhe ein. Zu aller Überraschung war er in Begleitung seiner Sekretärin Hilde Bernauer, die einen großen dampfenden Topf in ihren Händen trug und einen strohgeflochtenen Untersetzer in die Armbeuge geklemmt hatte. Sie stellte das heiße Gefäß auf den ovalen Konferenztisch und beeilte sich, weiteres Küchenmaterial herbeizuholen, bis schließlich genügend Teller, Besteck, mehrere Körbe Brezeln und ein Kasten alkoholfreies Weißbier – hier war erneut Beifall aufgeflammt – den Weg aus der Küche gefunden hatten.

»Meine Damen, meine Herren, in diesem Pott schwimmen mindestens drei Weißwürste für jeden von Ihnen«, begann der Polizeioberrat und breitete dabei feierlich die Arme aus wie weiland Vico Torriani, wenn er seine Edelschnulze, die »Capri-Fischer«, anstimmte. »Halten Sie sich also ran, auch wenn das Frühstück noch nachwirkt. Aber bevor wir in die Vollen gehen, möchte ich Ihnen allen meinen Dank aussprechen. Sie haben einen komplizierten Mordfall und Kunstraub aufgeklärt, bei dem sich andernorts Sonderkommissionen mit 30 Leuten die

Zähne ausbeißen. Das spricht für uns und unsere Inspektion. Die Polizeiarbeit ist wie ein Räderwerk, bei dem alle Teile ineinandergreifen müssen. Wenn wichtige Ermittlungsergebnisse zu spät weitergegeben werden oder ganz unter den Tisch fallen, wenn investigative Maßnahmen nicht ergriffen werden, weil sie unangenehm sind, wenn wir bestimmte Richtungen der Ermittlungen außer Acht lassen, weil uns diese Richtung nicht passt, dann, meine Herren, dann sind wir auf dem Holzweg, der selten zielführend ist.«

Thomas war klar, dass hier das Bewegungsprofil von Karl Auers Handy kunstvoll zum Thema gemacht wurde, ohne den konkreten Sachverhalt zu erwähnen.

»Wenn es für die Polizei eine Allegorie gäbe wie die Justitia für die Gerechtigkeit, die eine Waage in der Hand hält und beide Augen verbunden hat, denn die Gerechtigkeit muss blind sein und muss ihre Urteile ohne Ansehen aussprechen …« Die Kunstpause Kiermeiers, bei der er eindringlich von einem zum anderen blickte, fiel so lange aus, dass manche bereits glaubten, er hätte den Faden verloren. Doch er nahm den Beginn des langen Satzes gekonnt wieder auf: »Wenn wir also für die Polizei ein gleiches Sinnbild entwerfen wollten, dann müsste dieses ebenfalls blind sein. Blind, weil wir ohne Ansehen des Standes, der Person oder ihrer Nähe zu uns recherchieren und aufdecken müssen. Das zwingt uns zu Entscheidungen, die unangenehm sind, um die wir aber nicht herumkommen, wenn wir objektiv und letztlich erfolgreich sein wollen. Aber jetzt greifen Sie zu, bevor die guten Weißwürste, die ich Ihnen heute zur Feier des Tages spendiert habe, noch kalt werden!«

Er zog den Deckel vom Topf und schöpfte mit dem Schaumlöffel drei Weißwürste heraus. Den übervollen

Teller stellte er Karl Auer hin und setzte seine Ausführungen nun in halbamtlicher Weise fort. Sie sollten privat gemeint sein, aber von allen gehört werden.

»Herr Auer, ich denke, Sie haben verstanden, worauf ich hinauswollte.« Kiermeier beugte sich über ihn und legte dem irritierten Polizeihauptmeister die Hand auf die Schulter. »Ich war immer im höchsten Maße von Ihrer Unschuld überzeugt. Alles andere wäre lächerlich. Aber als Vorgesetzter muss man auch gegen seine Überzeugung handeln, wenn die Sachlage es erfordert.« Dazu machte er eine Geste, die das Verbinden der Augen darstellen sollte, ihm jedoch nicht besonders glückte und absurd wirkte. »Lassen Sie es sich schmecken und gehen Sie den Morgen ruhig an. Ich selbst hab noch einen Termin bei Bürgermeister Beißmann.« Er klopfte auf den Tisch, was von den Polizisten mit gleicher Handbewegung quittiert wurde, und verließ das Büro.

Thomas hielt sich bei den Weißwürsten zurück. Nicht dass sie ihm nicht geschmeckt hätten, es war etwas anderes, das ihm auf den Magen schlug: die Verlogenheit seines Chefs und dessen Versuch, sich vor versammelter Mannschaft mit einem pseudophilosophischen Diskurs reinzuwaschen. Er hatte keine Sekunde gezögert, die Handydaten Auers für die Mordnacht überprüfen zu lassen. Vermutlich hätte er ihn, wenn nötig, auch in Untersuchungshaft genommen, damit für die Öffentlichkeit und seine Dienstherren klargestellt wäre, dass in der Pfarrkirchner Polizeiinspektion eine strikte Pflichterfüllung herrschte.

Am Ende hatte das schlechte Gewissen Weißbier und Weißwürste produziert. Wenn ich mir solche Heuchelei antun muss, entschied Thomas, dann verzichte ich lieber in der Zukunft auf eine mögliche Führungsposition. Mandy hätte da wohl weniger Skrupel, musste er sich eingestehen, als er die vergangenen Tage Revue passieren ließ und ihre Fokussierung auf Sabine und Karl Auer überdachte.

Als sich nach dem Essen kleinere Gruppen im Büro bildeten – niemand wollte sich der Aufforderung Kiermeiers, den Weg zurück zur Arbeit gemächlich anzugehen, widersetzen –, zog Karl Auer Thomas in eine ruhige Ecke.

»Ich glaub, ich hab mich verdammt blöd benommen die letzten Tage.« Karl hielt sich die Hand vor den Mund, als wolle er damit verhindern, dass ihn jemand hörte oder von seinen Lippen ablas. »Man wird bei der Geburt nackt und unwissend in diese Welt g'schickt. Dann soll man seinen Auftrag ausführen, aber man hat keine Unterlagen dabei.«

Thomas hatte nicht die leiseste Ahnung, worauf Karl anspielte.

»Ich meine, du wirst in diese Welt g'schmissen und hast keine Bedienungsanleitung in der Tasche. Falls ich einen Auftrag habe, Thomas, dann hab ich ihn vergessen, vollkommen vergessen.« Der Polizeihauptmeister blickte dem Oberkommissar direkt und nach Antworten suchend in die Augen.

»Welchen Auftrag, Karl? Geht's dir gut?«

»Nach der Arbeit komme ich nach Hause und meine Frau ist meistens schon da, weil sie in ihrem physiotherapeutischen Zentrum nur bis zum frühen Nachmittag beschäftigt ist. Dann sitzen wir gemeinsam beim Abendbrot, aber jeder bleibt eigentlich für sich. Wir sind seit Jahrzehnten verheiratet, und je länger es so dahintreibt, desto weniger kenne ich Sabine. Wenn wir am Sonntagabend ›Tatort‹ schauen, weiß ich nicht mehr, ob Sabine die Sendung sehen will oder sie nur anschaut, weil ich es will. Vielleicht würde sie ja viel lieber ein Buch lesen …«

»Auf die Idee, sie einfach zu fragen, bist noch nicht 'kommen?«

»Ich kann doch nicht das gesamte Leben von hinten bis vorne neu abfragen, Thomas! Ich hab meine Bedienungsanleitung verloren, oder man hat mir keine mitgegeben!«

»Wie alt bist du genau?«

Jetzt war es an Karl, verdutzt dreinzuschauen. »Ich? Wieso? 47.«

»Davor, wo du grad drinsteckst, Karl, hat man mich schon öfters g'warnt. Das nennt man Midlife-Crisis, ist nicht ansteckend, heilbar, aber mit langwieriger Therapie verbunden. Ich kenn deine Sabine, Karl. Die liebt dich, und dein Sohn liebt dich auch. Ich bin mir sicher, der ist ein prima Kerl. Du hast bei dir zu Hause die besten Aussichten auf eine erfolgreiche Therapie. Ich hab einen Ratschlag für dich: Mach ab und zu genau das Gegenteil von dem, was du sonst machst. Überrasche deine Familie und schau, wie sie reagiert. Dann wirst du einige Dinge neu lernen, die du über die Jahre vergessen hast. Das geht auch ohne Gebrauchsanweisung.«

Karl Auer nickte stumm, ließ dreimal ein mutmaßlich zustimmendes »Hm« vernehmen und wandte sich dann wieder seinen Kollegen zu.

Thomas wusste nicht, ob er Karl mit seiner billigen Küchenpsychologie helfen konnte, etwas Besseres war ihm jedenfalls nicht eingefallen. Es konnte sein, dass Karls Sohn Michael biologisch gesehen von Adrian Reber stammte. Die äußerlichen Ähnlichkeiten waren recht auffällig. Die Schulclique von Adrian und Sabine hatte über deren einstige Beziehung und mögliche Konsequenzen absolutes

Stillschweigen bewahrt. Doch Karl und sein Sohn Michael hatten ihr Verhältnis offensichtlich nie hinterfragt und es bestand auch nicht die Notwendigkeit dazu, solange sie ihre Rolle als selbstverständlich hinnahmen. Und die Ehe, darüber konnte Thomas selbst ein launiges Lied singen. Wer war er, anderen einen guten Rat geben zu können?

Der restliche Montag verlief, wie ein Arbeitstag in einer Polizeiinspektion verlaufen sollte: ereignisarm und langweilig.

Auf dem gemeinsamen Nachhauseweg zum Sacherl war Thomas die Erleichterung deutlich anzumerken. Am Tag vorher, genauer gesagt am Sonntagabend, hatten Ralf und seine Stella die Heimreise nach Gera angetreten. Es fühlte sich an, wie zu Jugendzeiten eine sturmfreie Bude zu haben. Er hatte den Besuch überlebt, genau wie sein Motorrad.

In seiner seligen Zufriedenheit fiel ihm erst spät auf, dass Mandy kaum etwas sagte. Solche Schweigsamkeit war er von ihr nicht gewöhnt. Mit Besorgnis wandte er sich ihr nun zu. »Wirst deinen Vater und Stella vermissen?«

Mandy tauchte ganz langsam aus tiefen Schichten heraus auf. Sie sah ihn an, und dennoch war ihr Blick mehr nach innen gerichtet. »Ich habe meinen Vater bis gestern vermisst, obwohl er die ganze Woche da war. Ich habe ihn nie so kennengelernt, er war ganz anders.«

»Mit deinem Weggang aus Gera hat sich auch für Ralf alles g'ändert. Er musste sich auf eine neue Situation einstellen und sein Leben umkrempeln, und das hat er augenscheinlich g'macht.«

»Nach dem gestrigen Gespräch mit ihm glaube ich eher, Stella hat ihn verändert, so, wie sie ihn haben will.«

»Was hat er gesagt?«

»Dass er sich in den letzten Tagen nicht immer wohlgefühlt hat in seiner Haut. Dass er sich zu oft fremdschämen musste. Ihm ist, glaube ich, bewusst geworden, wie sehr der Wunsch bei ihm die Wirklichkeit bestimmt hat. Es tat ihm leid, wie wenig er sich in der letzten Woche meiner angenommen hat, obgleich er deswegen aus Thüringen angereist war. Darin erkenne ich meinen Vater wieder. Erst gestern hat er sich endlich in die Person zurückverwandelt, die er schon immer war. Er wird Stella den Laufpass geben, hat er gesagt. Sie ist kein schlechter Mensch, aber fatal für meinen Vater. Er hat ihr zuliebe einen Part gespielt, der nicht seinem Wesen entsprach. Für diese Frau hatte er keine Bedienungsanleitung.«

Thomas zuckte derart zusammen, dass das Vorderrad seines Wagens kurz über den asphaltierten Teil der Fahrbahn hinausschoss.

»Zur Taufe hat er sich wieder angekündigt. Dann, denke ich, habe ich von Anfang an meinen alten Vater an meiner Seite.«

»Das freut mich für dich.«

»Hast du eigentlich die Bedienungsanleitung für mich schon gefunden?«

»Die kenn ich mittlerweile auswendig.«

»Da wäre ich mir nicht so sicher, mein Lieber.«

Zum zweiten Mal verließ das Vorderrad für einen Moment die befestigte Straßendecke.

DANK

Wir möchten uns ganz herzlich bedanken bei …

- dem Team des Gmeiner-Verlags für die professionelle und kompetente Betreuung, besonders bei unserer Lektorin Christine Braun für die sehr angenehme Zusammenarbeit.
- Günter Geltinger und Martina Krieger für die Erstbegutachtung unseres Werkes.
- den Journalistinnen Melanie Bäumel-Schachtner, Monika Ebnet und Katrin Filler für ihre vielfältige Unterstützung.
- Doris Weß und Christa Brennsteiner für ihre Hinweise und Korrekturen, über die wir immer so dankbar sind und die wir gerne angenommen haben.
- dem Bürgermeister der Stadt Pfarrkirchen, Wolfgang Beißmann, der unseren Krimis aus seiner Stadt als kultureller Bereicherung aufgeschlossen und hilfsbereit gegenübersteht.
- Michael A. Grimm, Melanie Bäumel-Schachtner, Jochen Lipps, Christina Kovarik-Brand, Elisabeth Rembeck, Franz-Josef Scheidhammer, Stefan Schmid und Annette Weber, die uns bei den zahlreichen Lesungen mit großem Erfolg unterstützt haben und es hoffentlich auch bei »Ausgeläutet« wieder tun werden.

- unseren Ehefrauen, die uns immer mit Rat und Tat beigestanden und uns den Rücken fürs Schreiben freigehalten haben.
- Ihnen allen, die unsere vierte Geschichte rund um das Pfarrkirchner Ermittlerduo Thomas Huber und Mandy Hanke gelesen und weiterempfohlen haben.

*Weitere Titel finden Sie auf den
folgenden Seiten und im Internet:*

WWW.GMEINER-VERLAG.DE

Kripobeamte Thomas Huber und Mandy Hanke ermitteln:

1. Fall: Ausgetrabt
ISBN 978-3-8392-2793-0

2. Fall: Ausgerechnet
ISBN 978-3-8392-0101-5

3. Fall: Ausgewildert
ISBN 978-3-8392-0327-9

4. Fall: Ausgeläutet
ISBN 978-3-8392-0556-3

GMEINER SPANNUNG

WWW.GMEINER-VERLAG.DE
Wir machen's spannend

Michael Gerwien
Letztes Busserl im Hofbräuhaus
Kriminalroman
288 Seiten, 12,5 x 20,5 cm,
Paperback
ISBN 978-3-8392-0611-9

Ein lauschiger Abend im Biergarten. Die Abend-
zeitung wird an den Tisch gebracht, an dem Franz
Wurmdobler mit seinen besten Freunden und
Kollegen eine kleine Feier wegen seiner bevorstehenden Pensionierung ausrichtet. Der Aufmacher der
Zeitung: Franz soll in jungen Jahren ein Mädchen
vergewaltigt haben. Max Raintaler und sein Kollege
Bernd Müller glauben nicht an Franz' Schuld und
nehmen die Ermittlungen auf. Dabei geraten sie in
einen Strudel von Mord und Lügen in der Welt der
Schönen und Reichen. Es wird gefährlich!

GMEINER SPANNUNG

WWW.GMEINER-VERLAG.DE
Wir machen's spannend

Friederike Schmöe
Wilde Wut
Kriminalroman
288 Seiten, 12,5 x 20,5 cm,
Paperback
ISBN 978-3-8392-0660-7

Babs verliert ihre Wohnung in der UNESCO-Welt-
erbestadt Bamberg an einen Immobilienhai. In ihrem
Zorn schließt sie sich einer Anti-Gentrifizierungs-
gruppe an. Diese veranstaltet Pop-up-Demos in der
Innenstadt und hetzt in den sozialen Medien gegen
Makler, die Häuser im beliebten Zentrum aufkaufen
und zu Luxusapartments umbauen. Als ein bekannter
Wohnungsmakler tot aufgefunden wird, gerät Babs
ins Fadenkreuz der Ermittlungen. Privatdetektivin
Katinka Palfy soll helfen.

GMEINER SPANNUNG

WWW.GMEINER-VERLAG.DE
Wir machen's spannend

Lutz Kreutzer
Schaurige Orte in Bayern
Kriminalroman
288 Seiten, 12,5 x 20,5 cm,
Paperback
ISBN 978-3-8392-0642-3

Zwölf schaurige Geschichten von zwölf Autorinnen
und Autoren über zwölf reale Orte in Bayern, ange-
lehnt an Legenden und Ereignisse von der Römer-
zeit bis in die Gegenwart: von Kelten, Römern und
einer geheimnisvollen Toten am Bodenlosen See. Wie
eine bettelarme Bauernmagd mit dem Herrgott von
Tann haderte und bittere Rache übte. Als ein junger
Mann im Angesicht des Todes das wahre Gesicht
des grausamen Königs Watzmann zu sehen glaubte.
Warum sich zwei Schwestern im Schatten der König-
lichen Villa in Regensburg zu Rivalen bis aufs Blut
entwickelten.

GMEINER SPANNUNG

WWW.GMEINER-VERLAG.DE
Wir machen's spannend